CHINA WIND
Jiangnan Culture
江南文化

桃花三月 **望江南**

主编 刘士林 洛秦

朱逸宁 著

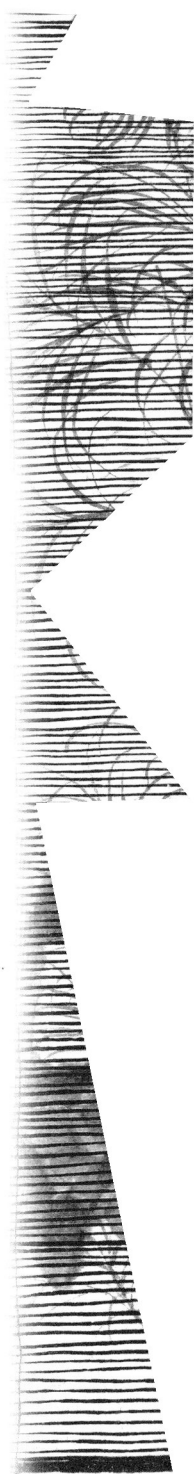

上海音乐学院出版社

西洲在何处，两桨桥头渡。

想好好地做一点江南的书，这个愿望实在是不算短了。

每登清凉山，临紫霞湖，看梅花山的灿烂云锦，听秦淮河的市井喧阗，这种想法就会更加难以抑制……更不要说在扬州瘦西湖看船娘腰肢轻摇起满湖涟漪、在苏州的网师园听艺人朱唇轻吐"月落乌啼霜满天"，以及在杭州的断桥边遥想许多已风流云散的"三生石上旧精魂"了。这是一片特别容易招惹起闲情、逸致甚至是几分荒凉心的土地，随便一处破败不堪的庭院，也许就是旧时钟鸣鼎食的王谢之家，而山头上一座很不起眼的小小坟茔，也许深埋的就是曾惊天动地的一泓碧血……而在江南生活的所有诗性细节之中，最令人消受不起的当然要算是还乡感了。特别是在明月之夜、风雨之夕的时候，偶尔走进一个陌生的水乡小镇，它一定会勾起那种"少小离家老大回"的人生沧桑。在这种心情和景物的诱惑下，一个旅人会很容易陷入一种美丽的幻觉中，搞不清楚此时此刻的他和刚才还在红尘中劳心苦形的那个自我，谁的存在更真实一些，谁的音容笑貌更亲切温柔一些……

然而，毕竟是青山遮不住逝水，一如江南佳丽总是难免于"一朝春残红颜老"的命运，像这样的一种诗性江南在滚滚红尘中的花果飘零，也仿佛是在前生就已签下的悲哀契约。而对于那些生逢其时的匆匆过客们，那交集的百感也不是诗人一句"欲说还休"就可以了断的。一方面是"夜深还过女墙来"的旧时明月，另一方面却是"重过阊门万事非"的江边看月之人；一方面是街头桂花的叫卖声、桂花酒酿的梆子声声声依旧，另一方面却是少年时代的长干、横塘和南浦却早已不可复闻；一方面是黄梅时节的细雨、青草池塘的蛙鼓依然如约而来，另一方面却是采莲、浣纱和晴耕雨读的人们早已"不知何处去"；一方面是在春秋时序中的莼菜、鲈鱼、荸荠和茨菰仍会历历在目，另一方面在夕阳之后却再也没有了夜唱蔡中郎的嗓音嘶哑的说书艺人，还有那良辰美景中的旧时院落，风雨黄昏中的客舟孤侣，浅斟低唱的小红与萧娘，春天郊原上的颜色与深秋庭院中的画烛，以及在江南大地上所有曾鲜活过的一切有声、有形、有色、有味的事物。如果它们的存在不能上升到永恒，那么还有什么东西更值得世人保存呢？对于这个世界上存在的万物来说，还是苏东坡的《前赤壁赋》说得好："盖将自其变者而观之,则天地曾不能以一瞬;自其不变者而观之,则物与我皆无尽也。"而对于一切已经丧失物质躯壳的往昔事物,它们的存在和澄明当然只能依靠语言和声音来维系。用一种现代性的中国话语去建构一个有生命的古典人文江南,就是勉励我们策划"江南话语"并将之付诸实践的最高理念和实践力量。就像东山魁夷在大自然中写生时的情况一样,漫步在美丽的江南大地上,我们也总是会听到一种"快把我表现出来"的悲哀请求。而有时这种柔弱的请求会严厉得如同一道至高无上的命令,这正是我们必须放弃许多其他事务而首先做这样一件事情的根源。

记得黑格尔曾说古希腊是"整个欧洲人的精神家园",而美丽的江南无疑可以看作中华民族灵魂的乡关。尽管正在人们注目中的这个湿润世界,已经更多地被归入历史的和怀旧的对象,但由于说话人本身是活的、正在呼吸着的生命,因而在他们的叙事中也会有一种在其他话语空间中不易见到的现代人文意义。让江南永远是她自身,让江南在话语之中穿越时光和空间,成为中华民族生活中一个永恒的精神家园,这就是《江南话语》希望达到的目标和坚持不懈的人文理想。

2003年7月7日于南京白云园

目 录

上
篇

楔子：江南城市的时光之旅

江南这片土地，曾经让许多人魂牵梦绕。桃花三月，山阴道上，这原是江南最美的时节和景致之一，以此为缘起，可以细细观赏和品读一方水土，一段岁月。其中，既可以见到江南城市粗简的发端，又可以望见江南文化如歌的胜景，同时也不妨让我们一起思考江南城市文化的将来。

吴冠中《江南水乡》

相对于人类的漫长历史，即使数千年的时光也仅仅是短暂的一瞬而已。但是，有些看似无关紧要的历史瞬间，往往又暗藏着许多重要的、承前启后的因素，使得一种文明悄然向着某种方向而不是其他方向演变。在中国的文化史上丝毫不缺乏这样的细节，江南城市的出现和发展便是一个典型例子。其独具特色的精神文化甚至影响了整个民族。在都市化进程日益加速的今天，我们时常困惑于成长中的大都市复杂的文化生态，总是在试图找寻现代中国的精神之源。其实，不妨把目光投向这片容易被人忽视的地带。在一个十分遥远的年代，那里正在上演一幕幕动人心魄的悲喜剧，而这一切都与中国文化的现在与未来发生着深远的联系。

芒福德曾说："城市从生长、扩展到崩溃瓦解这个周期常常重复着，其原因之一可能在于文化性质的本身。我们已经看到，在许多情况下，城市趋向于把社区有机的多彩的生活禁锢在僵化的、过分专门化的形式内，这个形式为了求得自身的连续性，不去适应变化和进一步发展。城市本身的结构，如同石头容器一样，它控制着有吸引力的磁石，在过去也许在很大程度上是产生阻碍适应发展和变化的原因。到头来，它使崩溃和瓦解（通过战争、大火或经济萧条枯萎）成为打开城市新生大门的惟一途径。"城市的衰落、灭亡和新生都有规律可循，而城市文化巨大的凝聚和吸引力正是促使其变化的根源。中国的古代都市既是权力整合与资源分配的产物，同时又体现着古老的中华民族对城市文明一种独特的诗性人文阐释。因此,在世界都市化的漫长历史过程中,出现了具有中国特色的发展道路和模式,这里面自然也有许多故事。

在此,我们即将开始一段江南城市的时光之旅。

从蛮荒中走来的江南

一座城市以及它的文化如同一块巨大的磁石一样使人们如此为之着迷,这里究竟有什么原因呢?其实,最关键的是城市的文化精神结构。无论是西方的古代希腊,或是东方的中国大地,城市的历史如同一卷卷泛黄的书页,在向今天的人们昭示着一个民族曾经存在和即将到来的文化与生活状态。

在公元七世纪以前,存在着一个洋溢着青春气息的江南,它似乎并不引人注目,但又时常发出嘹亮的歌声。它带着蛮荒和野性从远古走来,在和北方中原文明一次次对话和交融中渐渐确立了自己的地位,如同吴王和越王手中的利剑,让中原为之震惊。一个充满野性气息的童年阶段,正是每个民族在进入文明期时所必经的阶段。正如马克思在评价欧洲时说过的那样:"(欧洲的中世纪)是从粗野的原始状态发展而来的。"(《马克思恩格斯全集》)中国的江南也不例外。更重

要的是在度过童年期之后,文明以什么样的姿态发展。在这一方面,中世纪后的欧洲文明是以现代科学精神为基础而开拓出不断向外扩张的文化形态;而东方的中国民族,则演变为伦理和审美精神并存的文化。由于中国古代文明中心的位置一直居于北方黄河沿岸地区,加之独特的权力分配体制的缘故,中国的城市精神形态经常以诗意的面貌出现在世人面前,而处于权力边缘的江南更容易为人所忽视,但江南的城市文明恰恰是中国城市文化发展进程不可忽视的部分。其实,江南的精神结构与中原最大的不同就在于,它并不是严格按照权力分配体系的构架展开的,因此这种文化的表现形态也和北方文化有着很大的不同。江南具有代表性的一座座城市,星罗棋布,如珍珠般串起了如诗如歌的江南文化。江南文化的一个显著特点就在于它和城市的密切关系,由于这种文化的成熟紧紧依赖于城市,这才导致了近代中国城市化的最高形态出现在长江下游三角洲地带。当我们审视即将形成的、以上海为中心的长江三角洲大都市圈的时候,不应当忘记,在遥远的古代,这些如璀璨明珠一般的江南城市是怎样一步步走进我们视线的。

此时的江南城市,如同一个意气

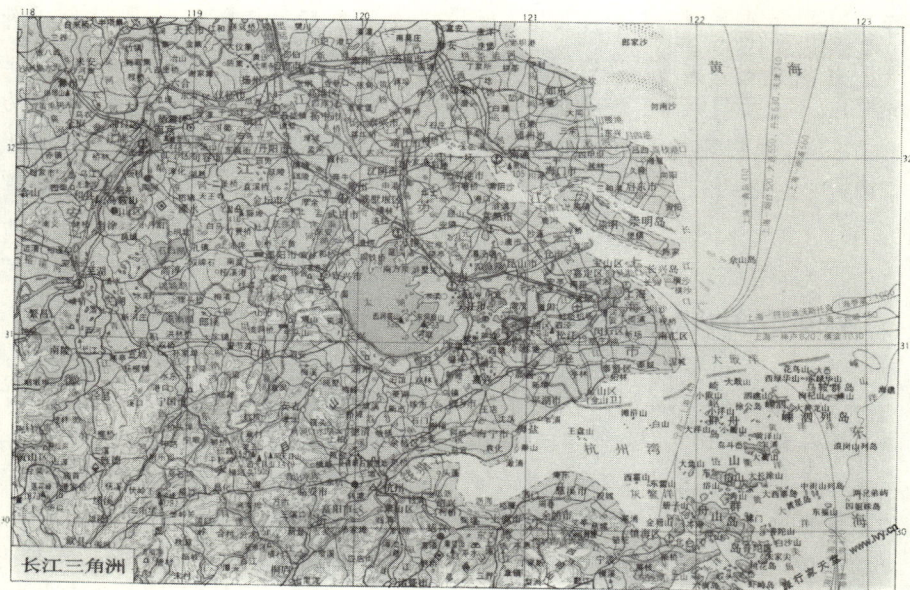

丰饶的长江三角洲（长三角地图）

风发的少年，水乡泽国的地理环境使他具有一种质朴和灵秀的气质。同其兄弟中原城市相比，他的风采不仅散发于文人雅士的笔下，更凝结在一个个城市居民的日常生活之中。而这种独具魅力的城市生活，也正是我们即将细细品读的那些如歌画卷。

从历史上看，中原地区正是中原文化体系的核心地带。而且，"夏商周三代可以看做是中原地区中、东、西地域实力此消彼长的动态发展；作为中国历时最久、内容最为纷繁的舞台，中原地区无疑成为历代王朝定都的最频繁的场所，长安、洛阳、邺、开封、太

原、北京……这些对我们来说再熟悉不过的古都城市都集中在这里。"（李孝聪：《中国区域历史地理》）这些都城集中在中原黄河流域，不仅是政治—伦理体系自身的需要，从某种意义上讲，更是以一种古代都市群落的方式形成了北方伦理文化的社会基础。

北方中原地区历来被认为是中华文明的发祥地之一，去过北京后，更令我加深了对这种政治伦理文化的感受。

北方城市文明的发展过程中，在生产条件被较早地破坏之后，北方的文化已经先于南方完成了蜕变。从古代典籍中有关"商王猎象"的记载来

看，至少在商代，中原的气候还是比较温暖和湿润的。但是到了周代，北方的气候环境已经发生了变化，生活条件大不如前，这使中原地区必须采取一种更为集中有效的方式分配资源。这些城市的建立，可以说不仅是基于军事战略的考虑，从更深层次来讲，也是对分配关系的重大调整。长期以来，北方都城每一次大的变动，不仅形成了一个新的城市中心，还造成了另一后果，就是使原本孤立的城市变为都市群落，其最明显的表现即"两都制"或"陪都制"。但从发展形态看，这种都市群落还无法和现代社会的都市文化圈相比，因为它的功能还不够全面和丰富，互相之间的文化联系还是短暂性或阶段性的。北方城市发展的一个重要特点在于它的地位多依赖

于政治权力。由于这种力量易于随政权更替而变动，因此北方城市最终没有发展为一股独立于政治的力量。也就没有出现近代威尼斯式的城市社会。与之相区别的是，江南的城市在发展过程之中，逐步走上了一条与北方城市不同的道路。

早在中国历史上的青铜时代，长江下游就已经出现了一些诸侯国家，这时长江文化的发展与中原地区仍然是同步的。越来越多的研究表明，早在新石器时代，现今的江南地区就出现了古越族人创造的文化。由此至少可以说明，江南在远古时期的文化之所以没有得到足够的重视，在很大程度上源于所谓的正统史学观，并不能说江南的环太湖地区文化是在一夜之间发展起来的，或者完全由中原文化

长江流域图

的辐射形成。现在越来越多的考古证据都显示：长江文明与黄河文明对于中国传统文化的形成同样重要，它们构成了文化渊源上的"二元"结构。

而与黄河流域的众多城市相比，长江都市群落的形成，同样是有其自身独特的摇篮和母体的，这一母体就是灿烂的长江文明。

现代考古学成果表明，相对北方黄河流域而言，位于长江中下游以及太湖流域的江南，自然资源和生产环境大相迥异。如今学者已经证实，在史前时代，长江流域已经存在具有相当高度的文化。于是在这种情况下，江南出现了以水稻种植为主的农业。据考证，"长江流域史前时期人们的经济生活，是以水稻为主的稻作农业文化，与黄河流域史前时期人们以种植粟为主的旱作农业文化，是属两种不同类型的经济生活。"（李学勤、徐吉军主编《长江文化史》）创作了长江文明的先民，拥有与黄河流域所不同的经济生活方式，这就是以种植水稻为主的稻作农业，实际上江南都市文化赖以生存的经济基础正在于此。

稻作农业文化不仅是史前长江流域文化的一大成就，而且也是促使江南都市获得发展的一个重要因素。据考古研究显示，在距今约9 000年左右，今湖南澧县彭头山一带就出现了

稻作农业的遗存。距今约7 000年左右，今河姆渡、马家浜、城背溪一带已出现了翻土工具—骨耜。

长江下游的河姆渡遗址，可以被视为远古江南地区文化发展的一个标志，因为它充分说明了在远古的太湖—钱塘江流域所具有的高度发达的文化是足以和黄河流域并称的。这时的江南地区，同样也是中国文明的发祥地和源流。据考证，河姆渡遗址所代表的长江远古文化是与黄河文化所不同的文化形态。以下这段文字可以说明其特征：

两次发掘表明，河姆渡遗址有四个文化层：第一层距今约5 200—4 700年，第二层距今约5 800—5 500年，第三层距今约6 400—5 900年，第四层距今约7 000—6 500年。在河姆渡遗址的四个文化层中，第四层不但年代最早，而且堆积最厚，内涵最丰富，是河姆渡遗址的主要堆积层。在第四层的居住区内，堆积着大量人工栽培的稻谷遗存。在二十世纪七十年代，河姆渡第四层发现的稻谷遗存是亚洲年代最早的人工栽培稻。其数量丰富与保存完好，为世界罕见。第四层还发现成行排列的木桩和大量的梁、柱、地板等木构残件，总数有数千件之多，其中有大量榫卯残件，是我国最丰富的

榫卯构件遗存。在第四层，还出有彩陶、木桨、玉器和象牙雕刻的艺术品。

——董楚平、金永平等《中华文化通志·地域文化典·吴越文化志》

以上事实告诉我们，此时的江南农业已经不再是原始的刀耕火种方式，而进入到了锄耕阶段。至良渚文化时期，更是进一步前进到犁耕阶段。如此高的稻作农业生产水平，加之手工业的不断发展，无不预示着长江流域文化必定会呈现出一派崭新的景象，这样的农业环境是与中国北方不同的。而在此基础上的文明的飞跃，则已经是"万事俱备，只欠东风"了。这里所说的"东风"，便是城市的诞生。江南的声音也即将响彻中华大地。

据考证，因浙江余杭良渚遗址而得名的良渚文化是这一时期的代表。这应该能够解释此一历史阶段长江文化的面貌：

大量的玉质礼器，大规模的"土筑金字塔"与祭祀建筑，以及超大型的莫角山人工大土台，是我们今天所能看到的良渚文明的一部分"硬件"。中国古代建筑以木材为主，支撑这座文明大厦的木质"硬件"，已灰飞烟灭。还有其他"硬件"，也已烟消云散。与这些"硬件"相配套的，必有复杂繁缛的礼制，那是中华文明的"软件"，也是中华文明的特色所在，这些文明"软件"更是与时光同逝了。要维持这座金碧辉煌、灵光四射的文明大厦，要养活一大批"冠带文明"、亦人亦神的人上人，良渚文化本族的平民是不堪负荷的。在那个时代，战争掠夺比生产劳动更为正当，在神的名义下，显得十分圣洁，正义非凡。于是，良渚文化的将帅们，捧着神秘的玉琮，挥舞威严的玉钺，奉神命而远征了。

——董楚平、金永平等《中华文化通志·地域文化典·吴越文化志》

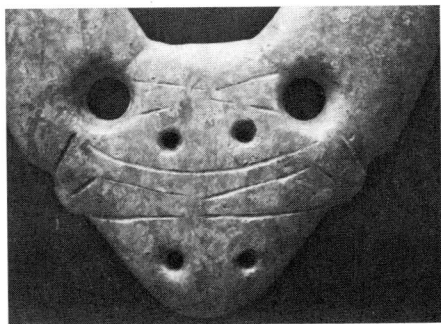

良渚文化玉器遗物

如果我们把礼乐体制也看作是文明标志的话，那么很显然，良渚文化已经具有很高的成就和发展水平。在良渚文化的考古发掘中，我们已经可以发现明显的等级差异，贵族和平民已经有了严格的区分。不过，这种礼乐体制却没有最终在江南形成大的政治中心，而是逐步构建出长江流域独特的城市文明。就这一点来说，有学者认为，这是因上古江南地区的文明成就极高，其势力发展引起了中原部落首领禹的忧虑，因而借口"迟到"将其领导人杀之，后民众纷纷迁徙，加上自然灾害，导致良渚文化出现了断裂。（杨东晨、杨建国《江南太湖和杭州湾地区的氏族部落探寻——简论新石器时代黄河与长江流域氏族的迁徙与融合》）我认为这种说法应是比较接近历史真相的，而且也能较好地说明黄河与长江礼乐政治发展过程的差异。关于这一点，还需要我们去进一步审视江南的青铜时代。

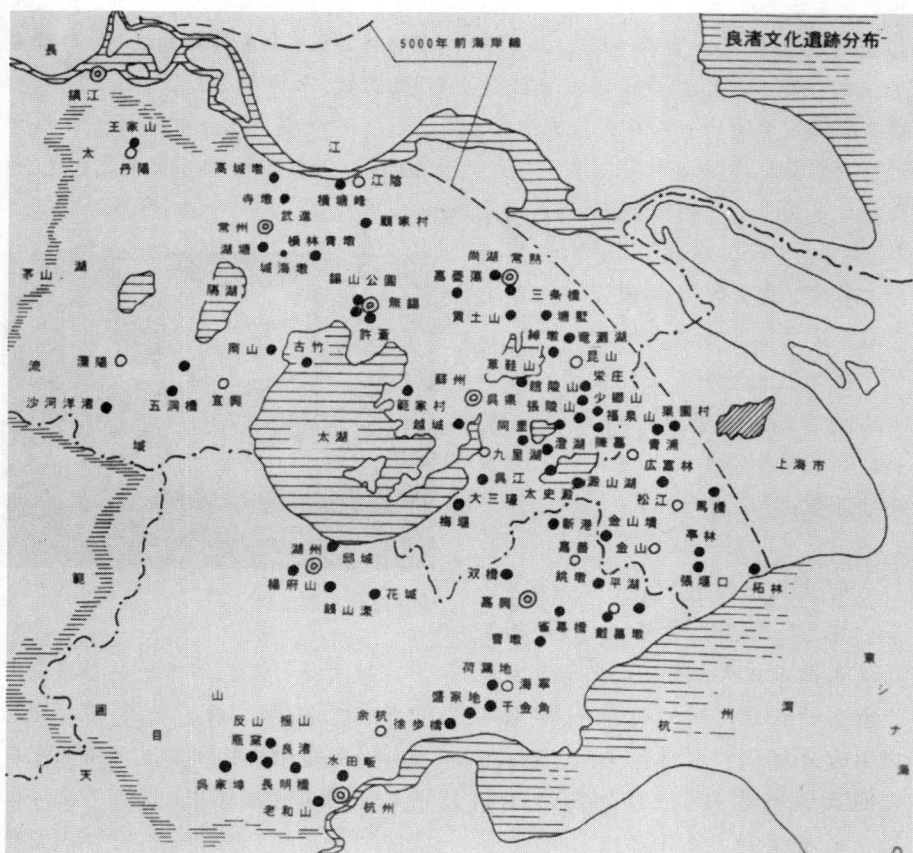

良渚文化遗迹分布图

相传，越人是禹的后裔。尽管这一说法来自中国古代历史学的权威著作《史记》，可仍然受到了很多质疑。不能否定的一点却是，在南方有很多所谓的"禹迹"，即和夏禹有关的历史遗迹。这似乎在向人们暗示：夏文化的范围不仅局限于中国北方，还曾到达长江流域，这种影响力使得江南原生态的文化很难在政治权力的分配上有所作为，此后历代的事实也证明了这一点。在此基础之上，到了商代，长江中下游地区独特的文化形态以一种模式渐渐开始展示在人们的眼前，这就是以城市和乡镇为中心，将最高水平的文化成果逐步向某一地区集中，再通过这一地区向更广的地域辐射开来，而承担这一职能的地域就是江南城市群落。城市的文化集散能力保证了江南的大城市在一定程度上较少因政治权力更迭出现骤兴骤衰的现象。因此，我们方能在如今的江南看到这么多保存相对完整的文化遗存，从而解决了江南城市文化的起源问题。

因浙江余杭良渚遗址而得名的良渚文化向我们揭示了这一历史时期长江文化的面貌。如果我们把礼乐体制也看作是文明标志的话，那么，良渚文化在这方面已经具有很高的成就和发展水平。不过，这种体制却没有最终在江南催生出大的政治中心，而是逐

步构建出长江流域独特的城市文明。关于这一点，还需要我们去进一步审视长江的青铜时代。

吴姬荡桨过江南

在青铜时代，江南礼乐文明的发展水平并不低。这一时期从江淮到钱塘江流域主要有徐、群舒、邗、吴、越等诸侯国。而且，其中的徐、吴、越三国还曾经称雄一时，在青铜器上发展的水平相对也比较高。如宁镇和皖南地区出土的青铜时代土墩墓中的随葬品可以说明这个问题。这些证据表明：江南地区早期的礼乐文化总体上与中原地区相互交融，同时又带有自身的地区特点。可以说，礼乐政治因素此时也渗透到了江南，只不过已经被"江南化"了。这种交流是江南都市文化形成不可忽视的因素。

说到江南城市的历史传奇，话题要从春秋时期的吴、越两国开始。

早期的江南文化，虽然还以鱼稻农耕为主，但城市已经有所发展，而这正是江南进入文明时代的象征。无论是中原或是江南的城市文化，其原始的形态几乎相同，也就是以政治军事的功能为主，而且都是通过政治手段或行政命令来建设的。

相对于中原地区因气候环境变化而面临的复杂局面，江南的农业环境一直以来相对稳定，因此江南城市的发展速度普遍不快，江南地区的人们几乎不需要通过大的变革来改善生存环境，因而只满足于一种既"无冻饿之人，亦无千金之家"（《史记·货殖列传》）的状态。换句话说，这时的城市在某种程度上只可算作"城邑"而已。尽管这种城市形态还很原始，但它毕竟为江南都市的形成奠定了基础。它表明：在"饭稻羹鱼"的环太湖地区，出现一种新的城市文明已是必然趋势，只是与北方相比，这一进程显得要缓慢得多。中原的人们也可能很难想象，南方会有什么样的事情发生。

正由于上古不同的生长环境，江南和中原的城市发展进程也就不完全相同。在此，我们不妨将其称为"中原模式"和"江南模式"。"中原模式"的产生基础是遭到破坏比较严重的农业生产条件，以及继之而出现的新的权力分配系统；"江南模式"则更多地依赖于优越的生活生产环境，由此诞生了以审美为核心的消费文化机制，在此基础上形成的城市就不再是礼乐政治的附着物，而是一种诗意审美文化的体系。这一结构确保了江南地区都市化的进程可以较少受到政治权力

因素的制约，从而在日后产生出像建康、姑苏、广陵、杭州这样在中国城市史上独树一帜的文化都会来。在远古时代的长江流域，文明传播与进化的速度并不迟于北方，只是所采取的文明进化方式不一样。北方黄河流域的城市是在政治权力的影响下通过资源分配阶段的不断调节从而获得发展契机的，而江南城市从一开始就被剥夺了这种权力。尽管同北方中原地区相比，江南仍缺乏相对完善的文化政治中心，但这恰恰说明长江流域的城市将会走上一条与黄河流域不尽相同的道路。

让我们把目光转向古老的江南，这时的长江下游地区，有两个主要民族分别建立了国家——吴国和越国。经历了"饭稻羹鱼"阶段的吴越民族，已经初步走上了与中原大国相比肩的发展历程。

现代考古学表明，越王室乃是夏之苗裔，极有可能是从山东迁徙而来的。而现在的宁镇地区，也很有可能是商朝的边陲重镇。一般认为，在周文化影响下，经过"太伯奔吴"之后，如今的江南地区，又诞生了吴文化。吴文化与越文化相互融合，构成了江南文化的基础。

姑苏的建立是与吴文化的崛起密不可分的，可以说，姑苏的诞生象征吴越文明和江南城市文化进入了全新的阶段。这段故事要从著名的"太伯奔

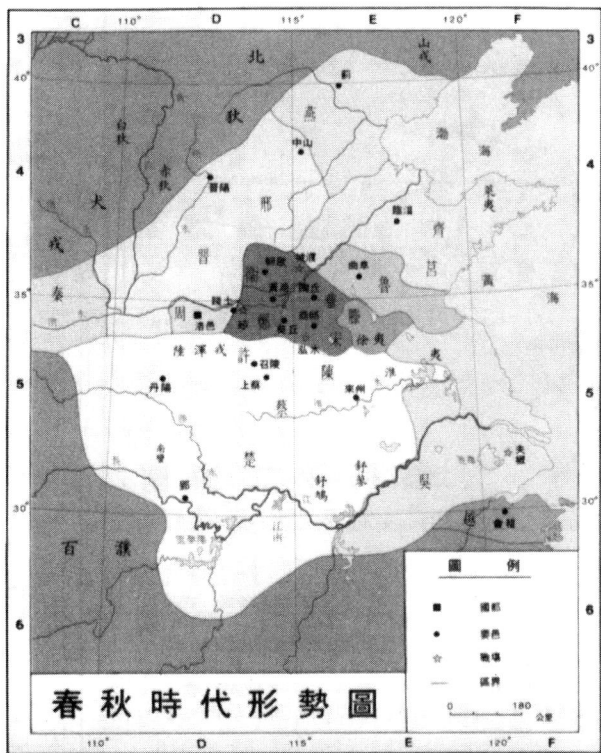

礼崩乐坏，群雄争霸——春秋时代形势图

伯之奔荆蛮，自号句吴。荆蛮义之，从而归之千馀家，立为吴太伯。"（《史记·吴太伯世家》）尽管太伯兄弟为江南吴地的开发做出了不可磨灭的贡献，但是从本质上讲，这时的吴地仍然没有摆脱原始生活状态，因而仍旧被中原称为"蛮荒之地"。这时的江南，最大的特点仍然是"饭稻羹鱼"，据史料记载："东南曰扬州：其山曰会稽，薮曰具区，川曰三江，浸曰五湖；其利金、锡、竹箭；民二男五女；畜宜鸟兽，谷宜稻。"（《汉书·地理志》）这说明此时的江南地区仍处于农业文明的边缘地带。

吴"开始说起。

相传，周王古工亶父的儿子太伯和仲雍因不愿继承王位，来到江南建立了句吴国，他们也被奉为吴国的开国始祖。据《史记》载："吴太伯，太伯弟仲雍，皆周太王之子，而王季历之兄也。季历贤，而有圣子昌，太王欲立季历以及昌，于是太伯、仲雍二人乃奔荆蛮，文身断发，示不可用，以避季历。季历果立，是为王季，而昌为文王。太

真正具有转折意义的是"寿梦兴吴"这一历史事件。寿梦是太伯和仲雍的十九世孙，一位很有作为的君王。他看到，吴国和中原最大的差距不在于地理条件，而在于向礼乐政治文明的过渡明显偏慢，这正是当时判断城市文明是否先进的重要标志：

他（寿梦）到鲁国访问时，曾与晋、鲁、齐、宋、卫、郑等各国大夫会盟于钟离(今安徽凤阳县东北)。鲁成公为他演奏了全套礼乐。礼是当时奴隶制贵族社会的各种规章制度；乐是祭神、宴会、行军时演奏的乐曲，这些都是当时先进文化的标志。寿梦欣赏了这些礼乐后，赞叹不已，并产生了模仿和学习的愿望。相传，在他的倡导下，吴国向中原文化学习，一时形成风气。此后，吴国同中原诸国的交往也就日益频繁起来。

——廖志豪、叶万忠、浦伯良《苏州史话》

这种模仿和学习的详细过程今天难以确证，但我们可以参照古罗马人向希腊学习的状况："在征服希腊世界之后，罗马将城邦政治组织流传下来。尽管组织架构上有些许的改变，罗马却一直都在城邦原则下运转，进而普及全世界，并且把城邦的精神原则融入罗马法的规条中。"（阿奴、谢德《罗马人》）虽然中西方文化传统上有所区别，但同一文化内部的交流还是具有相似性的。罗马是在征服希腊世界的同时不断学习、吸收先进的希腊文明成果，而地处江南的吴文化是在发展过程中接触到已经较为成熟的中原礼乐文化，并开始加以借鉴和吸收的。

两者的共同之处就在于引文中所提及的"先进文化"的巨大影响，这不是现代人对古代文明的一种简单想象，而是有历史佐证的文化交流，据载最为著名的一次当属"季札观乐"：

四年，吴使季札聘于鲁，请观周乐。为歌周南、召南。曰："美哉，始基之矣，犹未也。然勤而不怨。"歌邶、鄘、卫。曰："美哉，渊乎，忧而不困者也。吾闻卫康叔、武公之德如是，是其卫风乎？"歌王。曰："美哉，思而不惧，其周之东乎？"歌郑。曰："其细已甚，民不堪也，是其先亡乎？"歌齐。曰："美哉，泱泱乎大风也哉。表东海者，其太公乎？国未可量也。"……

——《史记·吴太伯世家》

"季札观乐"的文化意义远大于其政治意义，这不仅仅是一次外交活动，更是一次江南地区主动向中原学习的过程，它实际上加速了中华文明内部不同区域之间的交流和融合。对于江南城市而言，它为今后江南接受和改造北来的城市文化打下了心理伏笔：

季札娴习礼乐，长于外交，善于观察和分析事物，是当时吴国的杰出人才。季札出使中原，规模最大的一次是余祭四年(公元前544年)，他历经鲁、齐、卫、晋等强国，考察各国情形，结交良臣名将。鲁国国君请他欣赏了周代传统的音乐诗歌，如《周南》《召南》、《邶》《鄘》《卫》等，还请他观看《大武》《韶护》《大夏》等舞蹈。他在欣赏时，曾作了不少分析与评论，借以说明周朝和诸侯的盛衰大势，受到了各国统治者的赞赏，同时也反映了季札是很有文化修养的。吴国由于多次向中原文化学习，并且与中原诸国加强了外交往来，也使别国改变了对它的看法。

——廖志豪、叶万忠、浦伯良《苏州史话》

从上述两段材料之中我们至少可以看出两点：其一，季札代表吴国和吴地，其审美鉴赏力和对礼乐的熟悉程度很高，这从一定程度上改变了中原对江南地区文化水平的固有看法；其二，这也可以说明：当时所谓的先进文化指的就是以礼乐为特征的伦理政治文明，这是包括江南在内华夏各民族的共识。因此，其它各种文化或多或少都存在对这种先进文化的借鉴和仿效。只不过，在这种借鉴模仿的过程中，江南城市自身逐渐产生了蜕变，才使得它们有别于北方城市。

寿梦的经营，虽然还没有使江南地区脱胎换骨成为文化中心，但他已经使吴国走向文明的进程大大加速

了。由于在长江以南最大的诸侯国是楚国，因此吴国的势大必然与楚国发生冲突。接下来，作为吴国政治和军事的最高指挥者，就不得不进一步思考怎样发展吴文化，于是，他们的目光开始转向城市，姑苏城就是在这样的背景下出现的。

对于吴国而言，"太伯奔吴"的意义倒不在于这件事是否一定确有其事，而在于他们使自己的历史渊源和蒸蒸日上的中原文化挂上了钩。因此我认为，在这里就有必要强调一下，正是"太伯奔吴"把江南和中原两种文化第一次连成了一个整体，这个事实的叙述过程本身显然还是体现着鲜明的北方话语色彩。在这一背景下，江南却并未仅仅变成中原文化的附属品，而最终形成了独具特色的地域文化，江南城市也成为了中国古代都市文化的重要一环。其原因是多方面的，其中一点就在于：吴越民族在长江三角洲的土地上，开始引发出了一种新的文化形态，也就是江南审美文化，这才是后文所述之江南都市有别于北方都市的精神实质。尽管这一文化精神结构并不是由吴越民族单独完成的，甚至在先秦时期，这一文化形态远未达到成熟，但是，由于江南审美文化同城市有着密切的联系，因此我们可以看到，吴越城市的营建，是江南文化的重要源流。

江南的血泪传奇

毫无疑问,在吴国和江南都市文化的历史上,阖闾是一位注定要大书特书一笔的君王,他具有常人所不具备的雄才大略。在还是公子光的时候,便精心策划了史上著名的"专诸刺王僚",解决了这个自己前进道路上最大的绊脚石。登上王位后,又重用伍子胥、伯嚭和孙武,大踏步建设吴国的政治、经济和军事。伍子胥的故事流传已经很广了,他来到吴国的动机并不复杂,只是要向楚王讨还满门的血债。他既是吴国振兴的策划者,也是江南城市的设计者。只是"子胥过昭关"、"掘墓鞭尸"的传奇未免令人感到太过残酷。

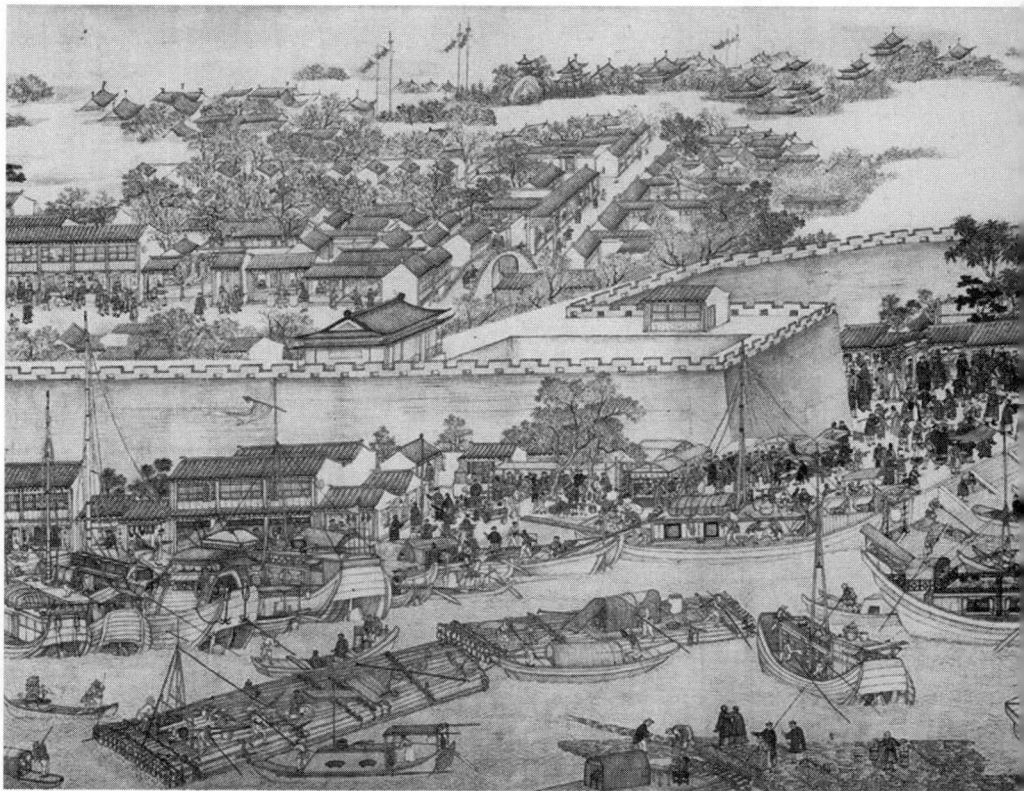

清　徐扬《姑苏繁华图》长卷局部

对吴国迈向强盛这项大业而言，当然需要有一座像样的都城。为了这一点，阖闾真是费尽思量，面对江南的山川平原，他陷入了沉思。

吴国选择都城地址，大约最早确定在今江苏吴县附近。这里正位于太湖平原之上，物产丰富，气候宜人，交通便捷，既可以保证国都资源的供给，又可以便于控制当时的吴国全境。太伯时期修建的城池"周三里二百步，外郭三十余里，在西北隅，名曰故吴，人民皆耕作其中"（《吴越春秋》）。这样的规模实在不能算有多大，但却是吴国城市建设的开端。到了阖闾时代，为了与楚争夺对江南地区甚至长江以南的控制权，自然就必须建一座更大的都城了。伍子胥在这一点显示了他的真知灼见。他曾经建议吴王阖

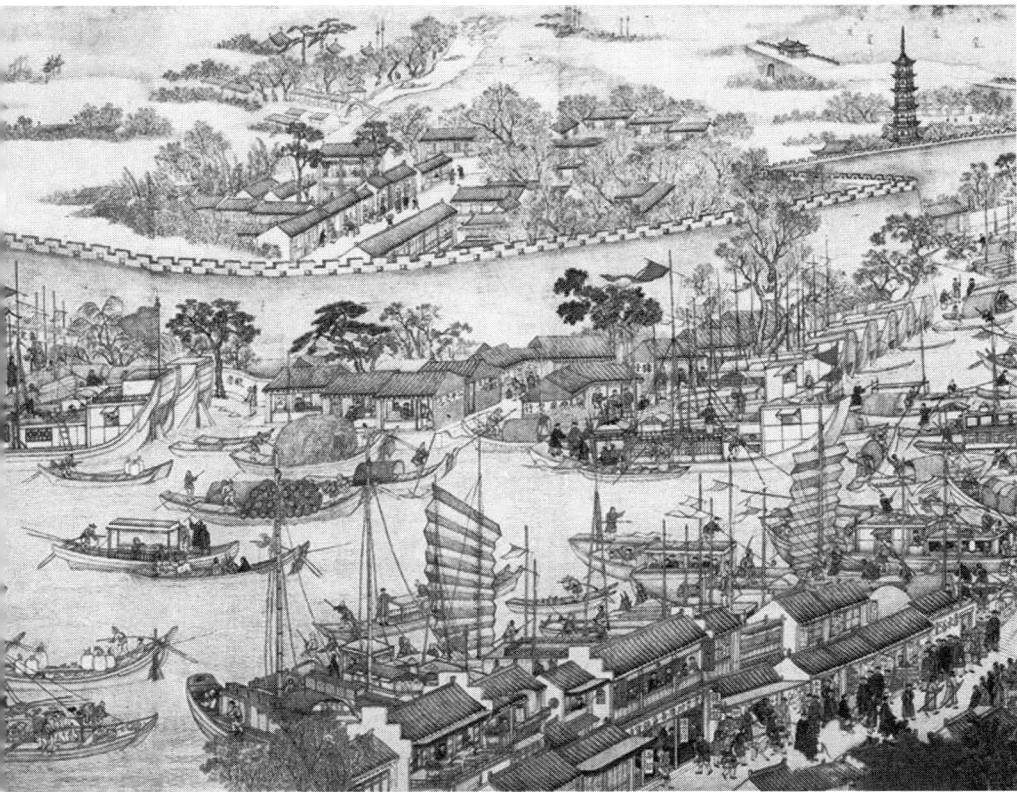

间要重视城郭的修建，因为这对于吴国的强盛有着至关重要的意义。他说："凡欲安君治民，兴霸成王，从近制远者，必先立城郭，设守备，实仓廪，治兵库，斯则其术也。"（《吴越春秋》）吴王阖闾当即表示赞成，于是令伍子胥主持修建姑苏城。因为当时吴国的主要竞争对手是楚国，所以此时的姑苏主要是为了政治和军事目的所建。阖闾做事向来目标明确，他心中所想也就是手中所为，吴都的城门当即就以破楚争霸之含义来命名。

据说，当时伍子胥主持建造的城池有如下面貌：

> 周回四十七里。陆门八，以象天八风。水门八，以法地八聪。筑小城，周十里，陵门三。不开东面者，欲以绝越明也。立阊门者，以象天门，通阊阖风也。立蛇门者，以象地户也。阖闾欲西破楚，楚在西北，故立阊门以通天气，因复名之破楚门。欲东并大越，越在东南，故立蛇门以制敌国。吴在辰，其位龙也，故小城南门上反羽为两鲵鱙，以象龙角。越在巳地，其位蛇也，故南大门上有木蛇，北向首内，示越属于吴也。
>
> ——《吴越春秋》

这是中国古代典籍中所记载的当时阖闾姑苏城的构造，我认为应当是符合史实的，原因很简单：苏州城市的布局数千年来未曾有过大的变动，在中国城市中几乎是独一无二的，因此只要从现今苏州的城市结构就可大致推算出阖闾时代吴都的风貌，而《吴越春秋》之类的史料之真实性也应当可以知晓了。根据《越绝书》中的记载，对比《吴越春秋》我们可以进一步了解到：吴大城的八门为阊门、胥门、盘门、蛇门、娄门、近门、齐门、平门。"周四十七里二百一十步二尺。陆门八，其二有楼，水门八。……吴郭周六十八里六十步"（《越绝书》）。吴小城四周环水，形成了外郭、大城和小城的三重格局。这同中原都会的城市形制是很相近的。从中反映了两个特点：一、吴受北方礼乐文化影响，建城亦仿效之。此时的江南城市，还没有摆脱黄河伦理文化的控制，江南自身的城市文化精神尚未觉醒；二、由于这种文化上的影响，以及吴文化本身所带有的刚毅果决般的野性，使得吴文化呈现出一种积极拓展、向外扩张的状态。这也是当时吴国城市的总体特征，和日后江南城市的成熟期迥然不同。不过，有一个细节我们必须注意到，那就是这座吴小城四面环水：

> 伍子胥曾把吴子城加以扩建，大概从现在的锦帆路开始，经过十梓街

叶家弄，到言桥下塘，形成一个四周环水的长方形的城堡——内城。相传这座内城周围约十至二十里，还建有陆门三座，水门两座。到了战国末期，楚考烈王封相国春申君黄歇于吴，他就住在内城的吴宫。司马迁南游，看到春申君住过的宫殿，对其建筑的壮丽，曾赞叹道："吾适楚，观春申君故城，宫室盛矣哉！"此后，汉、唐、宋三代都以内城为郡治。

——廖志豪、叶万忠、浦伯良《苏州史话》

这正是苏州千百年来保持形制不变的一个重要原因，它的建设充分利用了江南水乡的地理特点，由于河道纵横，湖泊众多，这可以作为建城的一个可利用的因素。因势而建，便于内外交通，在军事上也可利用这天然的条件防御，"若要抵达那里，须先经过一片布满无数湖泊和泥泞稻田的地区，这使得骑兵难于展开"。（谢和耐《蒙元入侵前夜的中国日常生活》）省去了许多人工设计方面的麻烦，岂不一举两得？苏州的市民应当感谢阖闾和伍子胥，他们不仅创建了苏州的基础，还构建出了苏州城的未来。这是一座舒适而且安全、令人不能不发出由衷赞美的城市。阖闾不仅建造宫室，并且修筑了著名的"姑苏台"，这

些休闲享乐的设施在当时看来实属豪华之至。（《吴越春秋》）这充分表明在姑苏的规划设计者心中，城市不仅应该具有调节社会权力、号令国家的政治功能，还应具有生活便利、满足人们感官需求的特征。所以，姑苏城不仅在政治功能方面较为完备，其它功能区域也相对有所设计：

吴都有市，《吴越春秋》载阖闾将要离的妻子"焚弃于市"，又云葬其女时"乃舞白鹤于吴市中"，《越绝书》亦云："鹤舞吴市。"根据文献记载姑苏城比较繁华，商业很发达，市肆规模必很可观，但市在何处，两书皆未明确记载。后世的《吴地记》《吴郡志》亦记阖闾葬女事，云：女"出葬日，仙鹤舞，

处处皆有意的江南花窗——天台软条门窗

引群鹤于市,因号桥曰鹤舞。"《宋平江城坊考》卷四记其桥在城之东北隅,近祥符寺巷,地在今白塔西路与皮市街交界处。

——石琪主编《吴文化与苏州》

当城市接近完工的时候,吴王阖闾来此视察,看着眼前即将竣工的新首都,他都想了些什么我们已无法确知,但有一点是肯定的,那就是从城墙边隐隐升起的雾气之中,阖闾看到了一个正在崛起的、自信的吴国和江南。

吴国在争霸中渐渐占据优势,五战入郢,使楚国几乎亡国。但随着阖闾的去世和夫差的沉沦,吴国的霸业如烟一般消散在历史中了。阖闾的名声并不太好,曾经杀人为殉,加上这些政治阴谋,此时江南的声音即使再响亮,也很难做到延续长久,历史上的春秋吴国给人留下的印象大概只剩下了那些锋利无比的"鱼肠剑",以及这座姑苏城了。

踌躇满志的阖闾也许不曾料到,他一直想吞并的越国,却终于成为吴国的心腹之患。越国据说是夏少康的儿子所建,它也建设了相似的都城山阴,大约在今浙江绍兴一带:

勾践小城,山阴城也。周二里二百二十三步,陆门四,水门一。今仓库是其宫台处也,周六百二十步。柱长三丈五尺三寸,霤高丈六尺。宫有百户,高丈二尺五寸。大城周二十里七十二步,不筑北面。

——《越绝书》

相传越臣范蠡修筑了大城,因此山阴的形制也大致如此,略逊于吴都。这也是典型的江南城市,由于吴越地势交接,故此这对邻居难免有一场争锋,结果是人们都十分清楚的:卧薪尝胆的越国打败了歌舞升平的吴国。可是越国的霸业同样没有持久,勾践是个可以共患难、但却不能共富贵的君王,他对阴谋的运用不亚于阖闾,留给文种的仍旧是一把剑。文种死了,范蠡远去了。笑到最后的却是底蕴深厚、吴越两国的对手——南方巨人楚国。楚国消灭了越国之后,先秦时代的"江南"地区开始被统一于一个行政区域之内。这时的楚王,下令修建一座后来闻名于世的城市——金陵邑。

春秋末年,诸侯争霸激烈,在长江中、下游,出现吴、越(越都会稽,今浙江绍兴)对峙局面,越国勾践用范蠡为大夫做谋臣,于公元前473年(战国初年)灭吴。将图楚,欲称霸江淮,范蠡乃于公元前474年在今中华门外长干桥西南,筑越城,以强成势。这座土城周二里八十步，范蠡住宅也在其中。越城南依聚宝山，北凭秦淮河，当时它控制着秦淮河入江的孔道，而且这里江面较窄，易于舟楫，北蔽长江天险，形势十分优越。直到六朝时，越城仍为建康都城南面的一处兵家必争之地。它的遗址就是现在长干里的越台，这是南京有城堡的最早记录。

公元前333年，楚灭越，尽取吴、越旧地。翌年(楚威王八年)，楚子熊商误以为此地有王气，埋金以镇之，名曰金陵。仅埋金之说，未见正史，不可深信。楚威王并在今清凉山上筑城，设置了金陵邑。金陵之名，实始于此。当时长江紧靠着清凉山麓流过，它在军事上的地位比越城更突出。这座城垣，就是此后东吴孙权所筑石头城的前身。

——汪永泽、王庭槐《南京的变迁和发展》

这座金陵是否能够镇住所谓"王气"，没有人能说得清楚，但是，楚王此举却改变了金陵城的命运却是不争的事实。此处原是吴国的兵工厂，称作"冶城"。到了公元前472年，志满意得的越王勾践来到了这里，他显然不能容忍还存在一处亡国遗址，于是命令大臣范蠡修建一座新城。就在今天南京中华门外的长干里一带，范蠡筑起了被后

今日鸡鸣寺（陈凌波摄）

人称为"越城"的一座城池。如果说，吴国的"冶城"还不能算作真正意义的城市的话，那么"越城"可以说已经有了后世金陵城市的雏形。越国之后来到此地的是楚国人。"金陵邑"的出现，更加证明在地理上此处有可能形成新的城市中心。现如今追寻南京城市的开创情形，这座小小的"金陵邑"毫无疑问是一个发端。南京最著名的别称"金陵"也始于此。今天，"金陵"一称遍及南京各处，有金陵饭店、金陵小区、金陵船厂、金陵图书馆、金陵科技学院、《金陵晚报》等等。

檇李乾坤

在这里有必要延伸开去，谈谈京杭大运河，这条运河在江南的足迹始于先秦，而泽被于后世的江南。京杭大运河沿岸的古城很多，就说说嘉兴吧。

京杭大运河千百年来一直哺育着我们这个民族，并且不断改变着它所流经地区的面貌，位于杭嘉湖平原上的古城嘉兴就是其中之一。曲水流觞的江南嘉兴，由于运河的到来，由一座南方小城变成了河运重镇，而江南文化也随之走向了更为广阔的地带。

嘉兴地区江南运河的开凿历史可追溯至秦代。作为一个大一统的帝国，必然会重视对南方的开发。秦代在古吴国江南运河和百尺渎的基础上，进一步疏浚江南运河。秦代的江南运河，从规模和功能上看尚显粗简。对于江南特别是浙北的嘉兴而言，此时的运河还没有在城市经济文化的发展中真正发挥重要作用。改变这一状况的时机出现在隋大业年间。公元610年（隋大业六年），隋炀帝杨广下旨开凿江南运河。这时运河的开凿已经有了很好的条件，隋朝政府在历代运河的基础上，重新疏浚，加深拓宽。完工以后的江南运河蔚为壮观：自镇江直达杭州，全长800里，宽有十余丈，来往舟船络绎不绝。自此以后，这段河道才成为大运河不可或缺的组成部分，承担起沟通南北、维系漕运的使命。更为重要的是，江南的城市从此获得了地位上的抬升，融入了运河城市文化带之中。嘉兴也由一座默默无闻的小城变成了运河南端的枢纽。

运河来到嘉兴，为元明清各朝解决了经济命脉和中央政权相互联系的问题。从此，江南这个粮仓才真正发挥了它作为帝王手中缰绳的作用。不仅是运河泽被了嘉兴，嘉兴也改变了大运河。没有杭嘉湖平原多元文化的滋润，大运河充其量不过是一条航运通道和漕运工具而已。自从流进这块沃土并和江南运河聚首以后，京杭大运河才名副其实地激活了古老的中国南北文化，令北方政治伦理传统与南方的审美诗意气质和谐地交融在一起。嘉兴的千里沃野，不仅滋润了这里的风土人物，而且逐渐使其成为江南运河航道上的著名水城。运河之于嘉兴，是一种北方文化的南渐；而嘉兴之于运河，则是江南文化由地方一隅走向更广阔领域的过程。

通过大运河，北方的文明向江南传播，逐渐融进了南方人们的生活中。嘉兴之地原是吴越争霸的战场，也曾上演过刀光剑影、血流成河的一幕。嘉兴一带有个古地名：槜李，就包含着一段阴谋故事。

槜李的地名初为人知，是源于春秋时代的两次大战：一次是公元前510年，吴国军队在此地打败越军，理由是越国没有跟随吴国伐楚；一次是越王勾践率军在此打败了吴王阖闾，据说还采用了一种恐怖的战法，派死囚在阵前自刎，吴军大惊，结果被越军趁机击溃，吴王阖闾伤重身亡。这就是吴越交恶的由来，一部《吴越春秋》，实际上

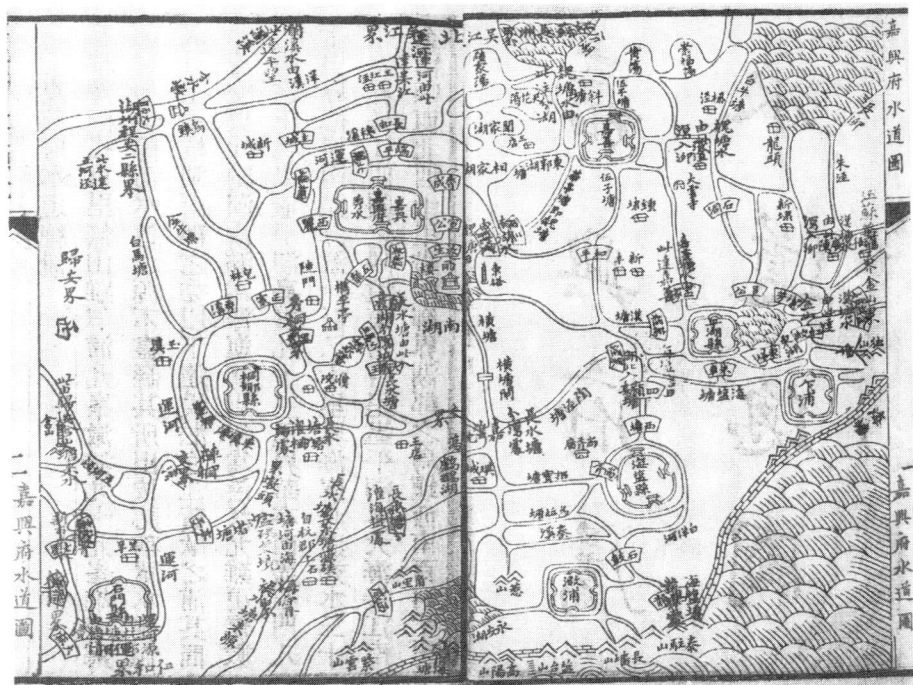

日后的天下粮仓——嘉兴府水道图

就是江南两国相互争斗、尔虞我诈的历史，也是"春秋无义战"的延续。

传说越王勾践为了蛊惑吴王而进献了美女西施，当西施进入吴宫后，吴王夫差果然被她的美色所动，日日欢娱不思朝政。为了博取美人欢心，吴王总是迎合她的喜好。有一年夏天，越国向吴国进贡了一批李子。夫差马上命令宫女将这些李子送给西施品尝。西施看到贡品，又听说这是从故乡越国送来的李子，触物生情，思念家乡，顿时就没有了胃口。这时，吴王夫差来看望西施，一见贡品分毫未动，感到奇怪，于是问道："爱妃呀，这是上好的贡品，怎么不尝尝呢？"西施回答："这些李子采下来的时间已经太久，不新鲜了。"夫差一听："那我再命人送一些新鲜的来。"西施摇摇头说："两地相距遥远，难以保鲜，大王，我想亲自去采摘品尝。"夫差即刻答应。于是他选派了一批宫女陪西施前往。西施来到樵李，见到故乡的风物，心情一下子就好了许多。只见她信步来到李园，见到那刚刚成熟的李子，青里透红，清香袭人。西施随手采下了一颗，然后轻轻用指甲在李子顶部掐了一下，顿时果汁溢出，香气扑鼻。拿到嘴边一吸，谁想这李汁犹如甜酒一般。西施连吃了几颗，竟然被醉倒了。从此以后，人们就给这里的李子取名

"醉李"。而"醉"和"樵"同音，且此城池名曰樵李，后来人们就把这里的李子称为樵李。樵李见证了夫差对西施的宠爱，也见证了吴国由盛转衰的过程，其间与其说是浪漫的二人世界，不如说是又一个不见硝烟的战场。

后来，永嘉南迁和建炎南渡使得江南文化发生了蜕变，嘉兴也变得"罕习军旅，尤慕文儒"（《至元嘉禾志》）。到了明清时期，处在航运枢纽的嘉兴，比起其他江南城市来说，更是善于开风气之先，"善进取，急图利，而奇技之巧出焉"（《宋史·地理志》）。很多文人也沿着运河来到江南，把北方礼乐文化和儒家的思想、观念传播到这片土地上。在这样的背景下，嘉兴已不再是单纯的江南小城，而变成了南北文化交汇的枢纽。于是，在明清易代之际，才会从这里走出像吕留良这样的铮铮义士，令那些在北方纵横驰骋的八旗铁骑寸步难行。

嘉兴的地理位置在"人间天堂"之誉的苏州与杭州的中间，浙北杭嘉湖平原的沃土之上。杭嘉湖平原如今是江南经济文化的核心地区，京杭大运河的南桥头堡。这片平原是由长江和钱塘江夹带的泥沙，经历了漫长岁月冲积而成的。由于地势平坦，土壤肥沃，气候温润，因此这块平原成了浙江省北部乃至江南地区最为富庶之地，同时它

也是全国闻名的谷仓和蚕丝产区。如果说江南富甲于天下的话，那么杭嘉湖平原就是富甲于江南了。

生活在杭嘉湖平原上的人们，依托这块土地，将种桑、育蚕、养鱼三者结合起来，以桑叶育蚕，将蚕沙喂鱼，用塘泥种桑，创造出"桑基鱼塘"的耕作方式。也正是在这一背景下，大运河的缔造者在规划运河路线的时候，将眼光投向了嘉兴，希望把这里变成名副其实的"天下粮仓"。但是，大运河流经嘉兴的时候，也赋予了这座城市新的气度。这条大运河不仅沟通了南与北，同时也盘活了嘉兴一带的水系，形成了嘉兴城独特的湖景。

古城嘉兴，在长三角众多大城市之中，面积不算很大、人口也不很多，地位却十分重要。公元242年，吴国为避讳改禾兴为嘉兴。自此之后，这片土地终于得到了一个朗朗上口、寓意美好的称谓。孙权是三国时期著名的政治家，治理江南卓有成效。在他的治下，吴越江南也由原先的"饭稻羹鱼"之地变成了鱼米飘香、"郁郁乎文哉"的锦绣之乡。自六朝已降，在乐府歌诗和杏花春雨滋润下的嘉兴，已经摆脱了古拙蛮荒之气，正准备把它的胸怀向中华民族展开，这一契机就是大运河的到来。

通过嘉兴城中的一些古老地名及其分布，我们可以了解到唐宋大运河开通以来嘉兴城市的面貌究竟发生了怎样的变化。在运河与秀水交汇处有一处地名：芦席汇。按照中国城市地名的规则推想，千百年前这里应当是一个交易芦席的市场，嘉兴城内还有很多类似的地名环水而列：狮子汇、洗帚汇、缸甏汇、风箱汇……有点像今天的超级市场。我们可以想象，当时运河两岸的商贸活动是多么频繁，几乎每一个集市里都是人头攒动，百姓们在专注地挑选着自己需要的商品。不时地还有船只在吆喝着靠岸，又有最新的货物被卸下。当时嘉兴的主要生活和商业区集中于河道两侧，嘉兴城由此逐渐形成了一河一街的城市格局。嘉兴的河道上有道奇特的一景：书在船上买。这种书船出自湖州，船上有书架、书桌、木椅，俨然就是书房一般。若有顾客登船，店家必然从袖中取出书籍目录，恭恭敬敬地递上，客人看过目录，然后便可选书，十分方便。这个交易过程堪称温文尔雅，充分显示了嘉兴商业活动中的文化气息。嘉兴一带不仅有书船，还有船只贩卖文房四宝、笔墨纸砚。伴随着书卷和纸笔的交易，孔孟之道、礼乐文化自然也就伴随着轻摇的船桨走进了江南人家。

在嘉兴历史上留下诗篇的作家很多，情况十分复杂，不仅有北来诗人，也有本土诗人。嘉兴籍诗人人数众

水乡秀影（刘小慧摄）

多，以清代的"秀水诗派"最为著名。徐世昌在《晚晴簃诗汇诗话》里这样评价："豫堂（即祝维浩）与钱葺石、王受铭、朱偶圃、陈乳巢号'南郭五子'，诗宗西江，而去其生涩，宏肆类竹垞，雅洁俪秋锦，至其凌轹波涛穿穴险固，独往独来，自成馨逸，有拔哉靡垒于两家之外者。"这个诗派在嘉兴崛起的意义在于：它标志着城市的文化地位有了质的提升，嘉兴这个原来以农耕为主的小镇变成了江南地区的文化中心。到了现代更是如此，从这里相继走出了王国维、徐志摩、丰子恺、金庸……有人赞叹：在现代文学史上，重要的作家有一半是浙江籍，这其中又有一半

是嘉兴籍。正是在这样的精神浸染之下，嘉兴城市的文化气度逐渐发生深刻的变化，其诗性精神获得进一步提升。从某种意义上说，粗简刚性或是柔媚婉约如今都不足以涵盖嘉兴的文化内涵。可以说，唐宋以后的嘉兴，其特征是以江南的诗性为内核，以北方的伦理为外衣，形成多元、多层次的文化城市。这一点从嘉兴诗人的特点可见一斑。

隋唐以来，江南在人们心目中一直是财富之地，但商业文化始终得不到足够的重视，以齐鲁地区为代表的北方政治伦理文化并没有能和江南诗性文化展开真正平等的对话。直到宋

元之后，特别是明清盛世时期大运河两岸贸易的繁忙，江南文人带着诗意审美的生活态度逐渐融入到北方，中国文化中的两种精神气质终于获得了有效的沟通。尽管政治伦理的力量依旧强大，它通过运河继续向南辐射，江南的诗性文化却在同时沿着运河航道悄然北上，二者最终汇成一股精神洪流。因此我们可以说，运河已成为一座文化桥梁，而它的南线枢纽就是嘉兴。正如刘士林先生所说的那样："大运河的文化线路则在两者之间起到重要的沟通与交流作用，并使两种在原则上针锋相对的伦理与审美文化，在现实中获得了接触、理解与融合的可能。"（《大运河与江南文化》）从这个意义上说，此时的嘉兴使京杭大运河成为了一条"文化之河"，也使得自身变成了一座"运河之城"。

白云深处有歌声

吴王刘濞，汉高祖刘邦的儿子，一个因造反而被钉在历史耻辱柱上的人物，虽然在政治上，他的所作所为不值得肯定，但是，由于他的野心，却给当时的江南带来了一次发展的机遇。尤其是对于扬州而言，刘濞营建广陵，实际上就为这座千年古城日后的繁荣奠定了基础。

周代，在这一地区曾出现过一个国家——邗国。后来，吴国又在此开掘了邗沟，并修筑了邗城。邗沟是一条人工运河，它是吴国为了北上伐齐而开挖的，目的是沟通江淮，好发挥吴军水师的力量。而邗城便是在这一背景下修建的，当时的邗城也是后来扬州的雏形，据考古显示：古老的邗城筑于当今扬州市西北的蜀冈之上。城的南沿临蜀冈断崖，断崖下即是长江。城系方形，为版筑城垣，周长约十华里。城南有两道垣，外城垣和内城垣之间有濠，外城之外，也有濠环绕。传说城没有南门，北面为水门，只有东西两面有城门，这种形制，与江南的越城、奄城遗址很相合。（许凤仪等《扬州史话》）这是扬州城市的发端，一如其他古代城市，扬州的起点与军事目的有直接的关系。

到了汉代，广陵一带成了吴王刘濞的封国。"夫吴自阖庐、春申、王濞三人招致天下之喜游子弟，东有海盐之饶，章山之铜，三江、五湖之利，亦江东一都会也。"（《史记·货殖列传》）这里自春秋时代起，经济生产条件就比较优越。由于境内有铜矿，因此他利用政策上的漏洞大量铸钱，发展经济，史载："吴有豫章郡铜山，即招致天下亡命者盗铸钱，东煮海水为盐，以故无赋，国用饶足。"（《汉书·荆燕吴传》）由于他的吴国综合实力不断上升，因此都城建筑也有了长足的进步。"汉广陵城的内城市重复于邗城遗址上的。内城之东为汉代扩筑之城，亦即外城部分，又可称之为'东郭城'。和邗城一样，汉广陵城是版筑土城，门阙处用砖瓦砌成，后世有人在缺口（城门所在）处的地下，发现过残破的绳纹汉砖以及云纹汉瓦等文物资料。"（赵昌智等《文化扬州》）如此高速度的经济发展，在当时是十分惊人的。可以说，扬州在他的手中才真正成为了一座像样的地区性都市，以下是研究扬州的专家对当时广陵城的描述："广陵既是吴国都城，经过扩建，范围更大。《后汉书·郡国志》云：'广陵，吴王濞所都，城周十四里半'。……自汉筑

临安古意（陈凌波摄）

广陵城以来，历经魏、晋、宋、齐、梁、陈直到隋、唐两代，城垣虽有兴废，但广陵城址未变。"（许凤仪等《扬州史话》）

从这段文字中我们可以看到这样一座城市：首先，汉代的广陵城形制上已经较为成熟，其城市结构也相对稳定下来，成为以后历代扬州发展的框架；其次，从遗址考查来看，广陵城的建设采取的是层层累积的方式，也就是在原有城市基础上扩建，这一点同苏州城类似，也成为江南都市发展的重要借鉴。广陵是汉代最具代表性的江南城市，它的突出特征在于经济因素成为城市发展的主导，这是与北方城市最大的区别。我们都知道，汉代长安城市当时的超级大都会，其发展的有利条件来自它的政治地位，使得它取代咸阳成为当时汉帝国的政治权力中心，也成就了其大都市的形态；但是，地处江南的广陵则完全不同，它的战略地位不可谓不重要，然而就政治地理来说，实在是不能与关中地区相比，这也是刘濞无法赢得成功的一个原因。对于广陵，它的发展支柱在于经济。汉代广陵城地处南北要冲，王朝兴废引发的动荡不可避免地会影响这里，但广陵作为江南重要都市的地位却始终不曾消失，唐代和清代更是成为商业文化大都会。直到近代大运河的航运功能逐渐下降，新兴交通方

式才使扬州地区大都市的位置被上海取代。不过,在这里需要说明的是,即使是上海的兴起,也无法抹去古扬州在文化上对于江南都市的重要贡献。这一贡献概括起来就是:它在伦理话语发达的汉代,令江南地区有了一个难得一见的发言机会。尽管转瞬即逝,但却使得北方政治家开始注意到:在拥有辽阔疆域的中国大地上,存在这么一块地方,它有着特别明快清澈的声音,它的名字叫做江南。

汉代江南城市的发展速度明显加快,"秦灭六国,建立起统一的多民族的封建专制主义中央集权国家。在地方推行郡县统治,江南地区已出现了会稽、闽中、南郡、长沙、黔中、九江等六个郡级行政区,可考的县治大约有38个左右。到西汉高祖六年:'令天下县邑城',师古注曰:'县之与邑,皆令筑城'。且'以其(秦)郡太大,稍复开置,又立诸侯国。'加强地方行政建置,使西汉城市建设得到飞速发展。在江南,先后增设了豫章、丹阳、江夏、武陵、零陵、桂阳等六个郡级行政区,加上秦原有的南郡、长沙和会稽等二个郡级行政区,共有九个郡国,县治140个。东汉时期,由于南方人口增多,土地垦辟,又在会稽北部分置吴郡,县城进一步增加至144座"。(陈晓鸣《汉代江南城市与商业问题述

论》)尽管如此,江南城市的发展毕竟与北方中原地区相比有很大的差距,主要表现在城市规模较小,分布不够密集,数量仍不够多。(参见周长山《汉代城市研究》)这种差距一直到六朝才逐步缩小,唐代以后才真正发生转变。汉代江南城市的另一特征为商业迅速发展,商业化水平获得提高。汉代江南的商业职能分工已经很细。加之"是时,吴以诸侯即山铸钱,富埒天子,后卒叛逆。邓通,大夫也,以铸钱财过王者。故吴、邓钱布天下"。(《汉书·食货志》)进一步使江南城市在国家经济系统中的地位上升。由此我想,如果从城市文化史的角度看,也许吴王刘濞的遗憾会相对少一些,因为他毕竟留下了一座广陵城。因为如此,江南都市文化的发展才不至于出现断裂。

我的感觉是,秦汉时期的江南,乃至于南方,都有被边缘化的趋势。一个重要的背景就是政治家对于关中的格外重视。虽然司马迁很同情楚霸王,说秦代后"政由羽出",把项羽当作帝王一样立传。但不可否认的却是:这位不可一世的霸王在政治上却非常失败。他竟然不顾历史潮流,采用分封制,大封诸侯,而且他选择了一座不具备首都气象的城市作为都城,大有"衣锦还乡"的架势,把关中留给章邯等人,而把巴蜀封给了刘邦,这更

是让刘邦窃喜。彭城的地理位置使得项羽远离战略重地关中，难以控制全国要津。更让人叹息的是，他把这块肥肉送给了政治对手刘邦，刘邦拜韩信为将后，暗度陈仓，打败章邯，袭取关中，胜负的天平已经倒向汉军。这就难怪在楚汉战争过程中，项羽在看似占尽优势的情形下最终失掉了政权。

当刘邦终于面临选择首都的时候，有个叫娄敬的人说了如下一番话："且夫秦地被山带河，四塞以为固。卒然有急，百万之众可立具也。因秦之故，资甚美膏腴之地，此所谓天府者也。陛下入关而都之。山东虽乱，秦之故地可全而有也。夫与人斗，不搤其亢，拊其背，未能全其胜也。今陛下案秦之故也，此亦搤天下之亢而拊其背也。"（《资治通鉴》）这完全是一个政治家的考虑，当然称了刘邦的心意。东汉作家张衡曾评价刘邦这样的选择："汉氏初都，在渭之涘，秦里其朔，寔为咸阳。左有崤函重险、桃林之塞，缀以二华，巨灵赑屃，高掌远蹠，以流河曲，厥迹犹存。右有陇坻之隘，隔阂华戎，岐梁汧雍，陈宝鸣鸡在焉。于前则终南太一，隆崛崔崒，隐辚郁律，连冈乎嶓冢，抱杜含鄠，欱沣吐镐，爰有蓝田珍玉，是之自出。于后则高陵平原，据渭踞泾，澶漫靡迤，作镇于近。其远则九嵕甘泉，涸阴沍寒，日北至而含冻，此焉清暑。尔乃广

衍沃野，厥田上上，寔为地之奥区神皋。昔者，大帝说秦穆公而觐之，飨以钧天广乐。帝有醉焉，乃为金策，锡用此土，而翦诸鹑首。是时也，并为强国者有六，然而四海同宅西秦，岂不诡哉！"（《西京赋》）而且当时关中是全国较为富庶的地区，经济上也能保证首都的资源供应。对于从政治伦理角度思考的统治者来说，建都于此实在是再合适不过了。于是，在关中平原出现了一座八水绕城的大长安。长安继咸阳之后成为全国的首位城市。政治中心定于西北，江南则成为政治上的边缘地带。

在汉代的城市体系中，江南城市的商品化水平不算很高。前文说过，城市文化的发展很大程度上依赖于经济活动，倘若经济不繁荣，那么相应的城市文化结构就不会完备，这一点体现在汉代的江南地区尤为明显："为商品交换而生产的手工业作坊较少。当时全国设在各地的工官有8处，而在江南没有一处；设铁官49处，而江南仅有耒阳1处，占2%，设盐官37处，而江南仅有巫、海盐等2处，占5%。我国考古工作者迄今为止已在全国各地发掘汉代冶铁遗址30余处，有的规模十分宏大，面积达十余万平方米，却没有在江南发现一处。同样，民间手工作坊亦相对较少，致使江南作为商品交换的多为方物特产。"（陈晓鸣《汉代

江南城市与商业问题述论》)在这种情形下，我们就不难理解为什么汉代的政治经济大都会几乎都不在江南。"彭城以东，东海、吴、广陵，此东楚也。……楚越之地，地广人希，饭稻羹鱼，或火耕而水耨，……江淮以南，无冻饿之人，亦无千金之家。"(《史记·货殖列传》)这样的记载充分说明，江南城市比起北方来的确是比较落后的，有学者统计过，江南的"商业市场相对较少，且规模较小。据司马迁《史记·货殖列传》记载：当时全国著名的商业都会二十个，其大部分分布在中原地区，江南仅有江陵和吴一处，占10%左右。而且规模亦较小，象长安九市，临淄'市租千金'的商业市场，江南没有。江陵、吴城和成都仅是区域性的小市场"。(陈晓鸣《汉代江南城市与商业问题述论》)因此，这时的江南不但是政治上没有话语权，更主要的是没有大型的商业都会，故此只能作为城市化的边缘地带而默默地等待新的历史机遇到来。

大地上诗意的栖居

这是中国古代城市文化史上的一个特殊阶段。在战乱未已、国家分裂的数百年间，江南的都市文化却迎来了它的第一段黄金发展期，这不能不说是一个奇迹。实际上，北方与南方的城市命运之所以出现如此大的差别，不仅有政治权力的因素，决定它们命运的根本上是一种文化的力量。去六朝尚不算遥远的诗人韦庄，在他流连于烟柳长堤、细雨蒙蒙的江南图景时，脑海之中一定会浮现出当年那种王谢衣冠、俊朗风度。因此他写下了著名的《金陵图·台城》："江雨霏霏江草齐，六朝如梦鸟空啼。无情最是台城柳，依旧烟笼十里堤。"

这一时代之所以成为后人念念不忘的一个黄金时代，关键还在于它使人第一次超越了死亡，要知道，"死亡"这个字眼，从人类进入文明社会以来就一直像挥之不去的梦魇一样困扰着人们。尽管思想家也在努力地寻找使个体摆脱死亡束缚的方式，但始终无法从伦理异化中获得真正的个体自由。直到魏晋六朝，那些名士才完成了"人的觉醒"。而这种觉醒，正如李泽厚所说，"是在对旧传统旧信仰旧价值旧风习的破坏、对抗和怀疑中取得的"。正是社会的大裂变成就了一种精神的大超越。试想，那种"一手持蟹螯，一手持酒杯，拍浮酒池中，便足了一生"的生存状态不就是长久以来人们求之而不得的精神解脱吗？这些士人，可以在渡口边迈着轻快的脚步

烟雨西塘（陈凌波摄）

去迎候自己的爱侣，也可以"纵酒放达，或脱衣裸形在屋中"。这便是六朝诗意的体现，它是从沉睡中苏醒过来的一股蕴含着无穷生命力的智慧。自从它来到人世间之时，便注定要演奏出一曲动人心魄的乐章。而这种生命力一旦融入到城市当中，就形成了城市精神的真正觉醒和蜕变。

如果要为江南做一篇传记，必须要考虑江南的诗性文化精神，正是这种精神气质的存在，江南才成为江南。从历史的角度看，文化的影响可以深入一个民族的心灵深处，并且一代代流传下去。从这个意义上说，研究江南就不能不去找寻它的文化血脉。正如高小康先生所说的那样："江南艺术文化作为中国文艺传统在蜕变中形成的新特质，并没有在后来的南北交流湮没，而是成为后来中国文艺传统中的一个特殊的因素，影响着艺术文化主流的发展趋势。"（高小康《永嘉东渡与中国文艺传统的蜕变》）关键问题在于，江南文化的中心是怎样形成的？它又是怎样发展为一种成熟的文化实体的？这还是要归结到刘士林先生提出的"江南轴心期"概念，即魏晋六朝这一特殊时代。按照他的说法，把这一时代看作是江南文化的轴心期，主要是由于江南的文化传统在此时发生了重要的蜕变，其重要的标志是永嘉东渡，代表文献就是《世说新语》和南朝乐府民歌。之所以要在这里着重论述这个历史阶段，正是因为六朝对于江南来说，是晚唐五代江南诗性精神最终成熟的发端；没有俊逸的六朝风度以及江南在此时的巨大转变，我们便很难想象晚唐后的长江中下游地区，会出现那些充满诗意的文艺活动。康德曾经说过："人们把灌注生气的心灵原则称之为精神。"（康德《实用人类学》）

维柯在其著名的《新科学》一书中曾提出过"诗性智慧"的概念，并且指出："原始的诸异教民族，由于一种已经证实过的本性上的必然，都是些用诗性文字（poetic characters）来说话的诗人。"也就是说，人类的精神领域有着共通性，而这种共通性在远古时代正表现为一种相似的智慧形态，这就是诗性智慧。作为人类最初的智慧形态，诗性智慧的研究无疑对于整理和发现人类精神的深层结构是相当重要的，同时必须指出，由于历史环境的限制，维柯的某些观点在如今

看来存在着许多问题，以他身处的时代和地域，这当然是在所难免的。

我认为更重要的一点是，维柯尚不能摒弃"西方文明中心论"的影响，从而在论述诗性智慧的过程中没有选择最佳的对象和视角。而西方民族的历史发展表明，诗性智慧的考察若以西方作为研究对象并不合适，因为西方对远古智慧的继承和保留远不及中国民族那样完整，他们的文明从本质上说是断裂的，故此在他们那里，诗性智慧很容易被简单看作是理性的初级阶段，这样就不可能真正地将诗性智慧的内涵加以澄明。而在中国民族的精神深处，这种智慧却在很大程度上以一种特殊的方式被保存了下来。正如刘士林先生在《中国诗性文化》中所指出的："……在中国连续性文明中，在轴心期前后的典籍中，则有着大量关于史前文化的追忆和记述，它们作为轴心期的精神结构，使大量的原始文化被继承下来，并发展成为以诗歌为核心的中国文化表象系统。"由此可见，如果把诗性智慧引入中国文化的研究，可以解释很多令人困惑的问题。诚然，远古的诗性智慧在中国文明中被保留了下来，但同西方一样，进入文明时代却是无法回避的事实。雅斯贝斯认为，中国、印度和西方都在同一时期达到了一个"历史轴心"。他

说："这个时代的新特点是,世界上所有三个地区的人类全都开始意识到整体的存在、自身和自身的限度。"(雅斯贝斯《历史的起源与目标》)这一概念比较客观地解释了在公元前8—前2世纪人类从自然状态向文明时代的跨越。在这一时代,诞生了中国的先秦诸子、古代印度的佛教思想和古希腊的哲学。此外,对于中国来说,研究视角还可以上溯到更遥远的"青铜时代",这里不再赘述。(刘士林《中国诗性文化》)正是在这个时期,人类原始文化同文明时代相互分离,从而完成精神生命的最初觉醒,其重要的标志就是死亡意识的诞生。提出轴心期概念的意义还在于,借助它能够梳理出不同民族的精神原型结构。他说:"轴心期的创造性时代之后是剧变和文艺复兴;直至公元1500年,当欧洲迈出其前所未有的步伐时,中国和印度却准确地同时进入了文化衰退。"(雅斯贝斯《历史的起源与目标》)应该讲,这一说法是符合实际情况的,但雅斯贝斯的局限就在于未能指出中国民族这种衰退的历史原因。如果我们不去研究诗性文化在中国大地上的命运,这个问题不可能解决。事实上,中国文明的衰退正是与诗性精神被严重扭曲和压抑有着密切的关系。我认为在这个问题上,以雅斯贝斯为代表的西

方学者始终无法解释清楚。

关键问题在于,使用这一概念时,首先必须注意从中国语境入手,因为西方文明的历史变迁与中国有着根本不同。我们在考察江南何以成为江南的时候,首先应当为江南诗性文化找寻它的源头,而我认为,这个源头实际上就是刘士林先生曾提到过的"中国语境"。由此出发,我们可以看到,中国民族在这个特殊的历史时期所表现出来的状态并非是像西方那样,与远古的诗性智慧彻底决裂,而是通过产生于轴心时代的先秦伦理思想,将遥远古代的智慧因子巧妙地融入其中,形成了自己独特的生命伦理学体系。需要指出的是,这种延续与传承是一种精神形态上的而非仅仅是物质上的。对此,有学者认为:"一个文明在文化史上的连续性,总而言之,应该包括两个方面:一是语言文字发展的连续性,即文化赖以传播的工具或其重要表现形式的连续性;一是学术本身(其中尤其重要的是哲学和史学)发展的连续性,即文化的精神内容的连续性。"(刘家和《古代中国与世界》)

张光直先生指出,"在中国古代,财富的积累主要是通过政治手段,而不是通过技术手段或贸易手段的"。(张光直《青铜挥麈》)在此基础之上,他得出结论:中国社会中的变化主要

来源于人与人之间关系的变化。这个论断无疑为我们揭示了中国民族从"野蛮时代"到"文明时代"转变的深层因素。但是,这也会产生一个问题,那就是文明的异化不可避免,这种异化的痛苦是否可以用儒家的方式全盘解决? 结论当然是否定的。儒家伦理本体只会使这种异化的痛苦不断加深,在这种情形下,我们应当想到中国古代思想的另一大源流,即庄子的思想。

实际上,以庄子为代表的道家正是中国审美精神的最高体现。叶朗曾经说过:"在中国古典美学中,'美'和'丑'并不是最高的范畴,而是属于较低层次的范畴。对于一个自然物或一件艺术品,人们最看重的并不是它的'美'或'丑',而是它的是否充分表现了宇宙一气运化的生命力。"(叶朗《中国美学史大纲》)我以为这段话道出了老庄,特别是庄子美学精神的精髓,这和儒家强调"仁"在社会关系中作用的思想是截然不同的。道家思想的审美本体真正构成了中国民族的诗性精神。

而且更重要的是,这种精神在中国美丽的江南经过发展和蜕变之后,以一种诗性审美文化的姿态呈现在世人面前。可以说,江南作为诗性智慧的东方家园,其作用和影响是独一无二的。如果从这个方面来考察的话,我们会看到一个真实的江南。基于此,我想着

重指出:刘士林先生所提之"江南轴心期"的概念是本文研究江南诗性文化的一个重要理论支点,正是这个观念使得文化江南的界定有了诗学依据。

可以肯定的是,在六朝时期的江南,便诞生出这样一种灌注了"诗性"气质的心灵原则。从这个意义上说,中国民族的审美意识已经从沉睡中醒来,并且开始脱离伦理体系的范畴,独立为一种话语存在。我认为,中国民族的审美话语应当是与其伦理话语一样同时产生的,都属于人类从原始时期进入文明时代的产物,只不过后来审美话语遭到了严重的排挤和压抑。审美话语最典型的例子是《庄子》,其中便体现了与儒家所完全不同的生命方式。儒家以礼乐教化构建起一套宗法制度,并逐渐形成了农业社会典型的政治体制,这是基于农业生产活动实际需要而产生的,它在黄河流域和中国北方地区起到了调节资源分配的作用。

江南地区的先民,原本属于好勇善战的民族。如先秦时期的吴国和越国,就曾经挑出了与中原大国争霸的旗帜。但是,情形到了魏晋以后开始发生显著的变化。这个变化在于:江南从此告别了充满野性的、质朴的童年。后人在考察六朝时期的文艺精神的时候,大都认为这是一个转折的时代。随着大批文人士大夫的南迁,以

中国凤——江南文化系列丛书

朱逸宁

及被奉为正朔的司马氏政权重新获得确立，江南文化开始注入新的内涵，重要的标志便是北方知识分子在南渡后发生了精神上的巨变。

在《世说新语》中，我们可以看到一群与众不同的文人形象。那种所谓"为天地立心，为生民立命，为往圣继绝学，为万世开太平"的思想与他们是格格不入的。在这些士人的眼中，艺术的境界超越了政治的功利而成为生活的主体，这也是以往所不曾见到的。《世说新语》中还写道："荀勖解音声，时论谓之暗解。遂调律吕，正雅乐。每至正会，殿庭作乐，自调宫商，无不谐韵。阮咸妙赏，时谓神解。每公会作乐，而心谓之不调。既无一言直勖，意忌之，遂出阮为始平太守。后有一田父耕于野，得周时玉尺，便是天下正尺。荀试以校己所治钟鼓、金石、丝竹，皆觉短一黍，于是伏阮神识。"魏晋名士这样醉心于艺术，当然不能理解为仅仅是一种闲情逸致，而是一种他们精神个性自觉的外在流露。正如宗白华先生说的那样，这的确是

傅抱石《竹林七贤》

"精神史上极自由、极解放、最富于智慧、最浓于热情的一个时代"。（宗白华《艺境》）

嵇康在《琴赋序》中说得很明白："余少好音声，长而玩之。以为物有盛衰，而此无变；滋味有厌，而此不倦。可以导养神气，宣和情志。处穷独而不闷者，莫近于音声也。"这实际上是告诉世人，艺术之于日常生活，乃是不可分割的一部分。后来钟嵘便受到了这一影响。他说："非陈诗何以展其义，非长歌何以骋其情……使穷贱易安，幽居靡闷，莫尚于诗矣。"（钟嵘《诗品》）先秦儒家所说的诗可以"兴、观、群、怨"在此已经被个人性情的陶冶所取代，这不能不说是文艺风气的重大转变。《世说新语·伤逝》载庾亮死后，何先为之送葬，他说："埋玉树著土中，使人情何能已已。"又记王子猷与王子敬兄弟病重，子敬先死，子猷前往奔丧，取子敬琴弹，"弦既不调"，子猷掷之于地说："子敬，子敬，人琴俱亡！"他竟"月余亦卒"。实际上，王子猷所真正哀痛的，不仅仅是兄弟的亡故，而是一个充满热情的艺术个体的消失。对这些状况，余英时将其解释为名教和自然之争，具体则表现为"情"与"礼"的冲突。（余英时《士与中国文化》）这是一个比较普遍的观点，但我以为，仅仅作此解释还没有触及文化的深层结构。例如《世说新语·任诞》中裴楷讲到阮籍时说："阮方外人，故不崇礼制；我辈俗中人，故以仪轨自居。"余英时引用《庄子》郭象注："礼者，世之自行，而非我制。"据此认为这就是阮籍一类人行为的哲学依据，并引申为是对世俗礼法的排斥。（余英时《士与中国文化》）这种说法固然是有道理的，但在这种冲突的背后，实际上却隐含着诗性智慧和理性智慧的碰撞，而碰撞的结果无非有两种：一是西方的，即理性智慧占据主导，把诗性智慧扫荡干净；二是中国的，即诗性智慧以另一种方式继续存在下去。只有当理性智慧与人的情感产生不协调的音符时，人们依稀才感到诗性智慧在心灵深处发出的光辉。正如老子曾说过的："道之为物，惟恍惟惚。惚兮恍兮，其中有象；恍兮惚兮，其中有物；窈兮冥兮，其中有精。"如此看来，所谓的"魏晋风度"应该被理解成是审美个体从名法礼教中获得真正的解放，从而得以重温上古黄金时代的诗性智慧。我们不妨借用一下郭平先生的说法："音乐与魏晋士人结合，使两者都成为幸运者，音乐慰藉了魏晋士人，而魏晋士人赋与音乐以非凡的意义。"（郭平《魏晋风度与音乐》）在我看来，这一"非凡的意义"对于江南诗性精神的形成是至关重要的。

这样一个转折的年代，除了有《世说新语》之外，还有优美动人的乐府民歌。相比较而言，前者是审美意识在文人群体中的迸发，而后者则是审美话语体系在民间的诗意流觞，两者共同构成了六朝江南文化的载体。南朝乐府中有歌曰："莫愁在何处？莫愁石城西。艇子打两桨，催送莫愁来。"（《莫愁乐》）"逆浪故相邀，菱舟不怕摇。妾家扬子住，便弄广陵潮。"（《长干曲》）"采莲南塘秋，莲花过人头。低头弄莲子，莲子青如水。"（《西洲曲》）"春林花多媚，春鸟意多哀。春风复多情，吹我罗裳开。"（《子夜四时歌》）在这些清丽婉转的民歌声中，江南的诗性文化在民间也获得了属于自己的声音。（刘士林等《江南文化的诗性阐释》）对于江南来说，不仅是文人的精神发生了蜕变，民间的变化同样重要，因为这种诗意已经渗透到了

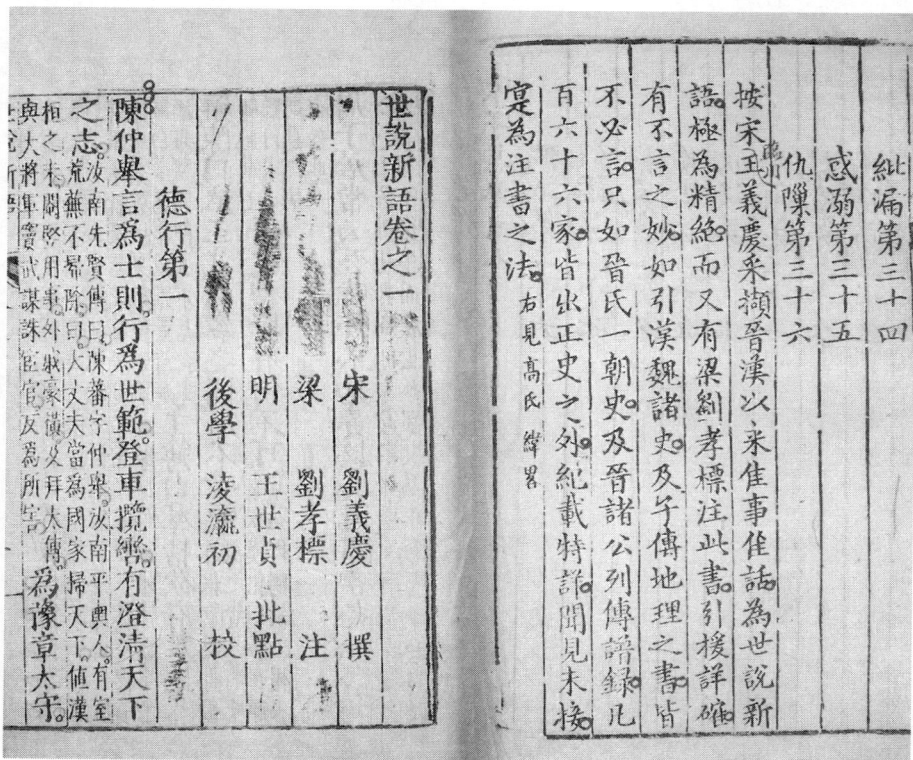

《世说新语》书影

日常生活之中，从而变成了江南性格的一个有机组成部分。可以这样说，《世说新语》和乐府民歌从士人与民间两个不同方向开始为江南文化今后的发展定下了审美的基调。

刘士林先生曾经分析道："许多民族的文明停滞和灭亡都是因为它们在应战过程中一下子消耗掉全部的力量（财力和生命力）而造成的。"（刘士林《中国诗学精神》）这个说法是准确的。我想，对于一个民族而言，告别过去是在所难免的，但一种文明真正的解体还是源于把这条联系着远古文化的纽带彻底斩断。中华民族显然与此不同，在他们深层的精神结构之中，我们看到的是一种独特的延续，这一表现就在江南的精神世界中。通过一段轴

心期，江南使自身得以澄明，也使古老的诗性智慧获得再生。因此，以后无论世界如何变化，中国人都能找到自己的精神家园，这种文化上的延续是关键所在。只有华国民族独特的生命伦理学环境，才有可能实现对这种诗性精神的最大包容。

然而，魏晋六朝以玄学为基础产生的审美话语系统却在发展过程中遭遇到几乎是毁灭性的打击，这表现为士族阶层在政治上的渐趋没落和话语权力的逐渐丧失。而依照中国传统农业社会的特点，失去对政治生活的影响也就意味着在资源分配和争夺主流话语权力上处在了下风。在此，我们可以进一步说，六朝后的江南必定还要经历一番深刻的变化，以适应士族

《女史箴图》中的《奏乐图》

顾恺之《女史箴图》

失落之后精神领域出现的断层。实际上，我认为江南的话语系统与精神内涵的形成在六朝时期只是初步完成了由原始向文明的过渡，真正让这种文化凝结为诗性精神，并成为中国民族传统的时代，即将在公元8世纪的大动乱之后到来。

石头城下起波涛

故事始于汉朝末年，江南一个地方政权，它的称号叫做"吴"。事实上，民间流传的《三国演义》故事远远没有将这个政权的全部演绎出来。

建安五年的一天，一个阴沉的午后。在江东孙府之中，许多人正围在一张床榻旁边。床上躺的不是别人，正是年轻的讨逆将军、吴侯孙策，他的生命即将走到尽头。在这样一个关键的时刻，他正注视着自己的弟弟，一个碧眼少年。而这个人将继承他的事业成为这片土地的管理者。这个人叫孙权，字仲谋。对于这个少年来说，虽然年龄尚显得年轻，但在当时群雄逐鹿的舞台上，毕竟已经出现了他的身影。当时有人这样评价道："吾观孙氏兄弟虽各才秀明达，然皆禄祚不终，惟中弟孝廉，形貌奇伟，骨体不恒，有大贵之表，年又最寿，尔试识之。"（《三国志·吴书·吴主传》）意思是说，孙氏兄弟之中，只有孙权的面相大富大贵。相传孙权是其母亲"梦日而生"，这些话以今天人们的科学常识来看没有什么根据。但是，历史却证明这个人居然没有说错，孙权不仅是吴侯，他还是将来的吴大帝，他的人生经历不仅使他在中国历史上占有重要的位置，而且影响了江南城市的发展方向，在他的治下，将会诞生一座真正意义上的江南都会。

时间转眼到了建安十六年，经过赤壁大战的孙权，已经不再是当年稚嫩的少年了，他出现在朝堂上的时候，面色中不仅有着成年人的稳重和坚定，更平添了几分政治家的果断和老成。现在他所面临的一个重要问题是，为东吴政权选择一个政治中心。这个中心城市，不仅要交通便利，易于政令的传达，另一隐含的意思是，还要具备一座首都的气象。这点当然不是能堂而皇之公诸于众的，毕竟孙权还只是汉王朝的一个地方行政长官，尽管他从来就不唯汉天子的马首是瞻。这个想法在孙权心中已经盘桓很久了，究竟选择哪里呢？是在长江中游的武昌，还是下游的秣陵？这的确是一个要仔细考虑的问题。

从政治地理形势上看，这两处各有其特点：古人曾云："欲王西北，必居关中；欲营东南，必守建康。"这句话把建康（秣陵）和关中相提并论，说明了建康位置的重要。从地理形势上看，建康的北面是长江，背后有太湖平原。在长江以北，还有江淮平原作为缓冲地带，的确有其独特的战略优势。可是，在孙权的内心深处，他还有一个争霸中原的梦想，这个梦想是以武昌为根据地，夺取荆州，进而控制长江中上游。这样，他便可在这乱世中占据几乎相当于战国时楚国的地盘，与曹氏分庭抗礼。这一想法有没有道理呢？当然有。不过，当时的政治局势却和战国不同，强敌并不在函谷以西的三秦大地，而在河洛地区的许昌。况且孙权的大臣们和江南世族似乎更倾向于秣陵。时有童谣云："宁饮建业水，不食武昌鱼；宁就建业死，不就武昌居。"据说连刘备阵营的诸葛亮也感叹："钟阜龙蟠，石城虎踞，真乃帝王之宅也。"这段话的真实性还有待考证。但至少说明了当时江南地区人们的一个普遍看法，那就是长江下游的秣陵是一个建功立业的地方。孙吴政权内部也倾向于在建业定都："江表传曰：纮谓权曰：'秣陵，楚武王所置，名为金陵。地势冈阜连石头，访问故老，云昔秦始皇东巡会稽经此县，望气者云金陵地形有王者都邑之气，故掘断连冈，改名秣陵。今处所具存，地有其

气，天之所命，宜为都邑。'权善其议，未能从也。后刘备之东，宿于秣陵，周观地形，亦劝权都之。权曰：'智者意同。'遂都焉。"（《三国志·吴书·张纮传》）公元221年，在武昌盘桓一年的孙权终于下定了决心：迁都秣陵并改名为建业。史载："十六年，权始自京口徙治秣陵。十七年，城楚金陵邑地，号石头。改秣陵为建业。"（《建康实录》）对于南京这座江南城市来讲，这是第一次以都城的面貌出现在中国历史上。然而，这究竟是一座怎样的城市？为什么它成为首都会对江南的都市发展有如此深远的影响呢？

吴主孙权

据《六朝事迹编类》载:"南朝建都之地,不过建康、京口、豫章、江陵、武昌数处,其强弱利害,前世论之详矣。吴孙策以会稽为根本,大帝嗣立,稍迁京口,其后又尝往公安,又尝都武昌。盖往来其间,因时制宜,不得不尔。及江南已定,遂还建业。保有荆扬,而与魏蜀抗衡。其宏观远略,晋宋而下,不能易也。"(《六朝事迹编类》)这段文字透露出以下信息:首先,长江中游和下游地区适合建都之地,无非是江汉平原及长江三角洲地带,这些都是为人们所公认的;其次,孙吴政权在发展之初,利用杭嘉湖平原的自然资源优势,紧接着便将政治中心迁往长江边的京口,这是为了指挥战争,赢得政治权力,至于公安、武昌,则更加靠近荆州这个战略要冲,但他们远离江南政权的根据地,难以制约下游地区的资源分配;再次,孙权最终选择的都城是建业,这主要出于政治考虑,因为他明白:吴政权既无血统优势,又无军事优势,唯一可依赖的只有在战乱中较少遭到破坏的江南自然资源优势,这就是所谓"地利"。"从建业附近的自然环境看,这里水利资源丰富,土壤肥沃,……,很适合农业的发展。从政治上看,东吴统治集团的政治基础是在建业一带,他们中的大多数出身于吴郡、会稽的名门望族,在江东拥有大量的土地和部曲,他们是不愿离开自己的势力范围的"。(李洁萍《中国历代都城》)因此说,建业都城的确立,既不是出于什么"王气",也不是仅仅因为"虎踞龙蟠"的地形之利,主要是源于对吴越地区的控制需要。先秦时代的楚国真正强大起来,就是在消灭了越国占有长江下游之后,秦代的灭亡与长江中下游的叛乱有关,而汉代的强盛,也离不开汉景帝和汉武帝对吴越地区诸侯国的最终胜利。从上述分析我们可以得出结论:这次不再仅是地方割据势力向中央政权的武装挑衅,而是以资源优势发起的对江南的全面开发。从此时起,由于江南地区稳定的局势,还引发了人口的流动和迁徙。这些现象叠加在一起,使得种种有利于城市发展的因素汇聚在建业,将这座"金陵邑"推向了城市文化的最高峰。

这座建业城让孙权和吴国的群臣兴奋不已,不仅因为这是江南有史以来第一座真正意义上的"都城",更重要的是,他仿佛已经看到一个江南的盛世即将到来。虽然以现在的眼光来看,建业城市的规模还比较小,然而已经初具大城市的气象:

据初步推定,建业城北垣大概在今玄武湖南有一段称为"台城"的古城墙上,这段城墙虽是明都城的一段,但所用之砖明显不同，可能是六朝遗迹。西垣在中心路以西南京大学东墙鼓楼岗下，东垣至青溪覆舟山一线，南垣可能到新街口以南(今淮海路一带)。

城平面为方形，从都城南垣中门宣阳门开始，向南直到淮水，长五里，形成一条中轴线，称为苑路，即御街。苑路两旁"廨署枅比，府寺相属。"孙吴初都建业时建的太初宫，位城的西部。

太初宫形制狭小，周围三百丈(一说五百丈)，共开八门。南垣五门：正中是公车门，东侧升贤门、左掖门，西侧明扬门、右掖门。东、西、北称为苍龙门、白虎门、玄武门。御道南端，近淮水是大航门，跨淮水有朱雀航(遗址大约在今中华门内镇淮桥以西)，正殿是神龙殿。孙皓从武昌还都建业以后，着手在太初宫的东侧建设昭明宫，周五百丈，正殿赤乌殿。

孙吴都城，初界竹篱，后来是土墙篱门。到齐高帝建元二年(公元480年)，始立六门都墙。

昭明宫是十分豪华的。为了营建昭明宫，二千石以下的官员都得进山督摄伐木。还开一条城北渠，引入宫内，使清流绕堂，日夜不绝。……

除了太初宫和昭明宫，孙吴的宫苑建筑还有南宫、西池和苑城。南宫是太子宫，孙权曾经住过。西苑是太子孙登所建，东晋明帝为太子时又进一步修缮，起楼养士，时人称太子西池。东吴和东晋时，西苑一直是太子的花园，苑城名建平园，在太初宫东北。

——叶骁军《中国都城发展史》

孙吴宫殿已不可寻，这是南京图书馆地下的六朝城市遗迹

从这段描述来看，作为建业城开创者的孙吴统治者，显然遇到的首要问题就是建城几无基础可以凭借。楚国的金陵邑原址本就规模有限，秦汉战乱毁坏又较严重，故此孙吴统治者只能借此修建一座周围"七里一百步"的江防军事要塞。试想一下，一座简陋的军事堡垒怎能和住有大量居民的城市相比？而此时，洛阳、成都、许昌等城市已经发展得比较成熟。所以说，建业城可以看作是六朝南京文化的一个发端，而且起点也不算高。

在审视这座建业城之后我们会发现，草创之初的建业，似乎规划上也很不完备。当时"其建业都城周二十里一十九步"。(《建康实录》)据学者们考证，此时的城市在建设的细节上只能算简陋而已，"吴定都建业后，扩建都城，周围二十里十九步，每边长约五里左右，在淮水北五里。城的布局，大体上是仿东汉洛阳城的规模，城墙为土筑，门用竹篱制作，都城极为简朴，至南齐时才改为砖砌。都城的正门叫宣阳门（约在今中山东路以南的淮海路一带），从宣阳门到秦淮河岸的朱雀门距离是五里长街，被称为苑路，即御街。御街的中央是皇帝专用的驰道，路面平整，道旁植槐；路侧有清澈流水的御沟。驰道两旁是一般人行走的大道，侧面筑有高墙。大道的两旁是大小官署和驻军营房所在地，保卫着苑路"。（李洁萍《中国历代都城》）如此朴拙的都城建设是根本无法与北方相比的，且看魏都洛阳城，尽管经历了东汉末年的战乱，但曹魏都城的建设依然让人叹为观止："明帝时建的总章观，高十余丈，是专供他观赏宫女歌舞的场所。他还在都城内修筑了一个'斗鸡台'，以斗鸡为乐。明帝大修宫殿，宫人众多，后宫所费与军费略等。明帝还在洛阳城西北角建造了金墉城。它紧靠邙山，地势高崇，站在上面可以俯瞰全城。它具有军事城堡的作用。据考古工作者的勘察可知，南北长约一千零八十米，东西宽约二百五十米。是由三个小城堡组成，有两个位洛阳城城墙之外，即北面和中间的城堡；另一个位洛阳城城墙之内，即南面的城堡。每个城堡都有围墙，厚约十三米。三个城堡互相连接，有门道相通。在金墉城城墙的四周外壁上，设有墩台，长约十五米，宽约八米，每个相距大约六、七米。其作用主要是为了防范。"（李洁萍《中国历代都城》）与此相比，建业城存在两大问题：首先是在规划上简单模仿洛阳城，但又慑于政治名分而不敢僭越。其次是设计上十分简单。这又是为什么呢？其实原因不外有二：一是孙吴统治者政治中心的游移不定，孙吴政权曾经两度迁都武昌就是最好的证明。这个政权实际上的统治中心在长江下游的江南，而统治者的政治目标又在长江中上游，这一矛盾始终没有解决。如果要追究深层次的原因，那么我认为最好的解释就是传统伦理话语体制的强大力量牵制了孙吴统治者的思想，逐鹿中原仍然是他们无法摆脱的梦魇。这种政治向心力导致了偏于江南、远离权力分配中心的建业在他们心目中只是一座变革图强的临时基地。这同时也说明吴政权的统治者从一开始就没有把江南当作全国性的政治中心。二是建业的地理结构，山水交错，地形并不十分开阔，因此难以像长安那样幕天席地般地展开，而只能依山傍水因势而建。有学者已指出："六朝立国江南，在都城规划上深受江南自然环境和筑城传统的制约，其特征就是重视山水资源的利用。早在春秋战国时代，吴越国家的城邑就或置山冈之上，或处环水之间，目的是把山水优势作为城市重要的防御要素纳入到城市结构之中，在平面布局上不求类同于中原都城的方整规范。"（贺云翔《六朝瓦当与六朝都城》）这一点尤其关键，因为城市自诞生之初就是人类文明与大自然相互区别的重要标志，同时也象征着人类自身与原始时代彻底告别，在此基础上建设起来的北方政治都会恰好体现了这一点。但是江南城市则不一样，从上述这段话来看，它呈现出一种与周边自然融为一体的全新城市格局。从长远看来这也就实际上暗暗地决定了建业的文化命运：由于人为及政治的因素影响十分有限，换句话说，政治权力对这座城市发展的作用远没有北方那么大，加之地理位置远离国家战略中心地带，因此它注定不可能成为一座北方式的政治型都市，而是会出现一些新的文化特质。尽管如此，建业

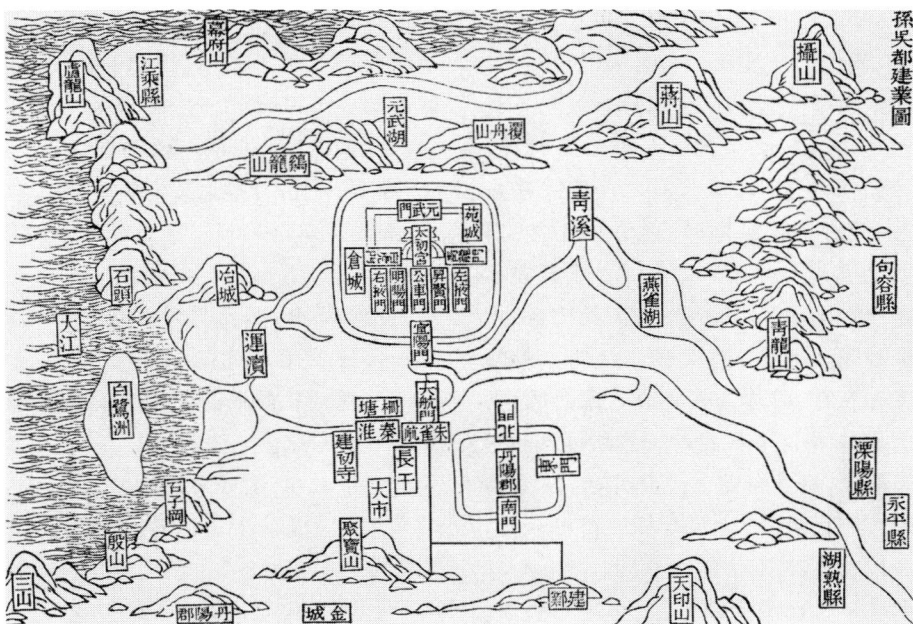

孙吴都城建业图（选自陈沂《金陵古今图考》）

城市格局的初步形成，仍然可以称得上是江南城市史上的一件盛事，因为它从根本上提升了江南城市的地位。

在文学家的笔下，吴都建业的华美是可以与蜀都成都、魏都邺城相比的。在此之前，尚未发现一篇文学作品对江南城市作如此全景式的描述，我们看一看晋代大文学家左思的这篇《吴都赋》，从中可对当年这座江南城市的风貌窥见一斑：

徒观其郊隧之内奥，都邑之纲纪，霸王之所根柢，开国之所基趾。郛郭周匝，重城结隅。通门二八，水道陆衢；所以经始，用累千祀。宪紫宫以营室，廓广庭之漫漫。寒暑隔阂于邃宇，虹霓回带于云馆。所以跨跱焕炳万里也。造姑苏之高台，临四远而特建。滞朝夕之浚池，佩长洲之茂苑。窥东山之府，则瑰宝溢目；觇海陵之仓，则红粟流衍。起寝庙于武昌，作离宫于建业。阖闾闾之所营，采夫差之遗法。抗神龙之华殿，施荣楯而捷猎。崇临海之崔巍，饰赤乌之鸞晔。东西胶葛，南北峥嵘。房栊对槦，连阁相经。阛阓谲诡，异出奇名。左称弯碕，右号临硎。雕栾镂楶，青琐丹楹。图以云气，画以仙灵。虽兹宅之夸丽，曾未足以少宁。思比屋于倾宫，毕结瑶而构琼。高闱有阅，洞门方轨。朱阙双立，驰道

如砥。树以青槐，亘以绿水。玄荫耽耽，清流亹亹。列寺七里，侠栋阳路。屯营栉比，解署棋布。横塘查下，邑屋隆夸。长干延属，飞甍舛互。

其居则高门鼎贵，魁岸豪杰，虞魏之昆，顾陆之裔。歧嶷继体，老成弈世。跃马叠迹，朱轮累辙。陈兵而归，兰锜内设。冠盖云荫，闾阎阗喧。其邻则有任侠之靡，轻訬之客。缔交翩翩，傧从弈弈。出蹑珠履，动以千百。里宴巷饮，飞觞举白。翘关扛鼎，拼射壶博。鄱阳暴谑，中酒而作。

于是乐只衎而欢饮无匮，都辇殷而四奥来暨。水浮陆行，方舟结驷。唱棹转毂，昧旦永日。开市朝而并纳，横阛阓而流溢。混品物而同尘，并都鄙而为一。士女伫眙，商贾宾骈坐。纻衣䌷服，杂沓似革。轻舆按辔以经隧，楼船举帆而过肆。果布辐凑而常然，致远流离与珂珬。缯贿纷纭，器用万端。金镒磊砢，珠琲阑干。桃笙象簟，韬于筒中；蕉葛升越，弱于罗纨。倮喜荣猼，交贸相竞。喧哗喤呷，芬葩荫映。挥袖风飘而红尘昼昏，流汗霢霂而中逵泥泞。

富中之畇，货殖之选。乘时射利，财丰巨万。竞其区宇，则井疆兼巷；矜其宴居，则珠服玉馔。趫材悍壮，此焉比庐。捷若庆忌，勇若专诸。危冠而出，竦剑而趋。扈带鲛函，扶揄属镂。

藏鍦于人，去戭自闾。家有鹤膝，户有犀渠。军容蓄用，器械兼储。吴钩越棘，纯钧湛卢。戎车盈于石城。戈船掩乎江湖。

露往霜来，日月其除。草木节解，鸟兽腯肤。观鹰隼，诫征夫。坐组甲，建祀姑。命官帅而拥铎，将校猎乎具区。乌浒狼𥇨，夫南西屠，儋耳黑齿之酋，金邻象郡之渠。骉駥飍矞，靸霅警捷，先驱前途。俞骑骋路，指南司方。出车槛槛，被练锵锵。吴王乃巾玉辂，轺骕骦，旂鱼须，常重光，摄乌号，佩干将。羽旄扬蕤，雄戟耀铓。贝胄象弭，织文鸟章。六军袀服，四骐龙骧。峭格周施，罿罻普张。罕罼琐结，罠蹄连纲。陆以九疑，御以沅湘。辖轩蓼扰，彀骑炜煌。袒裼徒搏，拔距投石之部，猿臂骈胁，狂趭犷猤，鹰瞵鹗视，趁𧾷䟴翋䎆，若离若合者，相与腾跃乎莽𣿥之野。干卤殳铤，旸夷勃卢之旅，长殺短兵，直发驰骋，儇佻坌并，衔枚无声，悠悠旆旌者，相与聊浪乎昧莫之坰。钲鼓叠山，火烈熛林，飞焰浮烟，载霞载阴。菈擸雷硠，崩峦弛岑。鸟不择木，兽不择音。虤甝䖘，缅麋麖，蓦六駮，追飞生，弹鸾鵔，射猱挺。白雉落，黑鸩零。陵绝嶛嶕，聿越巉险，跐逾竹柏，猭貘杞柟，封狶葓，神螭掩。刚镞润，霜刃染。

——《吴都赋》

这是一幅怎样的景象呵：当清晨的薄雾渐渐散去，人们看到，高大的宫殿纵横其间，宽阔的道路四通八达。屋舍鳞次栉比，市民安居乐业。车粼粼，马萧萧，一座繁荣的江南大都市赫然出现在我们面前。尽管从文学的角度出发，作者笔下的吴都建业城不免有些夸张，但不可否认的一点是：吴国治下的建业城已经是江南一座可以与中原相媲美的新兴城市了，过去那个“饭稻羹鱼”、铁水奔流的粗简的军事城堡已经渐行渐远。如果靠近些细细审视这座江南都会，我们就能够发现，它和北方城市在很多方面有着不同，它似乎少了几许皇权的威严和肃杀之气，雕梁画栋间多了些水乡的灵性和安详。可以说，与春秋时代的姑苏与山阴相比，此时的建业已经脱胎换骨，它不再是一座单纯的堡垒，政治角力的据点，它是江南第一座具有大都会形态的城市。据考证：“吴国建立后的50年间，境内未发生过大的战争，加上吴国统治者采取了一些发展经济的措施，故农业生产发展很快，出现‘其四野则腴畴无数，膏腴兼信’的繁荣景象。城市手工业和商业也得到较大发展。如丝织业、冶炼铸造业、漆器业都较前发展，规模扩大，生产技术水平也有所提高。建业的手工业作坊规模相当大，仅官营丝织业的‘织络’女工就由最初的'数不满百'发展到'乃有千数'。建业的造船业也十分发达,朝廷设有典船都尉官,负责建业等地的造船业,所造大船可载3 000多人。建业的商业贸易也很繁荣,沿秦淮河一带的市场,称'大市',是当时最繁华的地段,商肆鳞次栉比,往来客商络绎不绝。此外,还有小市10余处。建业的对外贸易也十分活跃,虽然三国鼎立,但仍是货畅其流。秦淮河下游及长江边经常停泊的船上千只,'百舸争流,万商云集'。吴国的海上贸易也较发展,中外船队常往来于印度半岛各

国及印尼、朝鲜等国,促进了中外经济文化交流。"(何一民《中国城市史纲》)从上述材料可以看到,建业城的繁荣是以其日益增长的经济实力为基础的,在商业贸易逐步发展起来后,城市艺术文化也渐渐活跃起来了。而正是由这座城市开始,江南的古代城市文化走向了繁盛。于是,孙权也成为影响江南和南京的一位雄主。

现如今的江南城市,很多地方都能看到孙吴历史的痕迹,这的确开启了一个属于江南的、群英汇聚的时代。《三国演义》里的孙吴政权,基本上是个配角,夷陵之战后的蜀魏之争描述得更多。实际上,这可不是历史事实,历史上的吴国,是三足鼎立中的关键一环,它的每一次决策和变动都左右着那个时代的政局,这一点,在江南城市中尚可寻到遗踪。

南京城南有座甘家大院,是如今

花机图

甘熙故居　如今已是民俗博物馆

的民俗博物馆。在甘家的家族谱系中，我看到了一个熟悉的名字——甘宁，自古江南多俊杰，这位巴郡名将，在江南的沃土上成就了一世功名。甘宁的巅峰之战是"百骑劫曹营"（故事见《三国演义》），史书上的描述较为简单：

> 后曹公出濡须，宁为前部督，受敕出斫敌前营。权特赐米酒众肴，宁乃料赐手下百余人食。食毕，宁先以银盌酌酒，自饮两盌，乃酌与其都督。都督伏，不肯时持。宁引白削置膝上，呵谓之曰："卿见知于至尊，熟与甘宁？甘宁尚不惜死，卿何以独惜死乎？"都督见宁色厉，即起拜持酒，通酌兵各一银盌。至二更时，衔枚出斫敌。敌惊动，遂退。
> ——《三国志·吴书·甘宁传》

这应当是接近历史原貌的，作为一名将军，甘宁的名声似乎应当体现在这里。豪气干云，奇袭敌军，凯旋而归。但我以为，如果能有几分战略家的胆识和眼光，更值得人崇敬，那么，这位甘家名人是否有如此武略呢，答案是令人吃惊的：

> 于是归吴。周瑜、吕蒙皆共荐达，孙权加异，同于旧臣。宁陈计曰："今汉祚日微，曹操弥忓，终为篡盗。南荆之地，山陵形便，江川流通，诚是国之

甘宁

小说中的甘宁绣像（选自山东人民出版社《三国演义》）

西势也。宁已观刘表，虑既不远，儿子又劣，非能承业传基者也。至尊当早规之，不可后操。图之之计，宜先取黄祖。祖今年老，昏耄已甚，财谷并乏，左右欺弄，务于货利，侵求吏士，吏士心怨，舟船战具，顿废不修，怠于耕农，军无法伍。至尊今往，其破可必。一破祖军，鼓行而西，西据楚关，大势弥广，即可渐规巴蜀。"权深纳之。张昭时在坐，难曰："吴下业业，若军果行，恐必致乱。"宁谓昭曰："国家以萧何之任付君，君居守而忧乱，奚以希慕古人乎？"权举酒属宁曰："兴霸，今年行讨，如此酒矣，决以付卿。卿但当勉

建方略，令必克祖，则卿之功，何嫌张长史之言乎。"权遂西，果禽祖，尽获其士众。遂授宁兵，屯当口。

——《三国志·吴书·甘宁传》

这一段叙述的是甘宁的战略眼光，他归吴后劝孙权图荆州而窥巴蜀，这一点几乎与诸葛亮的"隆中对"不谋而合。后人只知孔明未出茅庐而定天下三分，有谁知道甘宁甘兴霸将军的吴郡对策？倘若孙权的胆子再大些，派军抢在刘备之前西取巴蜀并获成功的话，历史或将改写，当然这不过只是个假设而已。像甘宁这样的人才，吴国还有很多，到了东晋时期，江南甘家依然人才辈出：

"典午名家"指的是东晋大将甘卓，"典午"是司马的隐语，原指司马之官职，后因晋帝姓司马，所以用"典午"暗指晋朝。公元322年，湖北梁州刺史甘卓因不肯反叛，为王敦所害，后王敦谋反事败，晋元帝司马睿始知其忠义，便追封其为"骠骑将军"，谥曰"敬"，后人称之为"于湖敬侯"。甘卓死后，归葬甘墓岗，甘氏族人亦举家东迁，并在甘卓墓旁围墓而居、守墓尽孝。

——南京市民俗博物馆网站《甘家历史介绍》

甘氏一族只是当时江南群英中的一支，其余如顾、陆等世家的人才也是济济一堂，史书和小说早已有过叙述，现在，有关孙权的博物馆已经建立，想必很多尘封的记忆也会随之打开吧。在细细看过民俗博物馆的这一段记述之后，我突然觉得，三国时代的"吴"真应该大书特书一笔，不仅因为这个政权在江南，更重要的是：它作为江南新时代的开端，奠定了江南文化兴盛的基础。

甘熙故居　甘家在晋代也是钟鸣鼎食之家

欲望之城与诗性都会

早在几年前，我曾经关注过城市文化的比较，心里总觉得，江南的政治中心建康，在历史上的地位是有些被低估的，它固然不能和长安、洛阳、北京相比，因为它不是大一统王朝的首都，但它也绝非人们想象中简单的、偏安一隅的悲情旧都。以下试做分析比较：

古代的罗马与建康城，一前一后曾被誉为人类"古典文明中心"。实际上，它们在世界古代历史上的双星闪耀，最主要的原因在于其独特的城市文化结构。这两座城市分别为西方和中国留下了两种典范性的城市文化发展模式："城市帝国"和"诗性都会"。其分别植根于中西方不同的文化环境，如果将其仔细比较，会发现它们均给我们当代大都市的文化发展提供了重要的借鉴。

古代罗马城市文明的兴衰与罗马帝国的命运几乎同步展开。古罗马城的发端是一座面积并不算大的"七丘之城"，主要功能是防止外敌侵扰（例如高卢人）。在古希腊城邦如火如荼地上演文明大戏的时候，它还只是一座普通的城市堡垒。而希腊城邦的特点决定了他们不可能发展为罗马那样的古代大都市，按照城市史家芒福德的说法，"早在亚里士多德之前很久，

［法］大卫《萨宾妇女》

希腊人就已经根据自己的经验得出了这一结论：在古希腊时代，给希腊城市下的最好的定义是，它是一个为着自身的美好生活而保持很小规模的社区……当城邦派出一支移民队时，他似乎并不努力扩大自己的版图或经济势力范围，它只努力再创造出与母城相近似的各种条件。"换句话说，希腊城邦的殖民方式只是不断衍生出类似的新城邦，在个体城市的规模和文化结构方面却不会在其内部产生任何质的变化，而如果没有规模和结构上的改变，城邦无法进一步向大城市蜕变。一个很重要的例子就是拜占庭，它在古希腊时代充其量不过是众多殖民城邦之一，其地位和重要性类似于其他殖民城邦。只有到了罗马人手中，才一跃成为君士坦丁堡——和罗马城几乎并驾齐驱的首位城市及大都会，并且日后取代罗马成为西方文明的中心。由此可见，古罗马是西方世界城市发展历史上的一个转变，它与希腊城邦有着很大的不同，它才是西方古代真正意义上的大城市。由罗马开始，西方民族才走上了城市化的快车道，它所确立的城市文化结构，一直影响到中世纪以后的城市发展。很多人会看到罗马依靠军事实力建立起来的庞大帝国，但是，这个以"罗马"命名的国家却不是靠高压政治或武力来统

治的，按照历史学家吉本的说法，维系这个多民族、多元文化的国家是依靠一些制度，让人不自觉地融入到"罗马人"或"罗马公民"中来。（吉本《罗马帝国衰亡史》）这其中十分重要的就是城市文化的建构，让所有在城市中生活的人们有了归属感。

古罗马城的一大特点是它完善的城市构造和公共设施，这是它得以被世人赞叹的重要原因。我认为，这实际上其实源于他的一个深层文化结构，即城市思想上的"市民意识"，以及由此生成的"城市帝国"发展模式。在物质生活层面，它表现为对各种感官欲望的极大满足，正如芒福德所言："巧言善辩的希腊人在古希腊鼎盛时期的城市中也享受不到的东西，饕餮的古罗马人却在超常的富足中受用不尽。"罗马城市的这种对物质的追逐也体现了罗马的城市精神：即实践比思辨更有价值。按照学者巴洛的说法，是"农夫——士兵（farmer-soldier）的精神"（巴洛《罗马人》）。由此出发，罗马城充分体现了市民的需要，即首先必须满足他们在生活上的欲望，以继续促进城市化。城市化是罗马得以兴盛的最重要条件，它支撑了这个帝国的骨架，并且通过不断的升级使罗马城市文化扩展、延伸，直到疆域的每一角落。在带动经济体系完善的

同时，也逐步丰富了市民的精神生活。城市可以把罗马的法律、政治、文学、艺术以及公共思想纳入其中，并重新整合，这就是简单而朴拙的城邦社会无法完成的。问题也在于此，罗马的艺术是罗马精神的最好体现，像著名的凯旋门、纪功柱。但是这里所显示出的，说到底其实是一种实用主义和急剧扩张、难以节制的欲望，按照汉密尔顿的说法，是"真正将实用手段用于实际目标的急切态度"。（汉密尔顿《罗马精神》）这会带来怎样的影响暂存争议，可至少罗马衰亡的事实证明，城市规模的迅速扩张，城市化的过度发展并未建立在市民精神的同步提升上，无论是贺拉斯、维吉尔，或是西塞罗、奥勒留，都远未是罗马精神超越前代古希腊的智者，汉密尔顿更是直截了当地说贺拉斯笔下的罗马是"金钱当道之城"，所以在她看来，希腊城邦的荣耀在它的智慧和知识，而罗马则变成了感官和物欲之都。罗马接受希腊的思想成就，在某些方面有所突破，但在精神文化这一最为深层次的主要方面却远远落后于它的制度文明。因此在城市化凸现危机的时刻，罗马找不到一种有效的精神力量拯救这个"城市帝国"，结果是罗马渐渐腐败，而外省由于核心城市的崩溃也产生了离心力，导致东部帝国分离出去，北部边疆被突破，帝国瓦解了。最深远的意义还在于，这种模式让欧洲的大城市和城市化发展一下停滞下来，只剩下拜占庭勉强维持。我认为，关键是罗马城市文化的发展结构在物质层面上超越了精神文明的水平，因而使得其自身变得异常脆弱，只需一股新兴力量便骤然倒塌，并且难以重建或继续，这也是以后欧美城市化所竭力避免的，文艺复兴以后的欧洲商业城市因为有了全新的精神文明支撑，在其发展道路上所然没有罗马那么迅速，但其脚步却变得稳健，最终完成了向现代大都市的转变。

在中国古代的江南，这一进程表现为"诗性都会"在六朝的出现，它的主要特征是：其核

古罗马遗迹（图片源自"素材中国"网站）。欲望之城的毁灭

心文化结构不在于城市物质层级的提高,而在于精神文化的融合;不在于制度文明的更新,而着重于文化艺术的积极创造,这也是它与罗马城市文明的最大不同。因此,在建康暂时从历史舞台上消失之后,扬州又出现了,继之而起的还有杭州、苏州,直至上海,城市化的进程始终没有中断。古罗马是在于迦太基等城邦的较量中,在血与剑的背景下不断将政治话语权纳入自己掌握中的,这条轨迹十分清晰地表明了它的未来不仅是一座经济文化都会,更要成为地中海世界唯一的政治文明中心。然而东吴建业给人的印象却是时刻处在权力话语争夺的边缘地带,并且始终被所谓正统观念视为"偏安"之所,这一点从南渡以后大量"侨州郡县"的设立可见一斑。(胡阿祥《侨置的源流与东晋南朝侨州郡县的产生》)这里既有地域乡土的观念,更为主要的还是对于中原正统的感怀,至于建业,最多不过是暂居之所和缓冲之地。

因此孙吴建业城的建立和发展,对于中国政治版图而言意义终归有限,但文化上却泽被深远。虽然孙吴政权以武功立国,但其亦重文教,史载吴主曾于"二年春正月,诏立国学,置都讲祭酒"。(《世说新语》)在国君

建业地理位置及形势(选自人民文学出版社《三国演义地图》)

的倡导下，东吴逐渐形成了尚文教、重学问的风气。统治者如此，臣下亦效仿之，据《世说新语》载："吴四姓旧目云：张文、朱武、陆忠、顾厚。"说明在吴姓大族中已出现了国学世家。"在推重学问的乡党评议的影响下，从士人到武将都不能不追求自身的文化修养，这对群雄纷乱之际的崇武尚战风气无疑起到了补偏救弊的作用，社会风尚也因此由片面强调军功而转向兼习文艺"。据史书记载，当时的江南四大家族之一张氏，便以多文士而著称。这里最为关键的是风气的转变，它预示着一个文化全面更新时代的到来。东吴时期的首都建业，就是这一文化大发展进程的开端。

可以这样认为，建业作为东吴都城的建设与发展，改变了江南城市边缘化的局面。和洛阳、邺、成都一道成为当时的政治文化中心。孙吴统治江南的时间毕竟只有不到一个世纪。对于江南城市而言，它的作用就在于奠定基础，真正脱胎换骨的工作是在稍后的东晋和南朝时期完成的。

在这段历史时期，唱主角的江南城市是现今的南京，时名建康。故城依旧，但已经面目全非，东吴时的寒酸简陋全然不见，这时的建康城是当之无愧的全国性政治、文化、经济大都市，即使在当时的世界上，也只有鼎盛时期的罗马城与拜占庭能与之相比。中国文化史上著名的永嘉南渡也为当时的江南城市文化注入了新的活力。

北来士人和皇室选中建邺作为新的政治中心不是偶然的，因为只有这里能够为北方汉族政权迎来喘息之机。对于一个农耕民族而言，最重要的莫过于稳定的生产环境。而建邺的地理位置恰能给他们提供这种安全感。正是在建邺，晋元帝司马睿"用王导计，始镇建邺，以顾荣为军司马，贺循为参佐，王敦、王导、周顗、刁协并为腹心股肱，宾礼名贤，存问风俗，江东归心焉"。（《晋书》）此处我们应当注意的一点是，北来诸人使"江东归心"的过程实际也就是南北文化交融，从而诞生新兴的江南文化的过程。江南至此也开始了自身的蜕变。江南的城市文明已经达到了一个高峰，它的姿态已经不再是附属于北方中原文化的边缘次文化，而一跃成为汉民族的主流文化精神。更值得人关注的一点是：这一变化是从城市开始的。我们注意到，南京地区的语言渐渐变化了，"东晋南朝时，建康的语言并非简单的北语与吴语并存，而且在长期使用过程中互相影响、互相渗透、互相融合，最后形成了一种以魏晋时代洛阳话为基础，杂有吴音的具有地方特色的新语音,这就是颜之推推崇和欣赏的南方冠冕君子所使用的金陵语音"(郭黎安《关于六朝建康的语言》)。城市在这一语言变迁中起到了举足轻重的作用,由于人们在城市中的交际来往十分频繁,文教活动和交际的需要直接导致了语言上的改变,这个过程在乡村中的出现和开展要缓慢得多。城市相对狭窄的空间促使语言文化加速变化,而这种变化一旦向其它领域蔓延开来,便会形成一种更让人惊叹的人文景观。据学者考查,直到公元十七世纪,欧洲的巴黎城才达到了

城市文化真正的鼎盛时期。"太阳王"路易十四统治的时代,巴黎各方面的城市建设突飞猛进,显示出了欧洲大都会的风貌。例如凡尔赛宫、胜利者广场、巴黎总医院等等。(邹耀勇《古代巴黎城市发展略论》)而六朝时期的建康,已初具文化大都会的风范,这一点也唯有鼎盛时代的罗马可与之相比。

将六朝的建康与古代的罗马比较,会发现最主要的区别不在于城市的设施、规模及制度文明,而在于城市文化精神和结构的差异。前者在精神

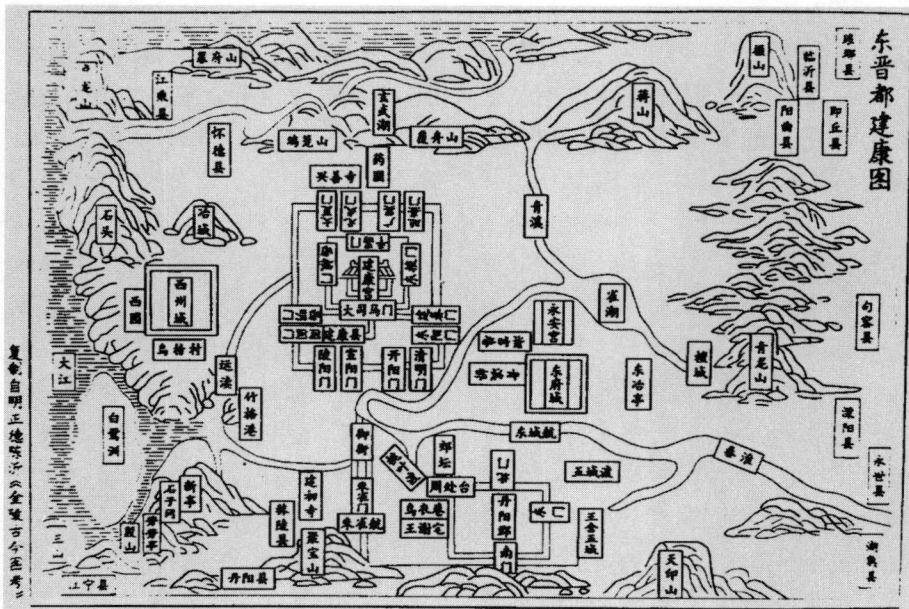

东晋建康图

文化结构上实现了一大跨越，将人的思想从伦理异化中暂时解脱出来，充分释放审美需求，使之达到一个新的高度，更注重解决城市化进程中带来的精神困扰，但问题在于仍旧未能有效协调农业思维和城市文明、政治话语和审美话语的矛盾，因而导致隋唐时代建康的衰落，这就逐渐形成具有中国江南特色的"诗性都会"，这一模式是江南都市文化的重要参照系；后者则充分利用制度文明优势，高度发展了城市物质环境，使得其在古代到达了一个前所未有的全盛期，但却未在思想文化方面有大的提升和飞跃，因此导致当感官机能被消耗殆尽时，精神结构再也无法支撑其发展，最终使欧洲大城市进入了长期的停滞和衰落期，这是中世纪以前的"城市帝国"给文艺复兴以后西方大城市发展提供的教训。而六朝建康在历史上的重要意义在于：它向我们初步阐释了江南城市文化的形成机制，并且以后江南城市的发展几乎都遵循这一规律。这种发展模式同北方中原城市最大的区别就在于其诗性和审美特性贯穿始终，城市文化精神可以较少依赖于政治和伦理关系的刚性支配，而以一种近乎自觉的方式形成。我想，古代城市史上两座大都会的不同命运给我们的启示也就在于此吧。

山阴道上桂花初

正是在建邺，晋元帝司马睿"用王导计，始镇建邺，以顾荣为军司马，贺循为参佐，王敦、王导、周顗、刁协并为腹心股肱，宾礼名贤，存问风俗，江东归心焉"。（《晋书·帝纪》）此处我们应当注意的一点是，这里有"宾礼名贤，存问风俗"的措施，以我们熟知的"兰亭集会"为例，这里就有民俗的成分："从拔楔具体内涵的变迁来看，最先是'洁于水上'的祓邪仪式，后来逐渐与游宴娱乐结介，演变成'曲水会'、'分流行临'，继而是饮宴赋诗、踏青郊游等活动，逐步成为了文人雅士的聚会活动。东晋王羲之书法名作《兰亭集序》记载了名士雅聚会稽修楔事，除了祓除凶邪的传统民俗意味之外，读者从中了解最多的是此时拔楔所具有的娱乐交际作用，曲水流临，争才斗智，表现的是文人雅聚的欢畅。"（侯立兵《汉魏六朝赋中的民俗文化》）像这样类似的例子还有很多，这说明江南旧习旧俗根深蒂固，只有尊重这些习俗，才能仅以沟通交流，最后"江东归心"。应该说，北来诸人使"江东归心"的过程实际也就是南北文化交融，从而诞生新兴的江南文化的过程。江南至此也开始了自身的蜕变。这同时也是十分艰辛而痛苦的，因为南北双方原本都固守着自己的文化传统，虽然可以保留江南的风俗，但却不可避免地要接纳北方的语言文化习惯：

现在想来，王导当时请出那些对南渡人士充满疑忌的江南人杰似乎更为不易。……这些江南望族，本来与司马氏家族有许多夙怨，司马氏中原失鹿，仓皇南渡，要钱没钱，要粮没粮，要兵没兵，谁还愿意为这个正在陆沉，前途未卜且旧日恩怨未了的王朝垫背呢？因此，要让他们出来做事，该有多难，哪一个不是要三请四请的呢？如果我们能在金陵东郊的枯冢中唤醒一个建康城的旧日居民，他一定会告诉我们他当时经常见到的一幕：漆黑的夜色中一个中年男子由一个提着灯笼的童子引路，去敲那一扇扇紧闭着的大门。弄得好，让进去了，还得等上半天，主人出来敷衍两句，便急急地连呼送客。弄不好，任你敲门呼唤，他那里就是不开门，让你吃个闭门羹，你也奈何他不得。但是事物总是会转化的，一回不行，二回，二回不行，三回，巨大的情感投入，终于感动了上帝，一扇扇紧闭着的大门打开了。而打开的岂止是大门，那是一颗被至情

感动的心；迎进的又何止是一个操着鲁南口音的陌生男子，那是整整一个南渡的王朝！

——庄锡华《斜阳旧影》

这段描述深刻地揭示了当时南北文化间的巨大隔阂，这一点在城市中体现得尤为明显。南渡而来的名士望族是当时社会的精英阶层，他们主要聚集于城市，而这种文化上的巨大心理落差是首当其冲的难题。王导的确是一个敏锐的政治家，他并没有简单地用政治高压的手段令江南士族屈服，而是通过攻心战术打动了这方土地上的人们。这个事例一方面说明：当时的江南土著文化对中原是有排斥心理的；另一方面也说明，在碰撞的过程中，北方政治家不得不采取灵活的手段，放下中原文明一贯的正统观念第一次与江南平等对话。虽然在以王导为代表的政治家心头，"戮力王室，共图克复"的想法总也挥之不去，但这一文化的蜕变却是无法遏止了。

永嘉南迁所造成的南北文化交融还反映在城市文化的变化上。虽然孙吴统治下的建业城已初具规模，但是最重要的一点——人的因素却还没有大的改变，建业等江南城市虽有战乱造成的移民，但总的数量还有限，只

有到了永嘉南迁后，这些移民与土著之间的关系才变得更加重要和复杂起来。王导作为南渡后的首席政治家，他正是看到了这一潜藏于城市居民之中的隔阂，才利用政治地位消解文化上的抵触情绪。

形成了文士群体和相互评价的风气，比如著名的兰亭集会。这次集会发生于东晋永和九年（353年）三月初三，王羲之于会稽郡山阴之兰亭（现浙江绍兴西南）举办修禊集会。当时有谢安、谢万、孙绰、王凝之、王徽之、王献之等40多位名士参加。从与会者构成来看，这无疑表明了文人团体的渐趋成熟。如果说西园雅集对于城市文艺活动而言还只能算偶然现象的话，那么像兰亭集会这样的例子在东晋以后南朝之中则是相当普遍了。王羲之兴之所至，挥笔写就了传世名作：

永和九年，岁在癸丑，暮春之初，会于会稽山阴之兰亭，修禊事也。群贤毕至，少长咸集。此地有崇山峻岭，茂林修竹；又有清流激湍，映带左右，引以为流觞曲水，列坐其次。虽无丝竹管弦之盛，一觞一咏，亦足以畅叙幽情。

是日也，天朗气清，惠风和畅，仰观宇宙之大，俯察品类之盛，所以游目骋怀，足以极视听之娱，信可乐也。

夫人之相与，俯仰一世，或取诸怀抱，晤言一室之内；或因寄所托，放浪形骸之外。虽取舍万殊，静躁不同，当其欣于所遇，暂得于己，快然自足，不知老之将至。及其所之既倦，情随事迁，感慨系之矣。向之所欣，俯仰之间，已为陈迹，犹不能不以之兴怀。况修短随化，终期于尽。古人云："死生亦大矣。"岂不痛哉！

每览昔人兴感之由，若合一契，未

文徵明　兰亭修禊图

尝不临文嗟悼，不能喻之于怀。固知一死生为虚诞，齐彭殇为妄作。后之视今，亦犹今之视昔。悲夫！故列叙时人，录其所述，虽世殊事异，所以兴怀，其致一也。后之览者，亦将有感于斯文。

——《兰亭集序》

附王羲之小传：（321—379，一作303—361，又作307—365）字逸少。琅邪临沂（今属山东）人。出身士族，官至右军将军，会稽内史，世称"王右军"。好书法，初专学卫夫人（铄）收，后博采众长，草书学张芝，正书学钟繇，终使汉魏以来古朴的书风为之一变，自成一体。梁武帝赞扬他的书法"龙跳天门，虎卧凤阁"，唐太宗对他的书法也推崇备至，被后世尊为"书圣"。擅长行草二体。真摹刻本，今存行书《丧乱贴》《姨母贴》《快雪时晴贴》等，草书《十七贴》《上虞贴》《初月贴》等。

据传闻，这篇书法作品被唐太宗李世民用计得到，然后带入墓穴。这不管是否属实，但《兰亭集序》的价值无可置疑。有时真要羡慕六朝的人们了，这是一个艺术和审美异常发达的时代。

我们现在所说六朝名士的审美风范也是在这一过程中形成的。由此更

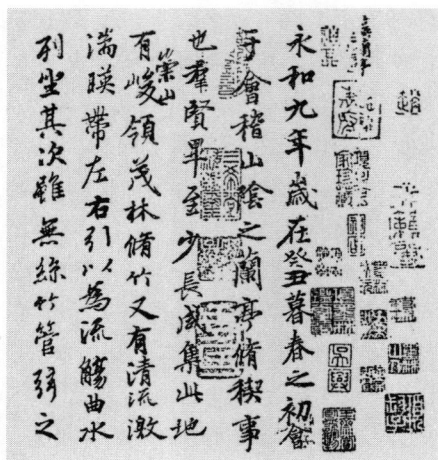

王羲之《兰亭集序》

形成了文士间相互品评欣赏的风气：

有问秀才："吴旧姓何如？"答曰："吴府君，圣王之老成，明时之俊义；朱永长，理物之至德，清选之高望；严仲弼，九皋之鸣鹤，空谷之白驹；顾彦先，八音之琴瑟，五色之龙章；张威伯，岁寒之茂松，幽夜之逸光；陆士衡、士龙，鸿鹄之裴回，悬鼓之待槌。凡此诸君，以洪笔为锄耒，以纸札为良田，以玄默为稼穑，以义理为丰年，以谈论为英华，以忠恕为珍宝，著文章为锦绣，蕴五经为绍帛，坐谦虚为席荐，张义让为帷幕，行仁义为室宇，修道德为广宅。"

庾太尉少为王眉子所知，庾过江，叹王曰："庇其宇下，使人忘寒暑。"

谢幼舆曰:"友人王眉子,清通简畅;嶷延祖,弘雅劲长,董仲道,卓荦有致度。"

王公目太尉:"岩岩清峙,壁立千仞。"

刘琨称祖车骑为朗诣,曰:"少为王敦所叹。"

——刘义庆《世说新语》

这段赞颂当时人士才德的文字说明了当时名士间品鉴人物的衡量体系,类似"清通简畅、弘雅劲长"之类的形容可以看作是一种名士间公认的标准。而更主要的一点是,这类的评判已经不只限于高门公卿、皇室贵胄,也不是仅以出身门第而论,而是一种精神气质层面的观察,是一种艺术趣味的认同。

这种标准即使在政治人物那里也是通用的,像东晋名臣谢安,在听到淝水之战的胜利消息后,正与友人下棋的他,淡定自若,继续下棋,倒把客人急坏了:"战况究竟如何,胜了没有啊?"哪知谢安不紧不慢地回答:"小孩子们大破贼兵了。"但是他送走客人后,回到内宅,抑制不住心里的喜悦,木屐底上的屐齿都碰断了。

再次,这种对艺术精神的追求已经演变为生活趣味和时尚,这是前所未有的。自先秦以来,虽然城市化大大加快,但独立的城市生活趣味一直

没有真正形成。只有在六朝的城市中才把这一理想和追求生活化了。有学者曾说过:"对于士人来说,魏晋时期是充满忧患的痛苦悲哀的时代。在这样的社会环境中,许多悲天悯人有济世志的士人都茫然不知所之。在无比黑暗的处境中,在迷惘中,魏晋士人比中国历史上任何一个时期的士人都格外地珍视个体生命,自觉地积极地思索生命的价值以及保全并完善生命的途径。这种种自觉、急切以至于狂放的追求方式,构成了魏晋士人独特的存在方式。"(郭平《魏晋风度与音乐》)这段分析十分精辟,它告诉我们六朝城市精神结构的文化思想渊源。但需要补充的一点是,魏晋士人找到的途径既不是积极参与到政治角力中,也不是陶渊明式的隐居,而是一种艺术化生活的姿态在城市中飘荡,城市对他们来说是一块具有非凡魔力的磁石,因为只有在这里才能实现艺术化的生存理想,尽管这样的生命极可能是短暂的。多年后我还记得郭平先生在课上曾讲过的"雪夜访戴":王子猷居山阴,夜大雪,眠觉,开室命酌酒。四望皎然,因起彷徨,咏左思《招隐诗》。忽忆戴安道。时戴在剡,即便夜乘小船就之。经宿方至,造门不前而返。人问其故,王曰:"吾本乘兴而行,兴尽而返,何必见戴!"(《世说新语》)有多少

朱逸宁

中国风——江南文化系列丛书

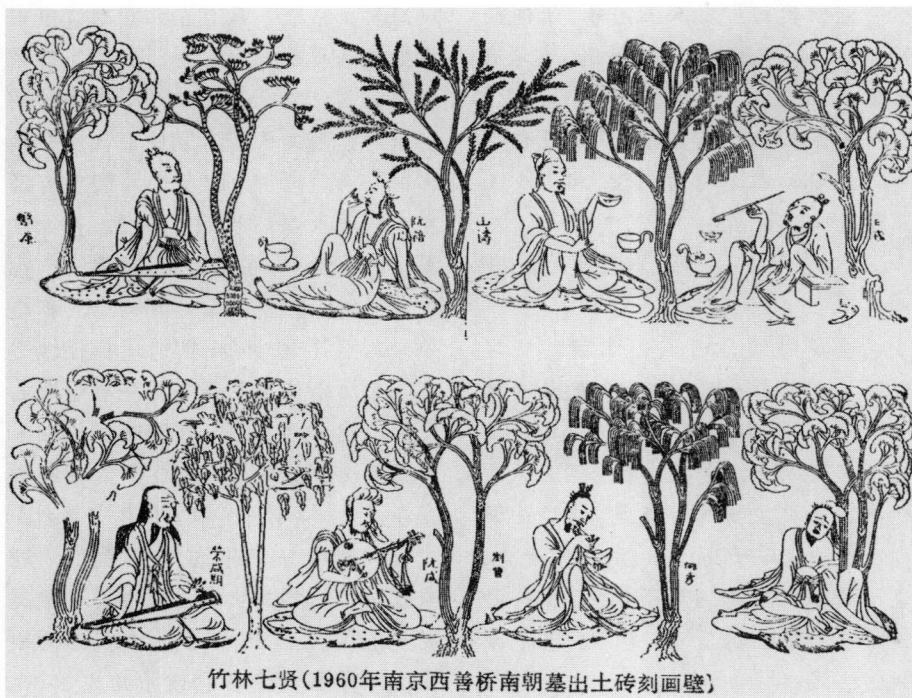

竹林七贤（1960年南京西善桥南朝墓出土砖刻画壁）

竹林七贤

人能不顾世俗的眼光，兴之所至，率性而为？也许是我们都已务实了吧，务实到已经想不起什么是真性情了。

在当代学者看来，"魏晋人所追求的自在自为的'自然'生存状态恰恰是人的自然属性的需要，这是他们在其生存的社会价值无法实现时的一种无奈选择：社会价值目标被遮蔽、被阻碍了，只有把目光转移到对自然生命的关注。于是他们或求仙问道以求增加自然生命的长度，或归隐山林以求提高自然生命的质量，或放任性情以求生命的绝对自由状态。人只有在对一自然生命之外的东西失去信心时才会出现向自然生命回归的精神状态，正如宗教的产生，无一例外都是人丧失了现实理想转而追求精神乌托邦的结果。正是由于魏晋名士原有的生存理想与现实的尖锐冲突，才使得他们别无选择地走上了返归自然的途径，其悲剧意味是显而易见的。同时我们还应该明确，魏晋名士原有的'修齐治平'的人生理想是一个完整的体系，当其'治平'理想不能实现时，就只能局限于'修身、齐家'，而返归自然主要体现在这一层面，这不仅打破了其人生理想的完整性，而且也由兼济天下的高度退回到了独善其身的低层次，从这个角度看，返归自然同样是有着深刻的悲剧意味的"。（蔡梅娟《〈世说新语〉与魏晋名士的生存理想》）这段概括很具有代表性，它点出了魏晋士人群体艺术化生活的精神源流。但是这样的概括虽有代表性，但还不能完全说明问题，因为它站在政治伦理话语的角度，将其政治理想上升到最高的层次，而将艺术审美的要求归结为悲剧性的低层次，这本身就是不够全面的，因为这无法说明江南城市的真正精神结构。按照宗白华先生的观点，这个时代政治上的苦痛和艺术上的自由是并存的，二者同时出现在一个时代，看似是一种此消彼长的关系，实质上是中国文明中人文精神不同侧面的自我调适。"人文精神是以人为本，强调一切以人为出发点、以人为归宿，高度重视人的价值和尊严的一种思想，一种态度，表现为人类的自我关怀，对人的尊严、价值、命运的关切、追求和维护。《世说新语》正是在人与人的精神价值方面对中国的传统人文精神做出了有力的传承：重视人的主观感觉和情感的表达"。（肖雪莲《〈世说新语〉中的人文精神》）《世说新语》中所彰显的就是魏晋士人身上那种艺术化和审美化的气质，这正是人类自我关怀的最高体现，而艺术化生活状态就是最直接的实践。

这段行将结束时，我忽然想到了徐蔚南先生的文字，且录于此：

一条修长的石路，右面尽是田亩，左面是一条清澈的小河。隔河是个村庄，村庄的背景是一联青翠的山岗。这条石路，原来就是所谓"山阴道上，应接不暇"的山阴道。诚然，"青的山，绿的水，花花世界"。我们在路上行时，望了东又要望西，苦了一双眼睛。道上很少行人，有时除了农夫自城中归来，简直没有别个人影了。我们正爱那清冷，一月里总来这道上散步二三次。道上有个路亭，我们每次走到路亭里，必定坐下来休息一会。路亭底两壁墙上，常有人写着许多粗俗不通的文句，令人看了发笑。我们穿过路亭，再往前走，走到一座石桥边，才停步，不再往前走了，我们去坐在桥栏上了望四周的野景。

桥下的河水，尤清洁可鉴。它那喃喃的流动声，似在低诉那宇宙底永久秘密。

下午，一片斜晖，映照河面，犹如

将河水镀了一层黄金。一群白鸭聚成三角形，最魁梧的一头做向导，最后是一排瘦瘪的，在那镀金的水波上向前游去。河水被鸭子分成二路，无数软弱的波纹向左右展开，展开，展开，展到河边的小草里，展到河边的石子上，展到河边的泥里。……

我们在桥栏上这样注视着河水底流动，心中便充满了一种喜悦。但是这种喜悦只有唇上的微笑，轻匀的呼吸，与和善的目光能表现得出。我还记得那一天。当时我和他两人看了这幅天然的妙画，我们俩默然相视了一会，似乎我们底心灵已在一起，已互相了解，我们底友谊已无须用言语解释，——更何必用言语来解释呢？

远地里的山冈，不似早春时候尽被白漫漫的云雾罩着了，巍然接连着站在四围，青青地闪出一种很散漫的薄光来。山腰里的寥落松柏也似乎看得清楚了。桥左旁的山底形式，又自不同，独立在那边，黄色里泛出青绿来，不过山上没有一株树木，似乎太单调了；山麓下却有无数的竹林和丛薮。

离桥头右端三四丈处，也有一座小山，只有三四丈高，山巅上纵横都有四五丈，方方的有如一个露天的戏台，上面铺着短短的碧草。我们每登上了这山顶，便如到了自由国土一般，

将镇日幽闭在胸间的游戏性质，尽情发泄出来。我们毫没有一点害羞，毫没有一点畏惧，我们尽我们底力量，唱起歌来，做起戏来，我们大笑，我们高叫。啊！多么活泼，多么快乐！几日来积聚的烦闷完全消尽了。玩得疲乏了，我们便在地上坐下来，卧下来，观着那青空里的白云。白云确有使人欣赏的价值，一团一团地如棉花，一卷一卷地如波涛，连山一般地拥在那儿，野兽一般地站在这边：万千状态，无奇不有。这一幅最神秘最美丽最复杂的画片，只有睁开我们底心灵的眼睛来，才能看出其间的意义和幽妙。

——徐蔚南《山阴道上》

傅抱石《山阴道上》

梁 武 长 歌

在南朝，这种诗性审美精神的一个极端表现就是梁武帝萧衍，在此我们不妨称他为"诗心帝王"。之所以这样说，主要原因在于：当众多的所谓志士文人满怀抱负向北而行的时候，就意味着我们民族所面临的政治伦理异化达到了高峰，而这无疑也是让有着审美期待的中国诗人心中最苦痛的。可是，一场突如其来的政治或者军事变乱也很容易使这种辛辛苦苦建立起来的、看似坚固的体制遭到破坏。因为政治伦理所依赖的自然基础是传统农业，而我们都清楚，靠天吃饭的中国北方农业生产环境又是非常不稳定的，历代对于都城的选择就是证明。倘若这样的生存机制出现危机的话，那么，作为诗人，所能做的就只有去寻找新的精神家园。由此，当动乱时，这些文士不得不来到江南，他们才蓦然发现，原来精神的故乡竟然还存在于这块土地上！在这片家园里出现的帝王，当然会具有一些特殊的精神气质，那就是超越伦理和死亡的"诗心"。

若论寿命，梁武帝萧衍寿享85岁，若论在位时间，他执政长达48年，这在历代帝王中堪称前列了。但对于他的为人政绩却一直颇多争议。这些争议大多停留在政治和艺术两个相对独立的层面上。我认为，这种研究视角存在的最大不足在于：它将许多本属于诗学和美学的问题遮蔽起来，而用政治—伦理的思维方式取而代之。当然，作为一个中国的君主，其身处的环境决定了他首要的责任是治理国家而非艺术创作。一个情感丰富、审美机能发达的诗人在大多数情况下很难做到在错综复杂的政治关系中也能游刃有余，最典型的例子莫过于李后主和宋徽宗。可是，当我们以现代眼光来审视这些诗人帝王的时候，我想重要的绝不仅仅是品评他们政治上的功过是非，而是通过历史和文本来解读他们与众不同的精神世界，以及确定其在民族文化中的位置。

人们在史书上这样描述梁武帝萧衍："帝及长，博学多通，好筹略，有文武才干，时流名辈咸推许焉。所居室常若云气，人或过者，体辄肃然。"（《梁书·本纪》）这在南朝时应该可以视之为评价甚高。在他执政期间，江南社会包括城市在内维持了较长时间的稳定和繁荣，尤其是在政治经济之外，文化教育和宗教都得到长足发展。当时，"梁武帝的嗜好不多，围棋、书法、读书三件而已，显出其文人本色。其中读书写作对他更为重要，这是他一生自始至终的情趣所在。一个权力，一个书籍，是梁武帝生活中缺一不可的两大爱好。史书称他'万机多务，犹手不释卷'。他一生中所成各类著作总计达千卷以上，其中或有夸张不实之处，但好学博通，勤于著述的事实却不能否认。应该承认，梁武帝是中国历史上极为难得的儒雅君主，由于他的大力提倡，江南文明迅速发展到繁荣的时期。梁代士大夫'家有文史'，整个社会形成了重教贵学的良好风尚，士人的学识素养既高于东晋、宋齐之世，也遥遥领先于当时北中国人文荟萃之区（如洛阳、长安、邺城）。"（赵以武《试论梁武帝一生事功的成败得失——兼论梁代在中国文化史上的地位》）这是他的政治功绩，同时也是他对江南城市的贡献，在他的治下，建康文化达到了一个新的高峰。据考证，这一时期的建康城市各方面均欣欣向荣，已经俨然成为当时世界上最为繁荣的东方大都会。梁武帝在以往基础上不仅建造了许多宫殿和礼制建筑，还大大扩充了城市规模。（卢海鸣《六朝都城》）纵观当时的建康城市各种设施相对完备，人口密集，资源充足，仅以交通为例，"六朝建康的交通以水运为主，陆运为辅。其时，一个以京师为中心的水陆交通网已经形成，它对于六朝政治经济形势的稳定和发展以及

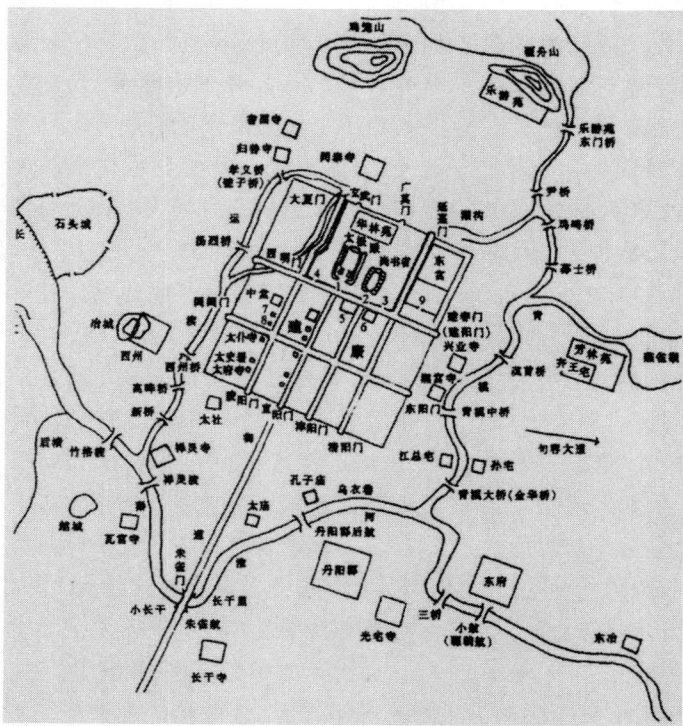

六朝建康复原图（选自郭湖生《六朝建康》）

加强首都与其他地区的联系均起有重要作用"。(郭黎安《试论六朝建康的水陆交通》)这些对于城市文化的发展都是十分有利的。

梁武帝对于江南城市文化的最大功绩则是他身体力行推行文教,据考证:"梁武帝是我国六朝时期一位勤勉又博学多才的君主,十分崇尚儒学。他认为'建国君民,立教为首,砥身砺行,由乎经术'。在这一思想指导下,他在位期间,建康的教育跃上了一个新阶段,呈现出蓬勃发展的局面。天监四年(505年),武帝诏开五馆,设立国学,以当世硕儒平原明山宾、吴郡陆琏、吴兴沈峻、建平严植之、会稽贺场为五经博士,各主一馆。并广开馆宇,招纳后进,每馆学生多达数百人,由国家供给费用。对那些射策通明的学生,还可以'即除为吏'。于是,'十数年间,怀经负笈者云集京师'。梁武帝一反过去国子学生'限以贵贱'的传统,五馆生皆'引寒门携才,不限人数'。如到溉出身寒微,其祖曾以担粪为业,而他大同七年(541年)拜为国子祭酒。这种不计门第、不拘一格选拔人才的做法,使梁武帝时代成为六朝文教最为兴盛的时期。"(郭黎安《六朝建康的教育与藏书》)这些措施表面上看只是促进了国家文教事业的进步,但若从城市文化上看,这些发生于城市中的行为首先获益者当然是江南都会,它使建康由一座行政首都彻底蜕变为"文化之都"。梁武帝"虽万机多务,犹卷不辍手,燃烛侧光,常至戊夜。造制旨孝经义,周易讲疏,及六十四卦、二系、文言、序卦等义,乐社义,毛诗答问,春秋答问,尚书大义,中庸讲疏,孔子正言,老子讲疏,凡二百余卷,并正先儒之迷,开古圣之旨。王侯朝臣皆奉表质疑,高祖皆为解释。修饰国学,增广生员,立五馆,置五经博士。天监初,则何佟之、贺蒨、严植之、明山宾等复述制旨,并撰吉凶军宾嘉五礼,凡一千余卷,高祖称制断疑。于是穆穆恂恂,家知礼节。大同中,于台西立士林馆,领军朱异、太府卿贺琛、舍人孔子祛等递相讲述。皇太子、宣城王亦于东宫宣猷堂及扬州廨开讲,于是四方郡国,趋学向风,云集于京师矣"。(《梁书·本纪》)如此看来,萧衍又是一位"学者帝王",其实这些按照政治伦理思维来看,都不是梁武帝分内之事,当时社会分工已经较为明确,国家也有大量的学者在建康城内,这座都会已经是文教思想中心。但是需要指出的是,梁武帝和个人爱好也就是国家事务,以帝王身份发展文化,由此对文学产生的影响和推动作用绝非三两名士或文人雅集所能相比的。萧衍还曾经是"竟陵八友"中的成员。他

曾创作了大量的文学作品,如永明九年作《答任殿中宗记室王中书别诗》:

问我去何节?光风正悠悠。兰花时未晏,举袂徒离忧。缓客承别酒,鸣琴和好仇。清宵一已曙,邀尔泛长洲。眷言无歇绪,深情附还流。

这样的文学修养在政治家当中是十分突出的。

48年的执政,换来的正是诗文礼乐繁荣发达的六朝第一都市。在此之前,城市文化建设往往是附属于政治功能之下的,先秦的临淄、秦代的咸阳、汉代的长安、洛阳均是如此,它们共同的特点是政治立城,礼乐伦理是其中心内容,城市建设和活动都围绕这些进行,文教也不例外,这样的状况我们可称之为"政治伦理型都市"。然而它们兴也政权,败也政权,一旦朝代更迭,城市文化结构若不是荡然消散就是重新整合,因此临淄和咸阳再也没有先秦时代的盛景,而长安和洛阳在唐代以后也渐趋没落。六朝文化都市则不同,以梁武帝为代表的城市贵族和精英阶层在用一种全新的思维来构建城市文化。以往学者们大多指责梁武帝违背了政治家应具有的社会责任,尤其是他的崇佛,然而,在当时的乱世之中,儒家伦理体系受到冲击,社

会道德失范,人们若没有信仰,则会更加剧社会的分裂。至于萧衍崇佛,从个人信仰的角度看本无可厚非,只是他忽略了自己特殊的身份地位,造成了社会思潮的泛宗教化。应当指出的是,在佛教传播和城市精神体系建设方面,我认为萧衍功大于过。以建康为例,当时"建康的译经中心有两个:一是城北的华林园,一是城南的道场寺,尤其以道场寺为重要。天竺高僧佛陀跋陀罗及法显、慧观、慧严等都以道场寺为基地,在那里主持译经,宣扬佛教,所出的经卷有《严华经》《无量寿经》等。法显除译经外,还写作了著名的游记《佛国记》,它是研究古代东南亚诸国历史和风土人情的重要材料"。(郭黎安《试论六朝时期的建业》)由此不难看出,城市内环境的稳定和宗教事业的兴起对于整体文化氛围而言意义深远,它不仅是传播宗教,也是在传播和交流不同性质、不同形式的文化。试想,如果没有临淄和曲阜,北方的儒家文明将会如同一串串散落在民间的珍珠,而礼乐政治城市就像串起珍珠的丝线,使之牢固地成为一种思想精神结构深深植根于民族心理之中;同样,建康的文化教育和宗教的发达,也在一定程度上使处于乱世之中的华夏文明有了栖息之所,而梁武帝等六朝文士则自上而下地推动了城市

文明体系的完善。而更有意思的是，他不仅信佛，也尊重其他宗教，如道教。相传梁武帝与陶弘景交往甚多，"国家每有吉凶征讨大事，无不前以咨询。月中常有数信，时人谓为山中宰相。二宫及公王贵要参候相继，赠遗未尝脱时。多不纳受，纵留者即作功德"。（《南史·陶弘景列传》）有学者认为这里多有溢美之辞，实际情况未必如此，但至少我们可以得出结论：这时的城市虽然已是佛教中心，但道教等其他宗教并未受到严重打压，如后世一些官方"灭佛"之举动在南朝城市中并未发生。这体现出梁武帝的宗教政策相对是开明的，它也确保了建康的佛教文化在一定范围之内，并未从根本上影响其他文化成果的发扬。

有学者说过："信佛崇佛在东晋南朝不是某个皇帝的个人行为，而是几乎所有朝代、所有皇帝一以贯之的连续倾向。这表明崇佛在政治上必定有着很大的合理性。佛教最大的作用是使人心有所维系、有所畏惧、有所指望，在道德和精神上成为稳定社会的纽带。六朝数百年间，发生在江南较大的真正农民起义可以说几乎没有，这和六朝统治者一成不变的信佛崇佛政策不无关系。"（严耀中《江南佛教史》）因此可以这样说，佛教的大行其道在某种程度上也保证了江南城市的

稳定发展和繁荣，而我们不能把社会动乱的责任推向佛教。相反，正是梁武帝的倡导，使佛教与城市文明相结合，令城市精神注入了更为深刻的内容。

梁武帝萧衍像

实际上，六朝的建康城可以看作是江南诗性都会真正意义上的发端。它主要呈现出三大特征：首先是城市地位和形象的变化，一个新兴区域文化中心正在形成。正是建康中心地位和城市文化的形成，赋予了江南城市与众不同的独特精神，从而为以后江南都市圈的出现奠定了基础。六朝建康城的物质环境稳定，人口逐步增加，很快成为当时少有的几座百万人口的大都会之一。而汉民族政治中心地位也为它带来了更多资源的积聚。建康正是以此为基础构建起城市文化体系和地位。六朝建康城一个重要的、与北方大城市相区别的特点是：它的形

象不再只是一个大一统王朝的权力象征，也不是新兴政权如日中天的战略起点，而是一个政治上没有太多建树、而文化异常繁荣的中心城市。这和前文所说的罗马迥然不同，围绕建康城的不是一个庞大帝国，但是建康文脉却比罗马的城墙稳固得多。事实上，到东晋政权建立，建康（建邺）作为江南政治中心的地位就逐步确定下来了。真正令建康在历史上占有一席之地的正是它在六朝时期作为文化重镇的形象。到了东晋以后，建康城进而变成了"千秋乐府唱南朝"的江南大都会，并孕育出丰富的文化成果，如今我们所提到的"六朝烟水气"与其说是一种伤感，不如说是对其城市中那种典雅、俊朗的人文气息的怀念，而乐府民歌和《世说新语》恰好从底层及上层反映了这一特点。与遭受到严重破坏的北方中原地区的城市相比，建康成为了文化发达、经济繁盛的象征。按照这一思路细细考察这座六朝都市，我们就会发现：它已经显露出古代城市文化高速发展时期的风貌。

其次，六朝建康城显现出的一个重要特征是其凭借独特的地位和资源优势，把文化独有的弹性和集散功能发挥到一个新的高度，这正是文化都会所必不可少的因素。虽然孙吴政权以武功立国，但其亦重文教。到了东晋以后，江南的文教更进一步发展。从《世说新语》等文化典籍中可以看到，西晋末年许多文人名士，特别是南渡的文士纷纷来到建康，他们和原先江南的名门望族一道，凝聚构成了当时最活跃的文士阶层。著名的"兰亭雅集"在此时出现绝非偶然，而这个集会更是成为了后世文人心向往之的境界。据史载，"元帝运钟百六，光启中兴，贺、荀、刁、杜诸贤并稽古博文，财成礼度。虽尊儒劝学，亟降于纶言，东序西胶，未闻于弦诵。明皇聪睿，雅爱流略，简文玄嘿，敦悦丘坟，乃招集学徒，弘奖风烈，并时艰祚促，未能详备"。（《晋书》）此时，建康城内拥有众多的文化设施，如鸡笼山下的儒、玄、史、文四馆等，这些都使建康由单纯的行政中心变成了当时江南乃至全国的文化中枢。中国文化史上著名的人物如王羲之、谢灵运等，以及流传千古的"魏晋风度"都与建康有着千丝万缕的联系。他们也通过自身的影响力使都市文化传播开来。正是有了这座富含文化资源和气质的城市作为依托，六朝的审美精神才凝聚成一种蔚为壮观的景象。这一时期，由于中原黄河流域的城市几乎都遭到严重破坏，因此从某种程度上讲，地处江南的建康城取代北方城市，继汉代的长安和洛阳后又成为了当时中国汉民族的文化中心。这里所体现的文化聚合能力不仅仅指对汉民族文化传统的继承延续，而是思想的解放和创新。"他们反对人生伦理化的违反本性，而要求那种人生自然化的解放生活。"（刘大杰《魏晋思想论》）这和古罗马文化对身体机能的极度损耗是完全不同的。这一时代人性的觉醒反映在文艺方面就是文学创作的大解放及其所带来的个人主义和唯美主义，既破了旧，也立了新，使人的情感和生命获得真正的自由，这也是对伦理异化的一种反动，而且，这种思潮一旦与城市化结合，就在无形中提升了江南城市的整体精神，使其成为有一定的节奏律动的文化载体，而不是欲望的都市。

再次，建康城在六朝时所体现出的城市文化之丰富性，以及它与罗马不同的生命体征，正在于它是江南诗性精神的最高代表，可以说也是江南都市文化的核心内涵。刘士林先生曾经指出了中国文化的南北之分在于"江南审美—诗性"和"北方政治—伦理"的根本区别，并提出一个"江南轴心期"的概念。实际上他指明了江南正是在这段历史区间内，从先秦以来巨大的伦理异化和黄河文化叙事中苏醒过来的。在城市文明上完成飞跃的标志就是建康城的出现。建康城的文化个性，就在于它的诗性—审美特征。由永嘉之乱所带来的黄河叙事体系瓦解，进而造成江南诗性文化精神觉醒并获得发言权，这就是建康城市文化发展中所折射出的"江南轴心期"特征："江南轴心期的开端应该这样去寻找，即江南民族在某个历史时期一定发生过什么'质变'，它使得这些本来'好勇'、'轻死'的民族发现祖先的一套已经行不通了，并迫使他们必须改变自己获得生活资料的方式，以及十分痛苦地在思想、情感与意志三方面压抑自己的天性与本能。或者重新做人，或者走向灭绝，这正是人类在它的轴心期曾面临过的生死抉择。而可以想象，也只有这样一种刻骨铭心的经验，才可能使江南民族启动从野蛮到文明、从本能到审美的升级程序，进入到一个全新的版本中。"（刘士林《江南轴心期与中国古典美学精神的生成》）在这一时期内，江南美学精神的重要载体便是城市，其中心区域便是建康为中心的城市群。因此可以说，建康及周边江南城市对中国城市化进程的贡献是精神上的脱胎换骨，它部分解决了中国诗性智慧和伦理传统在城市化及文明进程中的关系。

而一种文化形态从发端到成熟，势必还要经历一个漫长的过程。在此阶段，中原黄河流域的文化依然是中国大地上的主流声音,六朝建康的出现还无法使江南城市文化摆脱中原文化的强势影响,真正从边缘走向中心。此时的建康城,还只是江南地区城市文化的先声和文化都会的开篇。江南都市文化圈的成熟尚有待于一个机制相对发达而完备的城市群落出现。并且,这种城市群落能够使自身发展渐渐从单一的政治伦理话语转而依赖文化的力量,这才能最终从自发走向自觉,构成真正意义上的都市文化体系。刘士林先生曾描述过当代"文化都市"的特征:"文化都市的本义在于对已有的都市资源与空间进行文化再生产,使文化功能更多地渗透到城市结构与社会的各层面,使一个不同于城市政治与经济结构的文化空间生产出来,所以说,其本质上是城市结构与功能的一种当代生产形式与空间表现形态。……文化都市与文化城市的区别,关键不在于城市的文化资源与特色,而在于它们所赖以存在、延续与发展的城市本身的结构与性质。"(刘士林《文化都市的界定与阐释》)事实上,这一当代生产形式与空间形态的历史源流正可以追溯至古代的文化都会,例如六朝的建康。但是古代的文化城市在本质上还不能算作文化都市,原因就在于其文化机制只是初步被构建起来,还没有真正成为一种决定性的

力量。

总的说来,六朝的建康是直接继承江南都市文化源流的城市。它的出现表明江南城市正在发生影响中国文化的蜕变。建康城和邻近的众多城市一道,陆续为我们勾勒出一幅青春江南的美丽图景。一个年轻、自信、充满活力的江南正走进中国民族的历史,并成为中国文化的精神家园。经过这一黄金时期的发展,江南都市的文化形态在唐代之前已经初步形成。而一个诗性——审美江南的存在,使得唐王朝在经历一场动乱之后得以喘息,并维系中原话语体制的存在直到赵宋王朝——一个新的文明高峰出现。也就是在此时,今后江南的大都会扬州、南京,包括太湖——长江流域的都市群逐渐展露出他们在中国文化传统之中的重要作用,这就为明清以后中国都市文化的再度发展构建出一片诗意的空间。苏轼曾经这样写道:"春未老,风细柳斜斜。试上超然台上看,半壕春水一城花,烟雨暗千家。"(《望江南》)这难道不就是那些如诗如画的江南城市最好的写照吗?毫无疑问,眺望这些灿若星辰的江南城市时,我们将会找到中国文化的另一种姿态,那就是城市中的审美精神。六朝江南的城市,不能简单地以现代都市的标准来衡量它们,而应

当看到它们在建构中华文化过程中所起的独特作用。六朝以建康为代表的大都会是中国古代江南城市文化的第一座高峰。

烟雨暗千家（陈凌波）

魏晋名士和帝王为何会如此与众不同，当我们找寻答案的时候，不妨看看曹聚仁先生的短文：

他们躲避这现实的方法，我们看来颇有点幽默。在他们之间，时兴三部古书，《老子》《庄子》和《周易》，《老子》《庄子》都是教人回到浑噩无是非无差别的境界去的，"未尝先人，而尝随人；人皆取实，己独取虚；人皆求福，己独曲全。"如不知人心如镜，一到虚静界，什么隐秘，更看得清清楚楚；反不如在势利场中鬼混，真能昏天黑地，不见天日。这样，他们想在老庄哲学中找到安身立命的隐蔽处，如果，更把是非看得分明，更不能安身立命。他们第二种躲避现实的方法是"饮酒"，司马昭要替司马师求婚于阮籍，阮籍一醉 60 日，使来使无从开口。以酒醉来躲避，只有这一次是有实效的。后来司马炎让九锡，公卿大夫要一力劝进；那篇劝进文，奉命非要阮籍动笔不可。阮籍也想借酒醉来躲避，毕竟不可能；只得就案写成，让来使抄了去。大概嵇康也不大赞成阮籍的办法，所以说："阮嗣宗，唯饮酒过差耳；至为礼法之士所绳，疾之如仇……"因为如嵇康那样性格的人，喝醉了酒，方会静默下去；阮嗣宗本是"与物无伤"的，酒后反常，会惹些是非也未可知呢！第三种躲避现实的方法，是入山修道，学做神仙。可是修道愈有功夫，说起话来愈是刻毒。那位隐在苏门山的孙登，老实不客气，就说嵇康"才多识寡，不得善终"；好在嵇康并不是得君行道的人，否则孙登自己也就要不得善终的了。魏晋文人种种自己麻醉自己躲避的方法，都不见实效，只能如驼鸟一样，把头钻在树林里，当作自己已经躲起来了，让猎人捉了去拿去宰割。

——曹聚仁《谈魏晋间文人生活》

朱逸宁

中国凤——江南文化系列丛书

比城墙更牢固的是
文化

古代江南都市文化研究的重要理论基础就是古代的城市化进程以及关于中国古代都市的研究。从现有各学科的研究成果来看，中国由于文化上自身的特点，因此城市发展显出了许多与西方的不同。漫长的古代社会和连续不断的文化传承性使得中国古代城市发展进程自成体系，形成了具有中国特色的"古代城市化"和"古代都市"，江南都市文化的古代历程正是这一概念的具体体现。

从发展阶段来看，古代江南都市文化有四个主要阶段：第一是上古至两汉时期。这一时期酝酿了江南古代都市的物质要素和地理环境，同时也是江南文化地位的萌发期。在文明的进程中，北方中原地区的城市突飞猛进，已经初步形成了古代城市群。而江南城市发展则明显滞后，城市的数量少，规模小，几乎没有属于自身的文化结构。苏州和绍兴是极少的亮点。

第二是汉末至唐代以前。这一时期是江南古代都市文化的一个高峰。北方的动乱使得中原城市几乎都遭到了严重破坏。在这样的历史条件下，

江南城市终于获得了发展机会，直接原因是人口的大规模迁移以及由此带来的南北文化重新整合，江南城市文化在精神结构方面发生了蜕变。有几个表现：城市规划设计思想开始变化，受政治之外因素影响逐步增加，包括自然和人文地理在内的因素逐渐成为江南城市发展的动因，典型的例证就类似建康的城市格局。由于受到江南地区地形的制约，建康城不再像北方都会那样有着方正严谨的布局，而是充分利用自然山水调整城市形制（春秋时的吴国都城苏州也有类似特点）。这样的思想影响了后来江南城市的规划特色。虽然江南经济成为国家重心是唐代以后的事情，但是此时的江南主要城市如建康、京口等商业活动的日益密集已经使经济因素在城市文化中的比重大大增加，在文艺活动中亦有反映，如六朝音乐（包括歌谣）。江南城市文化精神正在凝聚，其外在表现为城市中的精英及上层人物文艺创作中审美意识的觉醒，使得他们的创作中伦理色彩暂时消退，情感和生命成为主题，人的内心世界受到更深刻的关注，作家群体的构成更加复杂，品评和赏鉴中的标准日益向审美艺术化靠拢。如此多的"为艺术而艺术"的人们集聚在一个时代一个地区，纯粹的、非功利的艺术审美首次受到这样

自觉的重视，而且是在城市这个政治威权集中的地方，这在中国历史上是第一次。充满诗意的生活首度变成城市的象征，在这以前的北方都会中是从没有过的。

第三个阶段是唐宋时期，这一时期的代表是唐代的扬州、五代的南京、宋代的杭州。这一历史区间实现了江南城市文化的三步跨越：唐代的扬州使全国经济的重心向江南转移，这有助于推动商业城市的复兴和发展，并进一步带动商业消费文化的全面繁荣；五代的南京再次使江南成为诗意审美文化的精神家园，北方的政治家和诗人在此种情形下永远是分裂的两个独立个体，而且通常当权者更喜欢能够直接带来现实物质利益的所谓"治世之能臣"，而并不需要德行高尚、情感丰富的诗人，这也就是为什么李太白只能感叹"停杯投箸不能食，拔剑四顾心茫然"的原因。但是，当晚唐五代混乱的政局之下，文人们即便丢掉"士"的那一点点最后的尊严，也不能苟全的时候，找寻新的精神家园便是唯一的出路了。而江南的草长莺飞则是中国

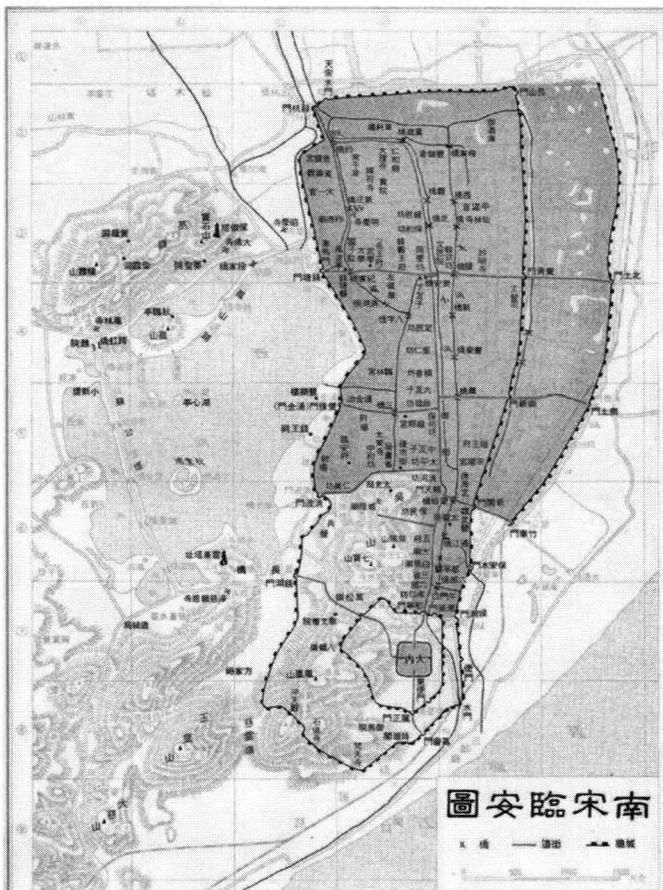

临安地图

民族留给他们独一无二的、能重新唤起审美期待的精神寄托，城市就是这一气质最为集中的场所；南宋的杭州最终完成了古代江南都市文化的精神体系。这就是江南城市文化成熟阶段的开始。

第四个阶段是明清时期。这一时期的代表是南京、扬州和苏州等。重要的现象是商业消费文化的日益成熟，无论是艺术家的创作、交流还是评判，在市井中已有了固定的体系标准，江南城市文艺活动也相对稳定下来，明清易代这样的政治大事件也没有对江南城市产生根本性的影响。从明清的诗文创作到小说的流行，城市已经成为了很大的促进要素。这直接启发了江南城市文化圈向近代的转变。正是由于商业和文化力量占据主动，江南城市在走向近代的过程中才避免了精神上较大的失落，直到近代上海的出现，江南城市文化终于迎来了一个新的历史时期。

唐代以前江南都市文化处于其成长期，虽然六朝的城市文化已经具备了独特的精神结构，城市文化环境也有了长足发展，但依然还未改变一个现实，那就是它还不是中国城市文明整体中主要的声音。它的特征主要包括：城市起源很早，但城市文化的建构和发展的进程十分缓慢。江南虽然它很早便接受了中原的礼乐制度，但自身的艺术审美精神却在魏晋南北朝之前的漫长历史时期没有得到充分发展，这直接导致江南城市群和文化精神长期以来处在边缘地带。其三，虽然遭到中原伦理文化压制，但江南的文化气质仍然以其强大的生命力融入了中国文明传统，这主要发生在魏晋

唐寅《桐阴清梦图》

南北朝，由于正统王朝南迁至江南地区，客观上促进了南北文化重新交融与整合，北方文化被注入了新的生长因子，而江南城市文化则焕然一新，自身的话语体系和精神结构终于开始走向成熟，这些现象对于中华文明的建构也有重大意义。

需要特别提一提的是六朝结束之后的隋代，这是一个承上启下的时期，虽然短暂，但却影响了江南的未来：

隋代虽然是大一统的王朝，且在中国历史上有着承上启下的重要意义，但隋朝时间太短，于城市文化建设方面尚来不及展开许多具体的建构措施，只是在城市建设方面有所贡献。隋代于中国城市史两大泽被深远的举措是建立了大兴城和开挖了大运河。前者使汉代以后已渐趋衰落的关中长安地区重现繁盛，须知中国北方的政治型都会少有在遭受严重破坏和衰败后再度复兴的。政治型城市以权力而兴，其遭到的打击也往往是致命的，典型的例子不胜枚举，如商代的安阳，春秋战国的临淄、曲阜和郢，秦代的咸阳，宋代的开封皆是如此。只是长安因为隋代的建设而成为例外。由于隋代对大兴城的营建，才会有唐代繁荣的世界级古代都市长安的出现。后者的意义在于进一步开发江南，并在建康衰落之后导致扬州大都会的出现。

相比较而言，隋代开国之初对于江南却是采取了打压之策。为了不让江南政权有东山再起之机，隋文帝下令拆毁了建康城，这次的破坏几乎是毁灭性的，不仅波及宫城这样象征威权的建筑，即使官署和其它建筑也大加毁坏，这是典型的政治话语对城市发展过程的人为中断。并且在行政上，隋代也对江南城市毫不留情地打压："陈朝的建康是国都，同时为扬州的州治所在。隋灭陈后，立即改江北的吴州为扬州，设治所在江都；撤销陈朝扬州的丹阳和建兴两郡，取消了侨置郡县，同时把建康、秣陵、江乘、同夏、湖熟、丹阳及过去的侨置郡县合并成江宁一个县。江宁县治先设在今南京市江宁区西南的江宁镇，开皇十年（590年）移至冶城，即今朝天宫一带。在石头城的蒋州只统辖江宁、当涂两县，至隋开皇十一年（591年），析溧阳及丹阳故地置溧水县，蒋州才有3县。这也是溧水建县之始。至大业年间（605—617年），蒋州只有24 125户。"（《话说南京》）如此的规模显然无法与六朝全盛时的建康相比。这表明：建康的中心地位的确有赖于政治权力的南移，这不是长期性和稳固的，极易受到政权变动的影响。建康城的六朝风度主要融入进了诗人和艺术家以及众多文士的精神深处，但这不是能改变和撼动自先秦以来形成的中国传统政治伦理文化的根本力量。商业经济城市的出现虽然对城市文化影响深远，但它此时还没有构成一种强大的话语体系，因此在与政治威权的对话中不可避免地遭到失败。那么如何才能实现江南城市文明的再度复兴，让中国文化的这张面孔再度绽放她美丽的笑颜？这就需要又一座文化大都会的出现。

据考证，"在隋统一全国前，隋文帝杨坚出于平陈的需要，先曾于开皇七年(587年)'开邗沟从山阳至扬子入江'，又更名山阳渎。他的儿子隋炀帝杨广为了怀恋扬州繁华，出于巡游享乐的动机，不惜动员数以百万计的劳动人民，开凿全国规模的大运河。大业元年(605年)把山阳渎加深加广，仍名邗沟。渠广四十步，渠旁皆筑御道，栽柳。接着在六年(605—610年)的时间里，又开广济渠和水济渠。这就构成了沟通江、淮、河、海四大水系的南北大运河，而邗沟为其南段。扬州的地理位置正在南北大运河与长江的交会点上，所以隋唐时代的扬州在全国的地位就超越前代而更加重要了。"(王熙柽、王庭槐《略论扬州历史地理》)这里所说的扬州的重要性实际上在隋代还未真正显露出来，原因是隋代的开发刚完成不久杨氏王朝就灭亡了。但是大运河畔的扬州却成为了交通运输和商业经济发展的重要枢纽。

正如有的学者所言："首先，大运河的开凿与整修，不仅只为粮食、茶叶、丝织品等提供了便捷的流通渠道，由于'物'的背后是'人'，有着特殊的感性需要、精神内涵与文化形式，因而，从一开始，大运河本身也是南北乃至古代中国与外界发生联系的重要桥梁。也可以说，在大运河的深层，还潜藏着一条文化的河流，它不仅直接串联起南北，也由于沟通了黄河与长江，从而间接地连接起更为广阔的空间，对中国文化大格局的形成具有十分重要的作用。"(刘士林《大运河与江南文化》)这实际上指的是：运河把北方的伦理文化和南方审美文化相互融通，使中国文化格局更为完整，而运河对文化的整合效应就是通过运河沿岸的城市实现的。公元610年（隋大业六年），隋炀帝杨广下旨开凿江南运河。这时运河的开凿已经有了很好的条件，隋朝政府在历代运河的基础上，重新疏浚，加深拓宽。完工以后的江南运河蔚为壮观：自镇江直达杭州，全长800里，宽有十余丈，来往舟船络绎不绝。自此以后，这段河道才成为大运河不可或缺的组成部分，承担起沟通南北、维系漕运的使命。更为重要的是，江南的城市从此获得了地位上的抬升，融入了运河城市文化带之中。

清 袁耀《邗江胜览图》

扬州在汉代不过是诸侯国的王都，在汉末更是遭受了战乱的沉重打击。这时期扬州所处的地区正是诸侯们争夺的战场，城市自然也被严重破坏。"三国魏时移广陵郡治于淮阴，于是广陵故城成了边邑。魏文帝曹丕于黄初六年(225年)南伐吴，曾登广陵故城临江观兵，赋诗而还。在东晋南北朝时代，南北对立，南朝建都在建康(今南京)，广陵是建康的外围，沿江的重镇。"(王熙桱、王庭槐《略论扬州历史地理》)因此说，此时的扬州只是边陲城镇而已，并未产生重要的影响。

直到隋代运河的开凿，扬州不仅成为隋炀帝向往的"南都"，而且它也的确在随后的唐代变成了江南一带继建康之后的经济中心。扬州城市更大的发展在唐代，主要有两大特征：一是巩固了江南经济中心的地位，据《新唐书》载："扬州广陵郡，大都督府。本南兖州江都郡，武德七年曰邗州，以邗沟为名，九年更置扬州，天宝元年更郡名。……有丹杨监、广陵监钱官二。户七万七千一百五，口四十六万七千八百五十七。县七。有府四，曰江平、新林、方山、邗江。"这样的盛况使江南城市地位上升，拥有了"扬一益二"的称号。二是商业消费文化蓬勃兴起，大量和扬州有关的诗词文学作品就是明鉴。最有名当属诗人徐凝的名句"天下三分明月夜，二分无赖是扬州"。而杜牧在扬州的风流韵事也曾是诗歌史上的趣话。这些都是隋代大运河经过扬州所打下的基础。

古代江南都市文化从先秦原始的状态中走来，它的文化消费与生活方式在唐代以前其实并未真正稳定下来。总体上看，其特点表现为受到军事、政治伦理、商业、艺术审美和宗教等多重因素的影响，这些因素前所未有地交织在一起，并激烈地碰撞，这些导致江南城市的发展轨迹呈现出一种复杂性，而独特的地理环境加之历史人文的机遇，方使江南出现了真正意义上的文化都会。其具有的自身精神结构也开始逐渐成熟。

江南早期都市文化的中心之所以能在六朝形成，主要依赖于特殊的文化机制。西方此时的城市发展已经从古代雅典城邦过渡到罗马这样的帝国大都会。罗马的发展可以说充分体现了一种"城市权力"——"罗马帝国是单纯扩张城市权力中心的产物，它本身就是一个非常广大的城市建设企业。"（芒福德《城市发展史——起源、演变和前景》）城市权力过分集中是商业文明一个重要发展特征，其最大的问题就是城乡极不均衡的发展，使各种资源链条变得十分脆弱，因此，罗马帝国最终由于罗马城的衰落而坍塌。这一点与农业文明环境中的中国城市有着明显的区别。

中国农业文明背景下的城市发展主要呈现出两种机制：一是北魏的洛阳城以及其后隋唐都城适应统一帝国行政体制的需要，形成北方政治都市的发展模式，我们不妨称之为"中原模式"。这一模式主要依赖于国家政治资源的整合，它的优势在于适应大一统国家的需要，弊端在于容易受政治影响而波动。二是建康城为代表，可称之为"江南模式"。其既不同于雅典那种松散城邦式的体系，也不同于罗马那样"城市建设企业"式的结构，而是植根于农业文明中的诗性文化都市机制。这种模式不以过分榨取乡村资源作为自身发展的动力，相反力图保持文化生态上的平衡。由于对农业始终如一地加以重视，因此"当农业生产力提高后，不但有更多的农业人口移植至城市，而且城市在原有的粮食供应圈内扩展"。（赵冈《中国城市发展史论集》）这可以解释为什么建康城没有像罗马社会那样急速扩张直至最终崩溃。在这样的前提下，建康为自己选择的道路是文化都市，换句话说就是构成人们进行审美活动、文化交流以及物质流通的中心场所，从而有效避免芒福德所说的"大都市变为死亡之城"的命运。按照西美尔的说法,"大都市生活节奏和感官思维印象更慢、更习惯性地、更恰如其分地发展"。(西美尔《大都市和精神生活》)它可以创造一种精神对话的空间,而这正是乡村文明所难以具备的。

在城市文化的起源阶段,中国和西方既有相似之处,但更主要的是彼此间的差异,代表城市是中国的临淄和希腊的雅典。之所以选取这两座城市,是因为它们同为早期民族传统思想与文化的聚积场所,分别象征了两种文明的奠基,最重要的则是它们可以揭示出两种城市文化在发生期的深层结构,在此不妨将其称之为"国都形态"和"城邦形态"。

关于"国都形态"。它不仅预示了北方城市的发展方向,更从形制上奠定了中国古代城市文明的基本特征。之所以说临淄是这种形态的代表,主要是因为它这时已经成为齐文化乃至北方政治伦理文化的汇聚之地。"就齐都而言,由于随其国力增强和霸业发展而不断扩建,在城市形象上,则处处展现出东方霸主之国的风采。一是人口众多,按职业分居,以利生产和战争。齐桓称霸对齐城居民实行士农工商'四民分业'、'勿使杂处'制度,按职业分居明显。《管子·小匡》中有'制国二十一乡,商工之乡六,士农之乡

十五'。这里的士是指的'军士',既有利于提高农工商各业的发展水平,又利于军事上的兵源补充和专门训练。齐国还实行'叁其国而伍其鄙'的改革措施,即三分国都以为三军,五分郊鄙(城郊之民)以为五属,实行的是兵民合二为一的军政体制改革,大大加强了军队战斗力。齐桓公时期的这种城市格局一直保留下来,对齐都发展产生重大影响。……到战国之世,田齐统治者更是雄心勃勃,争强图霸,称帝称王,在临淄大城西南嵌筑一小城,主要作为王宫所在,更使临淄城显示出霸业的威势。现临淄故都尚有许多较著名的高台遗迹,也能说明当时齐国故都文化的这一特点。"(王志民《齐鲁文化概说》)从上述文字可以看出,临淄城市建设的基础十分雄厚,而其思想主要是以富国强兵为特色的政治威权式文化。在这样的背景下,临淄虽非全国性首都,但其发展速度却比其他城市要快得多,史载:"临淄之中七万户,臣窃度之,不下户三男子,三七二十一万,不待发於远县,而临淄之卒固已二十一万矣。临淄甚富而实,其民无不吹竽鼓瑟,弹琴击筑,斗鸡走狗,六博蹋鞠者。临淄之涂,车毂击,人肩摩,连衽成帷,举袂成幕,挥汗成雨,家殷人足,志高气扬。"(《史记·苏秦列传》)这样的城市生活无论

从繁荣程度还是丰富性上来讲在当时都是首屈一指的,当然它还体现为一种城市规模的变化以及齐国的政治大国气象。大多数学者认为早期的中国古代城市大多是由城堡发展而来的城与市的复合体,这一点争议不大。但是,对于城市功能定位和发展道路的问题一直以来都有争议。以临淄来看,政治中心特色是非常显著的,但会造成一个问题:那就是城市不是独立发展的个体,而只是附属于政治权力的工具,"在城市规划中,片面地强调以政治为导向的城市规划设计,忽略了城市的物质文化和精神文化层面的城市特质,忽略了作为城市主体的居民所创造的城市精神。城市作为统治者表达意志的手段,而不作为独立的具有个性的实体而存在"。(周大鸣《以政治为中心的城市规划——有中国城市发展史看中国城市的规划理念》)如果城市没有属于自身的文化精神,那么就会导致在政治权力变迁过程中遭到根本性破坏。虽然齐国临淄的工商业相对发达,但这不是一种独立的力

齐都临淄(山东齐国历史博物馆)

量，他们对于城市营建规划等几乎没有发言权。不仅临淄如此，号称"礼乐之都"的曲阜也是这样，他们最终在北方城市化的进程影响力日渐式微，取而代之·的是同一王朝的首都，如咸阳、长安、洛阳以及后来的开封和北京。

在此总结一下，临淄的"国都形态"主要特征有三：其一是城市以宫殿建筑和礼制建筑为中心，"齐国首都临淄城位于山东淄博市临淄区，有大小二城，小城镶在大城的西南隅，大城周长14千米，小城周长7千米，平面均为南北向的长方形。城墙夯土遗迹宽20米左右。小城为宫殿区，以'桓公台'为主体"。（马正林《中国城市历史地理》）这是典型的政治型城市结构。其二，城市文化设施是为其政治权力服务的，如"稷下学宫"，虽然聚集了众多学者，也有思想和学术的激烈碰撞，但说到底办此机构还是为了巩固齐政权，富国强兵是其根本目的。换句话说，这并非稳定的文人集会或学术群体，只是因政策而设，虽然影响较大但却没有推广，也未能在此基础上形成真正的常设机制、古代学院或学术机关。它随着齐国的消失也成为了历史。这样看来，依附于权力的文化不具有独立的精神体系也就不奇怪了，而所谓城市也只是国家用来调节资源和分配权力的核心地带而已，目的是为掌控全国更辽阔的领土。其三，它直接启发了北方以后政治型城市的规划形制和文化精神。临淄的富庶就是国家强盛的标志，但如果政权出现了问题，放弃一座城市另迁他处也顺理成章，一切出发点是政治需要，商业文化和市民作为城市精神的主要构成因素却几乎没有发言权，最典型的例子就是汉末首都的迁移，由洛阳迁至长安，再迁至许，完全是出于政治需要，因此我们可以说，这是"国都形态"最大的不稳定所在，也是城市群发展的最大障碍。

在这一过程中，江南早期都市的文化机制是通过其高度发达的审美化生活和丰富的精神生产实现的。也可以这样说，六朝江南城市的核心是一种文化活动或文化聚合，人们在政治、经济、军事等功利目的之外，找到了一种精神生产和思想交流方式，以相似的文化趣味聚集在一起，把一座单纯的政治首都变成了综合性的文化都会。这个转变有着深刻而复杂的影响，在此我们不妨称之为文化大都市的"古代原生态"，因为它是中国都市化进程的奠基和雏形。

六朝时期的江南大城市生逢其时，它在文化史上的作用在于：不仅使永嘉之乱后的中华传统文明有了栖息之所，还令南北文化重新汇合交融。在此基础上，原本粗简分散、不成规模和体系的江南文化（包括城市文化）终于凝聚起来，为日后江南城市审美话语体系的成熟创造了条件。

六朝的江南都市在城市史上的重要意义在于：它是江南发展史上古代城市文明的第一个高峰，由此初步完善了江南城市文化的形成机制，以后江南城市的发展几乎都遵循这一规律。这种发生方式同北方中原城市最大的区别就在于其诗性和审美的特性贯穿始终，它较少依赖于政治和伦理关系的刚性调节，而是从文化精神本身以一种柔性自觉的方式形成。因此可以说，六朝的江南城市是一座座散发着文化气息的诗意艺术之城。

总的说来，唐代以前江南都市文化经历从发生到成长的重要阶段，这是古代城市文化精神上的形成期。其精神价值主要在于：首先，作为人类进入文明时代的标志之一，城市在中国大地上的出现是无可回避的事实。而中国城市的总体特征是受到政治伦理因素影响很深，这对于中国文化来说是必要的，但对于城市发展来说却是一个十分不稳定的环境，而中国大一统王朝的政治中心一直都在北方，六朝是个例外。正是这个例外，逐步建立起另一种以商业和文化为特色的城市文明，这就是江南城市精神，他为中国城市化进程和文化发展提供了一种新的模式，即"江南模式"。其次，由于北方城市文化中政治伦理机制的过于发达，因而使它们的城市功能发展相对受到限制，直接后果就是北方城市群由西向东的迁移，这一点在江南城市文化中得到了有效的弥补。在此地，大量文学艺术活动的兴起，作家和消费阶层的参与，政治家的独特气质，都从不同侧面保障了城市精神的凝结，最终形成了江南城市文艺传统。从这个角度上说，这一段时期的江南城市扮演了中国经济文化都市的思想启蒙者的角色。再次，就是对于江南城市自身而言，精神的蜕变既然已经开始，那么它即将迎来的就是更大的发展，反过来对整个江南乃至于中国的推动也是难以估量的。"江南经济在秦汉时虽有发展，但远没达到关注'秦汉江南经济'的学者所认为的那种高度。到六朝时期，江南地区由于政治重心南迁而成为基本经济区，官方力量和民间力量携手合作，江南大部分地区的经济得到迅速发展，进而为其在隋唐时期的发展打下了坚实基础。两宋时期，承此惯性，实现了经济重心的南移。"（官士刚《秦汉六朝江南经济略论》）经济上对地区发展的促进往往是可以直接发现的，但在这些背后真正起作用的实际上是文化的力量。唯有文化体系成型，艺术精神形成各种经济、政治等因素构成的城市群才能绵延不绝。

有人觉得文化二字太"空"，那么，文化是否能让人触摸到呢？且让我们来看一篇短文：

迟顿首陈将军足下：无恙，幸甚，幸甚！将军勇冠三军，才为世出，弃燕雀之小志，慕鸿鹄以高翔。昔因机变化，遭遇明主，立功立事，开国称孤。朱轮华毂，拥旄万里，何其壮也！如何一旦为奔亡之虏，闻鸣镝而股战，对穹庐以屈膝，又何劣邪！

寻君去就之际，非有他故，直以不能内审诸己，外受流言，沈迷猖蹶，以至于此。圣朝赦罪责功，弃瑕录用，推赤心于天下，安反侧于万物。将军之所知，不假仆一二谈也。朱鲔涉血于友于，张绣刃于爱子，汉主不以为疑，魏君待之若旧。况将军无昔人之罪，而勋重于当世！夫迷涂知返，往哲是与，不远而复，先典攸高。主上屈法申恩，吞舟是漏；将军松柏不剪，亲戚安居，高台未倾，爱妾尚在；悠悠尔心，亦何可言！

今功臣名将，雁行有序，佩紫怀黄，赞帷幄之谋，乘轺建节，奉疆场之任，并刑马作誓，传之子孙。将军独靦

颜借命，驱驰毡裘之长，宁不哀哉！夫以慕容超之强，身送东市；姚泓之盛，面缚西都。故知霜露所均，不育异类；姬汉旧邦，无取杂种。北虏僭盗中原，多历年所，恶积祸盈，理至燋烂。况伪昏狡，自相夷戮，部落携离，酋豪猜贰。方当系颈蛮邸，悬首藁街，而将军鱼游于沸鼎之中，燕巢于飞幕之上，不亦惑乎？

暮春三月，江南草长，杂花生树，群莺乱飞。见故国之旗鼓，感平生于畴日，抚弦登陴，岂不怆恨！所以廉公之思赵将，吴子之泣西河，人之情也，将军独无情哉？

想早励良规，自求多福。当今皇帝盛明，天下安乐。白环西献，楛矢东来；夜郎滇池，解辫请职；朝鲜昌海，蹶角受化。唯北狄野心，掘强沙塞之间，欲延岁月之命耳！中军临川殿下，明德茂亲，揔兹戎重，吊民洛汭，伐罪秦中，若遂不改，方思仆言。聊布往怀，君其详之。丘迟顿首。

——丘迟《与陈伯之书》

附丘迟小传：(464—508年)南朝梁文学家。字希范。吴兴乌程（今浙江湖州）人。其父灵鞠，也是当时的著名文人。丘迟在南齐时入仕，入萧衍幕为主簿。萧衍代齐建梁，丘迟被任为中书侍郎，不久出为永嘉太守，又内

迁为中书郎、司空从事中郎。 丘迟能诗,并骈文。钟嵘《诗品》把他与范云并列,入中品,说他的诗"点缀映媚,似落花依草"。他在文学史上之所以占有一席地位,主要还是由于他那篇骈文《与陈伯之书》。陈伯之是投降北魏的梁朝武将,萧宏领军北伐,让丘迟写信招降陈伯之。信中责备陈伯之不明大义,宣扬梁朝的宽宏,晓之以利害,动之以情感,用事精当,遣辞委婉。陈伯之接到这封信,就率部归降了梁朝。

这是南朝人写的文章,内容无外乎是劝降之类,单凭一封书信就能劝降,这其中的难度可想而知。打动陈伯之的,肯定不会是功名利禄,应该是这一段文字吧:"暮春三月,江南草长,杂花生树,群莺乱飞。见故国之旗鼓,感平生于畴日,抚弦登陴,岂不怆恨!所以廉公之思赵将,吴子之泣西河,人之情也,将军独无情哉?"用江南的景物动之以情,大约是陈伯之这个漂泊在外的游子最为挂怀的吧。山水草木在江南这块土地上,实在是会让人产生一种牵挂的。

学历史的时候,我们都会了解到,

宋文治(1919—1999)《江南三月》

魏晋南北朝是一个民族大融合的时代，北方的长城、南方的长江都不能阻止这个文化交融的过程。

在南北对话的过程中，最为复杂的还不是相互尊重习俗的问题，而是双方都必须面临着改变，这种文化的蜕变又是不以人的意志为转移的："然而细细推敲起来，历代的共识中毕竟还隐藏着一些疏忽。一个比较重要的问题是，当人们在概括南北差异时，往往在无意中忽视了'南'、'北'这两个地域概念在永嘉之乱前后的不同文化内涵。尽管人们对晋王朝东迁带来的文化变迁现象有过很多研究，但很少有人在描述南北差异时注意到，这一次大迁移实际上改变了'南'、'北'这一对概念的文化意义。概括地说，东渡以后的南方文化不是原先南方文化的发展，而是北方文化——作为中国文化主流的中原文化南迁后与既有的南方文化融合、蜕变而生成的新的主流文化，而北方文化则随着中原文化的衰弱和北方少数民族文化的进入形成了一种比较质朴的非主流文化。从艺术文化角度来看，中国文艺传统通过这次向江东的大迁移而发生了不可逆的蜕变。尽管自隋朝统一中国以后政治中心又回迁到中原地区，但文艺发展趋势已不再可能恢复到迁移以前的中原文化的传统轨道上去了。因此，就艺术文化史的发展而言，魏晋南北朝时期艺术文化的特点不是平行的南北差异，而是文化主流由北向南的摆动与重新生成。"（高小康《永嘉东渡与中国文艺传统的蜕变》）也就是说，这次巨变并不是意味着一种文化对另一种的简单覆盖或同化，而是两种地域文化之间的融合再生，这一概括是较为准确的。我们通常会注意到南北方文化间的差异，但很少会注意这两种文化并非单纯的二元对立，而是互为依存的关系，它们共同构成了中华文明的精神结构。

有个非常有趣的话题：江南的语言究竟发生过怎样的变化？

南北文化的交融改变了江南地区，特别是城市中的语言结构。我们都知道，北方中原地区的语言同南方的吴语是有很大区别的。现在江苏省北部和南部的语言交流仍有很大的障碍就是证明。但是随着永嘉之乱，这种语言上的固有界限被打破了，大批中原人来到了江南，他们的口中自然操着北方话。东晋王朝在江南立足之后，语言开始产生分化：上层（即北来皇室和贵族当权者）操中原音，而下层（主要是普通百姓）则依旧操吴音。（参见郭黎安《关于六朝建康的语言》）

当时的江南大都市中，上层人士以说北语（即中原官话）为时尚，这其中的原因很就是掌握最高权力的人同时掌握了日常生活的话语权，因而造成北语流行。这样的局面是可以令王导等政治家们欣慰的，因为南方的上流社会接受了中原话，等于在向他们表态：我们已经从内心深处接纳了北方文化。这一点对江南都市文化精神有着非同小可的意义，从这时开始，江南都市不再是孤立保守、呈直线向前发展的地域文化，而有了更加丰富的内涵，它不但获得了与北方中原话语体系同等的发言机会，而且也是自身摆脱了吴越文化的束缚。"江南"从此不再和"吴越"、"东夷"画等号了。这也是今天扬州、南京、镇江等江南城市的语言为什么属北方语系的根本原因。我认为，这也解释了语言学家的一个困惑：江南地区的语言何以如此错综复杂，既有吴语又有北方方言？在魏晋南北朝时，他经历了一次精神上的巨大转变。

一个典型的例子就是语言的变迁。六朝以前的南京地区，本属吴语区。然而在当时出现一个有趣的现

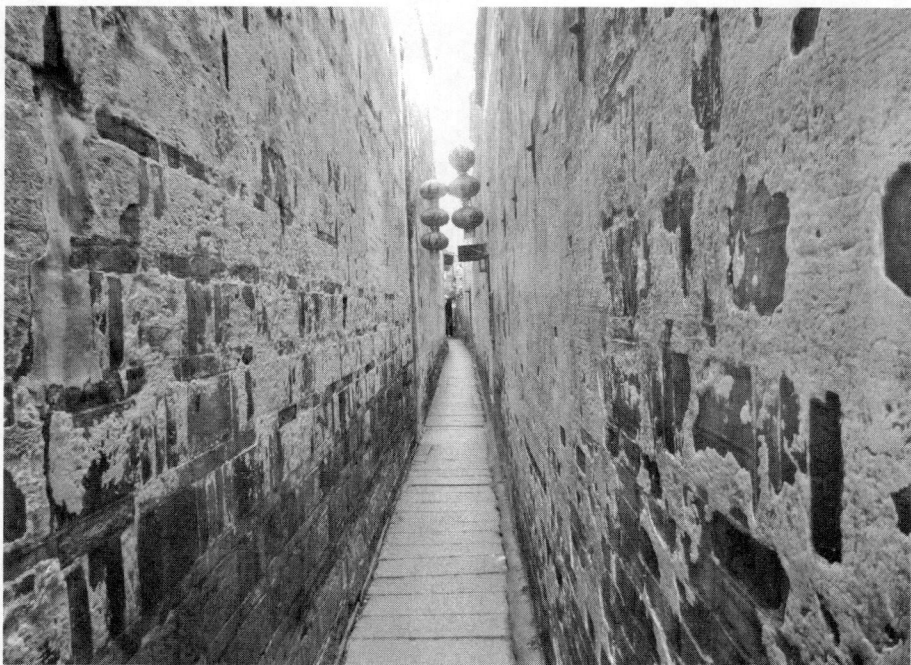

西塘石皮弄（刘小慧）

象，那就北来士人竟也放下架子学起吴语来，而建康地区的人们为了便于交流也学习了北方方言。（参见郭黎安《关于六朝建康的语言》）试想，若是没有这样一种语言文化上的大蜕变，江南地区在六朝时期漫长的数百年间，很有可能由于南北文化的对立而发生分裂，我们也可能再也不会谈起"魏晋风度"的从容与潇洒。需要指出的是，此时语言的变化也不仅仅是相互学习这么简单，因为北方语言同吴语毕竟有所区别，交流起来也还存在诸多不便，因此人们口中的语音进一步蜕变形成了一种新的口音。江南地区的新生语音已经成为主流语音，江南城市中产生的语音之变竟然影响了官方语言的发展进程，这是中国历史从未出现过的现象。由此可见，江南的文明已经达到了一个新高度，它的姿态已经不再是附属于北方中原文化的边缘次文化，而一跃成为汉民族主流文化精神的一部分。毫不夸张地说，江南真正成为了"江南"。

由此，我们不难看出江南文化的融合力，这就是一个蓬勃的江南，生机盎然的江南。现在我们应该明白了，为什么一篇短文就能打动叱咤疆场的将军欣然来归。

下　篇

朱逸宁 中国风——江南文化系列丛书

江南在何处

近看江南，不可避免的一个问题就是对"江南"作一个界定，然后才能在这个概念下展开论述。而研究视角的不同往往会造成对此概念理解上的差异。既然本文所做的江南研究，是一种诗学意义上的文化考察，那么，我认为必须重新对"江南"这个概念进行阐释。事实上，学者们对于江南的界定，长期以来也大多是按照这一观念来展开的，他们首先便是按照政治和经济条件，从物质层面来展开划分。比较具有代表性的说法有："江南的地理概念，约定俗成，不过随着时间的流动也有所差别，有所缩小。且到了后来，以江南为名的行政区域和民间称指则并非一致。其范围大体上先秦时为吴越，汉属扬州，六朝则称江左、江东或江表。然从政治着眼，在魏晋南北朝时北方人的眼里，江南就是江左政权的代词，因为后者的都城是定在属于江南的建业（后称建康）。……唐代江南道的范围也几乎包括整个长江中下游。……元以后行省的设置，更强化了这种趋向，而与以经济文化为基础的区域概念有所脱节。以唐宋间基本经济区转移为背景，以经济文化

为纽带的江南区域概念则经常浮现出来……由此可见，历史上所说的江南有大体上范围指长江中下游或长江下游的两种说法，后来还有仅指苏南及杭嘉湖平原的。"（严耀中《江南佛教史》）从这段论述可以看出：划分江南的重要因素是民族、政治的统一性和经济的独立性。从民族的角度来看，江南居民的形成基础是吴、越两个民族。历史上大一统的王朝，如汉、唐、元、明、清，大多把江南单独划分成一个或几个相互联系的行政区域，特别是在唐代，淮南道、江南东道和江南西道这三个紧密联系的行政区域，已经基本上为江南文化圈勾勒出一个相对完整的轮廓，这样做的目的之一当然是便于管理，可是，从另一角度来看，这种政治地理的区分却隐藏着一个重要的趋势，那就是江南从此注定要发生影响中国民族的蜕变。

中华民族历史上的不断融合使得北方与南方民族的差异性不断缩小，从清代以后江苏省的设置来看，地域上的南方与北方已经不再是划分依据，且不说这样划分是否科学，至少这已打破了过去江南的传统界限。而政治上不能不考虑的是，三国时的孙吴政权，东晋及南朝，严格说还包括南宋和南明，这些政权多数有一定规模并于江南地区存在了相当长的时间（南

明除外，不过实际上明朝在建国之初也曾定都于江南），统治中心大约在江浙一带。它们的存在，使得江南成为政治意义上的独立区域，尤其是南朝、五代以及南宋时期的北方动乱，给予了江南发展的历史机遇，并且使江南诗性文化有了与中原文化真正平起平坐的可能。从经济的角度来看，江南地区的气候环境四季分明，物产丰富，自古便有"苏湖熟，天下足"的说法。长江中下游平原与中国的其他地区相比，在农业条件上确实是得天独厚，这里雨量充沛，地势平坦，江河湖海俱全。对于农业文明来说，上述条件几乎可以说在中国是至关重要的。中国民族所处的生活环境自古以来就十分恶劣，粮食和土地一直是争夺的焦点，而江南恰恰具备了这些优越的因素。因此顾祖禹曾感慨道："能与天下相权衡者，江南而已。"在这样的基础上，长期以来便形成了以长江和太湖为中心的江南地理概念。这个概念中的江南，实际上是指中国东南部，长江中下游的广大平原地区。

但是，如果仅仅用此作为区分诗性江南的依据，还有着不足之处。因为中国的南方地区面积辽阔，文化的构成复杂，以吴越为源头的文化，和荆楚文化、巴蜀文化、闽粤文化等等虽同属一个文化母体，但其间的差异还是不能忽视的。而如果单纯从政治和经济方面来分析，则并不容易区分清楚。就政治方面来说，统治者通常以便于管理的角度来划分行政地区，并且区划往往会因朝代的更替发生改变，唐代的江南道和清代的江苏、浙江省就有着巨大差别，因此单纯以政治因素展开考察并不可靠。而在经济方面，有学者认为太湖水系的存在则是影响江南文化独立性的关键，可以说，正是太湖水系的存在，使得长江中下游平原地区同长江以南的其他地区相互区别开来，因此"太湖水系"成为划分江南的至关重要一环。事实上，这也是目前江南研究中比较具有说服力的区分依据。李伯重先生就曾指出，江南地区的划分依据在于它不仅有天然屏障于其他地区间隔，而且更重要的是有同一水系，使其内部形成较为紧密的联系。他认为，"太湖上纳二溪之水，下通三江泄洪入海，形成太湖水系的中枢。太湖水系的主要河流，多为东西流向，而江南运河则纵贯南北，把东流诸水联贯起来，使得江南水网更为完备。此外，应天（江宁）府的大部分地区，本不属太湖水系，但通过人工开挖的胥溪运河，亦于江南水网相接。"（李伯重《简论"江南地区"的界定》）

近年来更有学者认为，宁镇地区和太湖流域是两个不同的文化区域。

而需要单独把明清时期的六府一州（苏州、松江、常州、杭州、嘉兴、湖州、太仓）从地理上划分出来。（徐茂明《江南的历史内涵和区域变迁》）这些观点有合理之处，因为它们从不同的角度阐明了江南何以成为江南的外部条件。

可是，外部因素只是一个方面，而且经常会发生变化，只有文化精神领域的一致性才更为稳定而持久。从这个意义上讲，我觉得真正使江南获得独立地位的，是它在文化上所体现出的诗性审美精神。

自六朝开始，江南结束了自己的童年，开始进入诗性精神发展的黄金时代。现在公认的一点是，江南文化是不同于中国其他地区文化的独特一支。可是，如果试图用一两句简单的话来概括江南则是徒劳的，因为江南的诗性文化精神并非是从自身直接产生的，而是在整个中国民族的文明变迁过程中不断交融、碰撞形成的。很多学者对这一点都有论断，比如李学勤主编的《长江文化史》中这样叙述："北方人口的大量南迁，加快了中原文化与长江文化的

湖光山色（陈凌波）

交流,使长江流域的经济文化提高到一个新的水平。"然而,正由于这种历史的复杂性,对于哪些例证属于江南的范畴,在研究中并未能完全区分清楚。

从这个角度说,江南的文化界定显得尤为重要。而进行这样的考察,不仅要结合上文所提到的自然地理因素,还必须注意到历史人文领域的江南精神。就如同古代诗人笔下吟唱不绝的江南一样,在中国人的心中,江南始终是一个挥之不去的审美情结。如果仔细考察,我们会发现,诗性文化意义上的江南并不完全是由自然或单纯依靠人为划分的一个范畴。那个"泛舟采莲叶,过摘芙蓉花"的江南,实际上已经超越政治、经济等实际功利性的框架,而成为一种内在风俗气质的延伸。具体地说,江南的诗性文化是一种历史生成,"人文江南不是随便什么人在自然地理上简单地加上人类活动的痕迹;它更是江南民族那特有的诗性主体在这片中国最美丽的水土上生活与创造的结果。"(刘士林等《人文江南关键词》)这个江南文化圈的中心,应当是现在的扬州、南京、苏州、杭州一带,语言上以吴方言区为核心(语言上的问题则更加复杂,我并不赞成以此为主要依据)。它在地理上的界限虽然不容易准确地标明,但文化上的构成元素却是彰显无遗的,也就是以审美为最核心、

最重要的因素,依据这一点可以大致看出江南的文化地理轮廓,北至皖南,东到海滨,西至江西,南到浙江,都是江南文化的辐射范围。无论是皖南古朴的民居,或是扬州别具一格的文人画,抑或是临安的烟柳画桥,都鲜明地折射出一种江南的诗意气质,如果看不到这些元素中折射出的审美精神,那么我们所研究的江南大概只能是没有生气灌注的存在。正如人类学家克罗伯曾经说过的那样:"文化由明确的和含糊的行为模式组成。这些行为模式通过符号来获取并传递。文化就是人类不同群体取得的独特的成就,也包括它们在手工艺品中的体现。文化的本质核心由传统思想(即源自历史和由历史选择的思想)及其附着的涵义组成:一方面,可将文化体系看成活动的产物;另一方面,又可将它们看成进一步活动的条件因素。"在对江南概念进行文化界定的过程中,我们会遇到一个问题,那就是江南的历史生成是在什么时候,或者说作此文化界定的历史依据是什么,这也就自然地牵涉了江南的"黄金时代"。如果没有一个"黄金时代",诗性的江南便不可能从童年的野性之中脱离并凝聚起来。

江南文人群体是诗性文化的重要传承者。其成熟过程,曾经历了两个重要的转型阶段:其一是魏晋六朝

时期，代表人物是士人群体，他们的出现使得城市文化精神有了一个重要的载体，而政治伦理束缚也有了被挣脱的可能，江南文化整体得以摆脱单一原始的状态；其二是晚唐至五代的词人群体，他们使江南城市文化的诗性气质变成了一种持久稳定的精神脉络。这两个阶段不仅奠定了今后江南城市文化发展的主体，也形成了江南诗性文人精神的源流。在大一统的局面下，似乎人们很容易忽略一个人文江南的存在，但是一旦北方的政治权力中心发生变乱，那么江南就一定会敞开它的胸怀迎接中国民族疲惫的灵魂。如果说六朝的江南已经开始彰显出其诗性精神内涵的话，那么到了五代，这种精神气质则通过各种方式完全铺陈开来，就在公元十世纪，一个文化史上并不引人瞩目的时代，美丽、高贵、雅致、充满情趣的江南渐渐从重重的帘幕后面显露出她的芳容……

以杭州为例，很多去过杭州的人都觉得，这是一个最具江南气息、适宜居住的所在，当年吴越争霸的金戈之气已经化作了张岱笔下的《西湖七月半》，一个颇有诗意的居所：

西湖七月半，一无可看，止可看看七月半之人，看七月半之人，以五类看之。其一，楼船箫鼓，峨冠盛筵，灯火优奚，声光相乱，名为看月而实不见月者，看之；其一，亦船亦楼，名娃闺秀，携及童娈，笑啼杂之，环坐露台，左右盼望，身在月下而实不看月者，看之；其一，亦船亦声歌，名妓闲僧，浅斟低唱，弱管轻丝，竹肉相发，亦在月下，亦看月，而欲人看其看月者，看之；其一，不舟不车，不衫不帻，酒醉饭饱，呼群三五，跻入人丛，昭庆、断桥，嘄呼嘈杂，装假醉，唱无腔曲，月亦看，看月者亦看，不看月者亦看，而实无一看者，看之；其一，小船轻幌，净几暖炉，茶铛旋煮，素瓷静递，好友佳人，邀月同坐，或匿影树下，或逃嚣里湖，已出酉归，避月如仇，是夕好名，逐队争出，多犒门军酒钱，轿夫擎燎，列俟岸上。一入舟，速舟子急放断桥，赶入胜会。以故二鼓以前，人声鼓吹，如沸如撼，如魇如呓，如聋如哑，大船小船一齐凑岸，一无所见，止见篙击篙、舟触舟、肩摩肩，面看面而已。少刻兴尽，官府席散，皂隶喝道去，轿夫叫船上人，怖以关门，灯笼火把如列星，一一簇拥而去。岸上人亦逐队赶门，渐稀渐薄，顷刻散尽矣。吾辈始舣舟近岸，断桥石磴始凉，席其上，呼客纵饮，此时月如镜新磨，山复整妆，湖复颒面，向之浅斟低唱者出，匿影树下者亦出，吾辈往通声气，拉与同坐。韵友来，名妓至，杯箸安，竹肉发。月色苍凉，东方将白，

杭州西湖（作者摄）

客方散去。吾辈纵舟，酣睡于十里荷花之中，香气拍人，清梦甚惬。

——张岱《西湖七月半》

杭州的四季，不仅仅是四个季节，更是四本艺术图集。在此，我想到了郁达夫先生笔下的杭州，这是江南文化的一个典型代表，不妨对比一下：

杭州的出名，一大半是为了西湖。而人工的建设，都会的形成，初则是由于唐末五代，武肃王钱镠(西历十世纪初期)的割据东南，——"隋朝特创立此郡城，仅三十六里九十步；后武肃钱王，发民丁与十三寨军卒，增筑罗城，

周围七十里许。……"(吴自牧《梦梁录》卷七)——再则是由于南宋建炎三年(一一二九)，高宗的临安驻跸，奠定国都。至若唐白乐天与宋苏东坡的筑堤导水，原也有功于杭郡人民，可是仅仅一位醉酒吟诗携妓的郡守的力量，无论如何，也是不能和帝王匹敌的。

据说，杭州的杭字，是因"禹末年，巡会稽至此，舍航登陆，乃名杭，始见于文字。"（柴虎臣著《杭州沿革大事考》）因之，我们可以猜想，禹以前，杭州总还是一个泽国。而这一个四千余年前的泽国，后来为越为吴，也为吴越的战场，为东汉的浙江，为三国吴的富春，为晋的吴郡，为隋唐的杭

州，两为偏安国都，迭为省治，现在并且成了东南五省交通的孔道，歌舞喧天，别庄满地，简直又要恢复南宋当时的首都旧观了。

……

其次是该讲杭州的风俗了。岁时习俗，显露在外表的年中行事，大致是与江南各省相通的；不过在杭州像婚丧喜庆等事，更加要铺张一点而已。关于这一方面，同治年间有一位钱塘的范月桥氏，曾做过一册《杭俗遗风》，写得比较详细，不过现在的杭州风俗，细看起来，还是同南宋吴自牧在《梦粱录》里所说的差仿不多，因为杭州人根本还是由那个时候传下来，在那个时候改组过的人。都会文化的影响，实在真大不过。

一年四季，杭州人所忙的，除了生死两件大事之外，差不多全是为了空的仪式，就是婚丧生死，一大半也重在仪式。丧事人家可以出钱去雇人来哭。喜事人家也有专门说好话的人雇在那里借讨彩头。祭天地，祀祖宗，拜鬼神等等，无非是为了一个架子，甚至于四时的游逛，都列在仪式之内，到了时候，若不去一定的地方走一遭，仿佛是犯

西湖边的茶座 闲时三五小友 相会饮茶（王晨冰摄）

了什么大罪，生怕被人家看不起似的。所以明朝的高濂，做了一部《四时幽赏录》，把杭州人在四季中所应做的闲事，详细列叙了出来。现在我只教把这四时幽赏的简目，略抄一下，大家就可以晓得吴自牧所说的"临安风俗，四时奢侈，赏观殆无虚日"的话的不错了。

一、春时幽赏：孤山月下看梅花，八卦田看菜花，虎跑泉试新茶，西溪楼啖煨笋，保俶塔看晓山，苏堤看桃花，等等。

二、夏时幽赏：苏堤看新绿，三生石谈月，飞来洞避暑，湖心亭采莼，等等。

三、秋时幽赏：满家弄赏桂花，胜果寺望月，水乐洞雨后听泉，六和塔夜玩风潮，等等。

四、冬时幽赏：三茅山顶望江天雪霁，西溪道中玩雪，雪后镇海楼观晚炊，除夕登吴山看松盆，等等。

——郁达夫《杭州》

如果没有杭州，江南一定会少了关键的几分颜色；如果不是拥有江南的湖山，杭州也绝不会成为"人间天堂"。

江南命运的转折点

晚唐五代，在中国漫长的历史过程中是一个极其特殊的时期。最显著的是政治上的分裂与混乱。在文学上，新的体裁与创作群体的出现也是不容忽视的。而隐藏在这一切背后的却是一种诗性精神的兴盛和审美意识的再次觉醒。这种变化的载体，就是那个我们曾经无数次歌以咏之的美丽江南，正是这方水土，在中世纪的转折时期奏响了诗性精神清新的第二乐章，并且令中国文化的格局随之发生了改变。

在此之前的大部分时间内，中国文化中占据主流地位的是以儒家思想为代表的政治伦理话语，只是在永嘉南迁之后出现过审美精神的短暂兴起。对于一个农业文明来说，伦理关系当然显得非常重要，因为它维系着农业社会物质生产和人自身生产的过程。不仅如此，农业生产的发展也促进了伦理精神在中国文化的深层渗透。在历代的文学艺术之中，这一点体现得十分明显。然而，我认为过于发达的政治——伦理话语体系却不足以支撑一种庞大诗性文化系统的延续，尤其是对中国民族而言，更是令本已遭到损耗的诗性智慧进一步异化。事实上，在中国民族的精神世界之中，一直以来都存在着以审美为特质的另一种话语体系，只不过长期以来，以儒家思想为代表的，过于发达的伦理话语将其逐渐挤向了边缘。西晋末年的大动乱，虽然部分地影响了这种体系的稳固性，但自先秦两汉以来形成的政治—伦理精神却经过隋唐进一步发展壮大起来，直到宋明时期彻底覆盖了中国民族的心灵空间，淹没了其他的声音，这是一个不争的事实。因此可以说，在这样的情形下，我们始终无法听到江南那婉转的歌声就并不奇怪了。但是，我认为中国文化的主体并不是单纯的、以宗法伦理为唯一核心的，而是存在着二元的结构，即伦理和审美精神。并且，审美精神正是令中国民族呈现诗性特质的重要因素。

之所以我把江南的这段历史称之为第二乐章，是因为永嘉南迁之后，江南曾出现过她生命中的第一个黄金岁月。这是一个让江南脱胎换骨的时期，主要体现为刚性、野蛮的特征渐渐褪去，洒脱、秀丽的气质开始显现。我想，这才是真正的江南，一个诗与乐的江南。在她辉煌的第一乐章之中，魏晋风度和六朝乐府是其主要内容。在这个时代，无论是官方或民间，六朝江南都面临着精神上的大蜕变。首先，魏晋玄学的发展，士族阶层的南迁，从某种角度来说是江南诗性文化主体得以形成的基本条件。在此之前，由于汉帝国的统治中心在北方黄河流域，加之对儒家思想的推崇，故而造成审美主体被严重遮蔽的情形。关于这一

点，我们可参照刘士林先生曾经提出过的一个说法，他说："……在诗性智慧看来，征服、改造对象同时就是征服、改造生命本身，而为了保持生命本身的自由，就必须首先允诺给宇宙万物以自由。"（刘士林《澄明美学——非主流之观察》）我认为，儒家伦理精神所缺乏的，正是这样一种自由的生命意识，而相反的是，它用刘士林先生所言之"主体化"的方式逐步替换了诗性智慧里中国民族真正的精神根源，因此不可避免地造成了异化。然而，在异化到来的时候，中国诗性文化用以调节这一状况的途径便是以老庄为代表的道家思想、以楚辞为代表的南方浪漫精神，以及继之而出现的江南诗性气质。可以这样认为，庄子思想和楚辞文化为一个诗意江南的出现奠定了基础，而在一个非常合适的历史关头，衣襟飘飘的魏晋士人因国家动荡而来到南方，在这片土地上形成了江南诗性精神。之所以这样说，首先在于，"庄子以自然的善为至高无上的生命伦理价值，这一本体问题明了，开辟出与儒家死生解脱完全不同的方式"。（刘士林《中国诗性文化》）在面对已经到来的文明时代的巨变时，道家与儒家以及墨家的态度均有着根本性差异，这就是他们找到了限制本能和满足欲望之外的另一种方式，即刘

士林先生所言之审美活动。只有在审美之中，人的自由性才可能获得展开的机会。正如一位汉学家曾指出过的那样："可以说，这里潜含的态度是，以'审美'的心态，尽情接受我们直接感知到的视野宏阔的整幅世界画面。"（史华兹《古代中国的思想世界》）其次便是在《楚辞》中所折射出的南方浪漫精神。"跪敷衽以陈词兮，耿吾既得此中正；驷玉虬以乘鹥兮，溘埃风余上征；朝发轫于苍梧兮，夕余至乎县圃；欲少留此灵琐兮，日忽忽其将暮；吾令羲和弭节兮，望崦嵫而勿迫；路曼曼其修远兮，吾将上下而求索。饮余马于咸池兮，总余辔乎扶桑；折若木以拂日兮，聊逍遥以相羊；前望舒使先驱兮，后飞廉使奔属；鸾皇为余先戒兮，雷师告余以未具；吾令凤鸟飞腾兮，继之以日夜；飘风屯其相离兮，帅云霓而来御；纷总总其离合兮，斑陆离其上下；吾令帝阍开关兮，倚阊阖而望予；时暧暧其将罢兮，结幽兰而延伫；世溷浊而不分兮，好蔽美而嫉妒。"这不仅是一种诗意想象的自由奔驰，更是尚未被儒家或是墨家等文明时代思想完全浸染的，带有原始诗性智慧特征

文徵明《横塘图》

的精神释放。它与庄子思想的异曲同工之处就在于巧妙地化解了文明进化过程无法回避的重大问题，即死与生、天与地的关系。把人与天地自然的关系用这样充满诗意的方式来诠释，也只有南方楚辞中的浪漫精神可以实现如此的和谐。由此，江南的水土在六朝之前已经充溢了诗性文化所不可缺少的精神养分，只待这一精神的主体——士人阶层的出现。

六朝时期，江南一旦完成从野性到诗性这种蜕变的时候，实际上这一进程就变得不可逆转了。只是，在伦理文化强大的覆盖与侵袭之下，江南诗性文化从幼年走向成熟并非是连续性的。六朝时的江南仍然被当作了恢复中原正统地位的政治和军事基地，隋唐军事贵族取得政治权力之后，江南便随着陈后主的王朝一道再次沉睡了。在大一统的局面下，似乎人们很容易忽略一个人文江南的存在，但是如果北方的政治权力中心发生变乱，这种所谓的和谐状况就会难以维持，而刘士林先生所提出的"以礼乐政治为中心的'北国诗性文化'"（刘士林《在江南发现中国诗性文化》）自身无法产生出解决这一困境的新途径，此时那个曾经被遗忘的江南就一定会再度进入人们的视线，因为只有她的审美精神能使这一渐趋销蚀的灵魂得以

找到安身之所。晚唐以后，无论是杨行密、徐知诰还是钱镠，作为地方政权的君主，他们治理下的江南虽然没有咄咄逼人的王霸之气，进而发展为唐宗宋祖那样的伟业，却形成了乱世之中人们物质和精神上的宁静家园，这其中有一定的原因。而我认为正是同中国古代的资源分配体系有关。长期以来，中国政治的中心一直都在北方，而且主要集中于关中、河朔两大地区，这自然依赖于上述地区强劲的经济发展，加之完善的政治权力体系足以令其控制全国的资源，此外主要的异族入侵威胁也来自北方。因此以长安和洛阳为中心的政权，只需一支忠诚而善战的军队，以及由文官构建的相对合理的资源调配机制，就可能通过中原从而有效地号令全国，这就是为什么汉高祖最终定都关中而没有选择彭城的原因。但是，西晋后期的板荡以及唐代的安史之乱几乎彻底破坏了这一体系，不仅北方经济再也无法独立支撑起对中国的统治，而且原来的江南与中原那种依附关系也由紧密变得松散。因此，江南才有了和北方并驾齐驱的经济地位，在文化上也才有了真正属于自己的话语权。实际上，自汉代之后江南便没有过驾驭庞大帝国的政治野心，这主要是因为当时中国古代引发战争的一个重要原因便是对

资源分配权力的争夺,中原那种恶劣的农业生产环境更直接导致这种争夺激化。福兮祸兮?对于江南来说,相对独立的环境不仅天然免除了北方游牧民族的入侵,而且生活资源也已经相对富足,这种分配的危机比起资源已经相对匮乏的北方显然要小,既然文明链条上的这一环节有了如此得天独厚的发展条件,那么基于资源危机而出现的政治强权自然就没有出现的必要,所以稍有见识的江南君主就断然不肯轻易参与到这种无休无止的中原权力角斗中去。当时南唐的开国君主李昪曾亲口表达过这种想法,而吴越的钱镠也曾拒绝了罗隐让他出兵伐梁的建议,尽管那次看上去十分像是一个入主中原的机会。

公元十世纪,也许在中国历史上并不太引人瞩目,但对于江南却是一个转折,一个新阶段的开端。

国家不幸诗家幸

在我看来,唐代不仅是公认的中国传统文化发展的鼎盛时期,更为重要的,这也是一个开始出现大变化的时代,特别是在中晚唐这样一个不同寻常的历史阶段,作为研究者,就更需要把视角伸向艺术生活和审美趣味的广阔层面,才能展示出社会文化真实的历史状况。

公元755年,这是一个中国历史上无法让人忽视的年代。来自遥远边塞的一个高级军官发动的叛乱,竟然很快就成为燎原之势,从根本上动摇了唐帝国的政治秩序,进而令中国的北方陷入长期的动荡之中。并且,中国历史上引以为豪的一段盛世华章就此画上了休止符。据史书记载:"禄山乘铁舆,步骑精锐,烟尘千里,鼓噪震地。时海内久承平,百姓累世不识兵革,猝闻范阳兵起,远近震骇。河北皆禄山统内,所过州县,望风瓦解。守令或开门出迎,或弃城窜匿,或为所擒戮,无敢拒之者。"(《资治通鉴》)看上去这不过是一次军事和政治领域的变故,而且中国历史上从来就不缺乏各种由权力引发的战争。可是,事情似乎远没有那么简单,因为安史之乱并非单纯具有政治、经济或军事的意义,它对于中国文化的深层,尤其是对于江南的诗性文化,更有着深远的影响。可以说,从此时开始,黄河流域包括整个北方大地作为中国文化中心的时代结束了,一个新的中心正在江南形成。正如一些现代学者所介绍的那样,中原一带几乎成为废墟,大批北人纷纷南迁,而江南地区的文化则迅速发展,各种人才总数明显上升,并逐步超过

朱逸宁

北方。

现在让我们把视线转到公元八世纪。安史之乱爆发后，北方中原大地是主要战场，因此遭到惨烈的破坏是可想而知的，当时"百曹荒废，曾无尺橼，中间畿内，不满千户。井邑榛棘，豺狼所嗥，既乏军储，又鲜人力"。(《旧唐书·郭子仪传》)甚至"人烟断绝，千里萧条"，(《旧唐书·郭子仪传》)这在历史上是非常典型的战争所引起的浩劫。加之随后出现的藩镇战争，更使得黄河流域的生产秩序被完全打

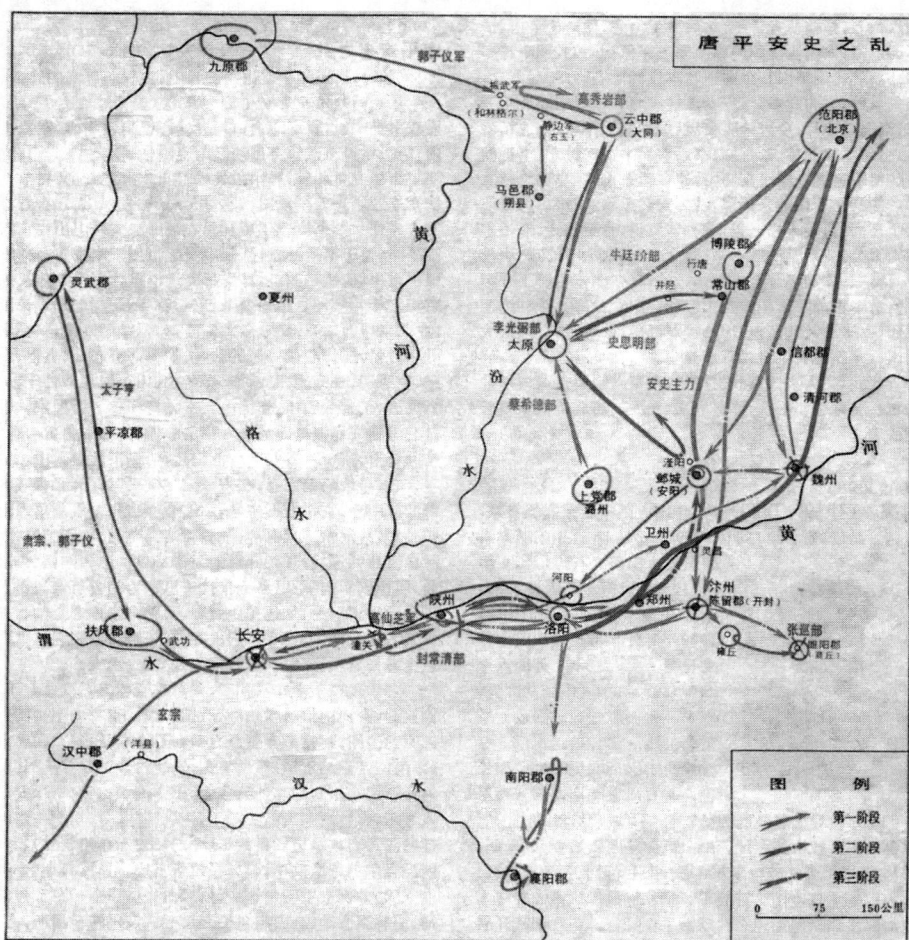

唐平安史之乱路线图

乱，而这里又恰恰是唐帝国赖以生存的社会基础，因此，在安史之乱结束后的较长一段时期内，中央政府都未能恢复元气，一直都难以对全国实行有效的统治。

安史之乱一个十分重要的历史意义当属它对中国文化格局的影响。长期以来，人们认为黄河流域是中国民族，特别是汉民族政治活动的中心区域。这种说法虽然被当代学者证明是一种偏见（原因是它忽略了长江文化），但我以为，如果以此来考察中国的政治伦理文化，大体上却是可以成立的。柳诒徵曾指出："周之文化，以礼为渊海，集前古之大成，开后来之政教。"（柳诒徵《中国文化史》）以周代所开创的礼乐制度为主体，先秦儒家为核心的文化一直以来都是中国民族政治伦理的精神内涵，这一点是没有多少争议的。这里需要着重说明的是周、秦、汉、隋、唐等这些王朝的统治阶层，大都以北方为基础，而且以关陇地区为中心。这不仅是因为它们政权的主要军事威胁在北方，而且关陇到中原一带也确实便于展开对全国的有效管理。对此，有学者认为："中国南北之分，以江、河为最大之界限。故欲通南北，必先通江、淮以为之枢。春秋时吴将伐齐，先城邗沟，通江、淮。历秦、汉至南北朝，其道渐湮而迹犹存，

故隋世屡开之。而通济、永济二渠，江南之河，皆与邗沟衔接。于是南至余杭，北至涿郡，西至洛阳，胥可以舟行直达。此隋、唐之所以能统一中国之一大主因也。"（柳诒徵《中国文化史》）

然而，这种以交通干线为枢纽的统治体系，最致命的缺陷莫过于战争了。战争一起，则交通断绝；交通断绝，则南方之与北方形同两界。中原粮食产区遭到破坏，而江南的物资又无法北上，那么可想而知，中原王朝的政治秩序以及农业文明赖以生存的伦理基础自然就面临着瓦解的危险。北方政治伦理文化之所以凝聚起来，很大的一个因素就是政治上有一个相对稳定的中心，而这个中心足以调节全国的生产资源，从秦汉到隋唐历代统一王朝无不如此。故此《史记·货殖列传》中说："夫三河在天下之中，若鼎足，王者所更居也，建国各数百千岁，土地小狭，民人众，都国诸侯所聚会，故其俗纤俭习事。"欲鼎足而立的诸侯无不虎视眈眈地注视着中原王鼎，正是因为这里在地势上更便于控制天下土地和食物的分配。然而，由此形成的政治伦理文化所难以回避的一个局面，便是对于中心话语权力的频繁争夺，或者说是对资源分配权力竭尽心机的攫取，以及由此带来的农业生产环境的动荡，而这又恰

恰形成了对政治伦理话语体系的瓦解力量。在此需要特别说明的是，我所说的"瓦解"，并非是说这种力量从此销声匿迹，而是说它的核心地位受到了挑战。这一状况十分清晰地体现在当时最为盛行的一些诗作之中。杜甫在他的《北征》中写道："不闻夏殷衰，中自诛褒妲。周汉获再兴，宣光果明哲……微尔人尽非，于今国犹活。凄凉大同殿，寂寞白兽闼。"从字里行间，我们不难看出他虽然有着对唐室中兴的厚望，但也流露出对局面难以挽回的隐隐悲兆。杜诗被尊称为"诗史"，但其背景却是安史之乱所造成的盛世不再和壮志难酬，这肯定不是一个政治伦理语境下典型的知识分子所希望见到的。像唐王朝这样的大一统的、中央集权的国家，毫无疑问需要用儒家所倡导的伦理体制来凝聚力量，其中一点便是将广大知识阶层聚拢至自身的话语系统之内，一旦这个阶层的稳定性遭到破坏，那么不论是多么强盛的王朝也难以避免衰落的命运了。唐朝中后期北方之所以丧失话语中心的地位，安史之乱当然是一个重要原因，但事实上它所带来的农业阶层的破坏以及资源分配制度的混乱是其深层原因。这一点在杜诗中表现得最为直接，如他在著名的《新安吏》中所写的官府征兵的情景："府帖昨夜下，次选中男行。中男绝短小，何以守王城？肥男有母送，瘦男独伶俜。白水暮东流，青山犹哭声。"还有《垂老别》中所写："四郊未宁静，垂老不得安。子孙阵亡尽，焉用身独完？"这些诗句的字面意思当然十分明白，单就其描写的情景而言，已经显现出农业社会的政治秩序是相当混乱了。此外，在杜甫的名篇《兵车行》中，他更是一针见血地指出了当时因为连年用兵而导致北方凋敝的情景："长者虽有问，役夫敢申恨？且如今年冬，未休关西卒。县官急索租，租税从何出？信知生男恶，反是生女好。生女犹得嫁比邻，生男埋没随百草。"由于动乱，直接的后果是兵源枯竭，税收减少。隐性的危机则是农业生产的规律遭到根本性破坏，继而影响到资源的分配。永王李璘的叛乱以及随之而来的藩镇问题之所以让唐中央政府伤透脑筋，究其根源还在于整个北方政治伦理秩序的紊乱。

对于中国的诗人来说，对待北方这种巨变根本的精神路径依然是"诗"，也就是本文所论之"诗性精神"。不过，解决这一问题单靠儒家传统思想中残留的诗性智慧遗存似乎已经难以奏效。儒家解决问题的方式是"诗言志"，但诗化政治的手段往往不能改变人们的精神结构深处固有的缺陷，因此，杜甫的贡献正在于他超越了诗性政治本身所无法回避的境界狭窄之患，即始终不能跳出"个体"的圈子。只有杜诗真正意识到了伦理本体过于强大的后果，因此他便以"诗"的方式超然和澄明了。这样的诗句有很多："二月已破三月来，渐老逢春能几回？莫思身外无穷事，且尽生前有限杯。"（《绝句漫兴九首》）"关塞极天唯鸟道，江湖满地一渔翁。"（《秋兴八首》）"病减诗仍拙，吟多意有馀。莫看江总老，犹被赏时鱼。"（《复愁十二首》）"头白灯明里，何须花烬繁。"（《日暮》）事实上，正是由于安史之乱所带来的沉

蒋兆和《杜甫像》

重打击，才令杜甫抛弃了由伦理秩序混乱而造成的传统儒家精神深处的绳结。这就是说，"杜诗中那些自述穷愁的诗，恰是其个体的澄明，而不是对之采取了压抑或遮蔽的方式。"（刘士林《中国诗性文化》）

可是，尽管有杜甫这样超越传统儒家的大诗人，但他毕竟在众多的中晚唐诗家之中属于极少数。大多数诗人面对"礼崩乐坏"所造成的痛苦，依然表现为一种再也无法进入到话语权力中心一展宏图的惆怅，正如某些学者所言，他们的作品与盛唐诗人相比，"失去了前者的豪迈雄强、英气勃勃，更多地呈现出一种冷落清寂的风貌。"（汪涌豪、骆玉明《中国诗学》第一卷）身处其时的诗人知识分子，因为不能从伦理力量的束缚之中解脱出来，在北方大地的广袤与苍凉中又找不到精神的寄托，故只能借感怀历史一抒胸中的苦闷："人世几回伤往事，山形依旧枕寒流。从今四海为家日，故垒萧萧芦荻秋。"（刘禹锡《西塞山怀古》）还有，"岭树重遮千里目，江流曲似九回肠。共来百粤文身地，犹是音书滞异乡。"（柳宗元《登柳州城楼寄漳汀封连四州刺史》）在诗人远离政治权力中心的时候，他的心中依然找不到打开这个心结的方法，传统儒家用来调节人与人关系的礼乐制度竟成了阻挡

在他面前的一道难以逾越的屏障，这对于一个一心以"治国安邦"为己任的儒家知识分子而言，是最大的痛苦。

刘士林先生曾指出："由于受农业文明的制约，由于母权制发展得过于完备与成熟，由于父权制在青铜时代与母权制的妥协与融合，由于对生产过程中分配环节的重视超过了生产本身，所以中国文明在作选择时更多地、也必然地要依靠其心理利益。"（刘士林《中国诗性文化》）我们可以进一步说，分配权力的突出，正是农业社会所具有的一个重要特征，并且也是形成中国独特诗性文化的社会基础。而正是这一显著的特征，直接影响了中国民族的生命结构。

并且，这种文化并不是一元的。长期以来，政治伦理话语体系在历代统治者手中已经发展到巅峰，可以说，到唐代，北方的政治伦理精神已经完全成熟，但是它把以所谓"绮靡之音"为特征的审美意识不断挤向边缘，而权力争夺带来的连年战争却一下打破了这种局面，由于中央政府已经难以再用强大有力的政治手段把北方中原地区树立为唯一的文化中心，那么接下来要登场的自然就是在六朝时期曾崭露头角的江南文化，因为江南文化有了"轴心期"所形成的思想基础，其再度兴起便是不可避免了。

一直以来，研究者习惯于用朝代的更替划分历史文化的不同阶段。实际上，这种方法对于文化史或文艺思想史研究并不完全适用，甚至会产生一些偏见。以江南诗性文化研究为例，谈到它的历史分期，就不能不注意公元八世纪的这场政治动乱，因为它不仅直接影响到中古时代政治、经济的发展，更为重要也更容易为人们所忽视的，是它深刻影响到中国文化和文艺思想史的走向。这时的黄河流域遭到了重大的破坏，而且是自南北朝以来最严重的一次。从此，中国北方由于政治秩序的根本性破坏，因此再没有达到汉唐那样的繁盛兴旺，而且也无法恢复对江南审美文化独立性的遏制。即使是北宋后的统治者千方百计把都城迁到北方，希望借此将中国民族的精神重新凝聚到以黄河流域为中心的伦理体系中，但一个不争的事实却是北方中原大地已经不得不交出长期独揽的中国文化的话语权，江南诗性精神则已经牢固地植根于人们的心灵深处，产生了新的"江南情结"也就是必然的了。而这些变化，最为集中地体现在当时的各种文艺活动之中。中国文化中心的变迁，在公元八世纪以后已经成为一个不可逆转的趋势，而活跃在这一事件中心的，正是那个曾经处于边缘地带的江南。

安史之乱后，中国再度出现了经济重心由北向南迁移的局面，以扬州为例，武德（公元618—626年）年间有23 160户，94 347口；到天宝（公元742—755年）年间，增加到77 150户，467 857口（李学勤等《长江文化史》）。这些人口的变化有两个主要因素，一是由淮南道、江南东道等地区安定的局面所致；再有就是大量北方战争地区人口的迁入。不过，这并不是西晋末年永嘉东渡的又一次重演，因为那时的江南地区被视作战乱时的避难之所，很大程度上还是源于南方与北方的隔绝，三国时魏文帝南征不利，他曾经感叹道："嗟乎，固天所以限南北也！"这至少说明，其时的长江仍旧是阻隔南北的天堑。不仅如此，当时

的江南地区还遗留有远古那种苍凉、野性的气息，山越直至唐代依然是令政府头疼的不安因素，所以东晋的北方士族在来到此地后，必须痛苦地进行从文化精神到生活习惯的更替。在这些士人的眼中，江南吴地原是不能与中原相提并论的，"吴人入洛，颇为北人所轻"（柳诒徵《中国文化史》）。但这种状况随着永嘉东渡已经发生了根本的改变。中唐以后的情况则与此完全不同，首先是江河早已不是隔断南北交流的因素，隋代的统一和大运河的开凿，更使得江南和中原的联系越来越紧密；其次，六朝的士族阶层正是中晚唐江南诗性文化主体的前身，而经过隋唐两代之后，这个阶层已经逐渐衰落下去了，江南文化正在酝酿新的主体，这就是晚唐五代的诗人和词人。

尽管这种新的文化精神在南宋末年伴着蒙古大军南下的马蹄声出现了断裂，但是，有一点可以确信，那就是江南在晚唐五代实现了诗性精神的成熟，而且这一进程是任何力量都无法逆转的。在中晚唐以后，

扬州老街（作者摄）

在江南的诗性文化主体已经确立的情形之下，江南注定在中国文化命运之中渐渐取得令人瞩目的发言权。

江南崛起最直接的表现当然是经济的繁荣。根据现代学者的考证，当时的扬州、润州、杭州、苏州等江南城市，几乎在相同的时期达到了兴盛，无论是农业、手工业，还是商业，相比于全国都处在领先的地位（李学勤等《长江文化史》），因此出现"扬一益二"的说法自然就不足为怪了。其实自唐代中后期以来，江南地区已经发生了显著的变化。

如果仅仅有农业的发展，我想江南在中国大地上还不足以获得独立发言的权利。史载："唐都长安，而关中号称沃野，然其土地狭，所出不足以给京师、备水旱，故常转漕东南之粟。"（《新唐书·食货志》）可见唐帝国的统治者从一开始就意识到，东南的长江中下游地区显然已经是对于国家举足轻重的命脉，而江南经历这番蜕变的一个表现首先是城市的兴起，随之而来的便是文艺活动的逐渐兴盛，继之而发生的便是文艺思想的变化。当时的江南地区，已经形成了以太湖流域为中心的几个文化集散之地，今天的学者把它们归纳为以大城市为核心的文化区，主要有"两浙、皖南、淮南、江西"等（李学勤等《长江文化史》），都

是以繁荣的都市商业为基础构成的，诗人杜荀鹤有诗句说"夜市买菱藕，春船载绮罗"，韦应物说"合沓臻水陆，骈阗会四方"，这些充分表明了当时江南都会的兴盛景象。同时我们也应注意到"夜市"在初唐的北方（例如长安）还是难以想象的，而此时已经在吴中变成了诗人笔下极其寻常的情景，这说明中唐后江南的商业之发达。至于通达四方的中心城市，则已经从扬州发展到苏州、杭州、湖州、润州、庐州等星罗棋布的局面。由此我们不难得出结论：在中国社会中，这些变化已经不可能局限于一时一地，它一旦出现，便注定要改变和影响整个民族

船在画中游（作者摄）

的精神世界。

当历史进入晚唐五代以后，相对于面对战火摧残、孤立无援的长安和洛阳，江南却拥有了繁华的扬州、金陵和杭州三座大都会，这实在是重要的因素。其实早在隋朝，大运河的开凿便已经令扬州获得了大都市的地位，只是扬州的位置稍显偏北，因此中原的动荡难免会波及于此，而且那时的江南仅仅是作为中原的附属而存在的。尽管如此，五代的杨吴政权依然在此顽强地发展起来。相对来说，金陵则更加具有一个江南中心的气象，这里北有长江之险，东有山岳，雨水丰沛，土壤肥沃，既有利于农业生产，又可攻可守，军事上比较安全。同时不应忘记，离金陵不远的地方还有一座苏州静静地在那里，它的地位更像是大宅子的后花园，为繁忙的都市人提供了休憩的场所。至于杭州，看上去与金陵的地理形势颇为相近，但有一点却是其他城市所没有的，那就是此地更加远离政治风雨经常光顾的中原，因而也是江南文化中不可缺少的一个落脚点。按照汉学家谢和耐的说法，"若要抵达那里，须先经过一片布满无数湖泊和泥泞稻田的地区，这使得骑兵难于展开"（谢和耐《蒙元入侵前夜的中国日常生活》）。试想，中原的马上皇帝们，无论是具有或缺乏

政治眼光的，一定不会轻易南下，不仅因为江南没有他们强悍军队的用武之地，而且长安、洛阳、汴梁对他们的诱惑也比江南要大，因为那里历来就是集权的象征，而且一旦占据这些城市，在政治上也更容易对国家进行统治，从而有利于将庞大的帝国掌控起来，这也是江南城市所不具备的。由此我们就不难理解，为什么晚唐五代的江南会在短短的几十年间接连出现这样繁盛的文化都市，并且在战火硝烟之中能免于涂炭。安史之乱还迫使大批的文化界人士南迁，并间接地带动了江南文教事业的进步，这也是促使江南地区逐渐凝聚成文化中心的重要因素。据考察，唐代后期长江流域的总体文化水准已经超过北方。仅就进士及第人数来看，以长江下游（即本文所述的江南）为最（李学勤等《长江文化史》）。而且，以白居易为代表的一大批文士来到江南做官，也从上层开始提升了江南官僚阶层的文化水平。不仅如此，江南的民间各种文化风俗亦十分兴盛，如龙舟、百戏、祭祀、饮食等，更是进一步促进了江南由边缘向中国文化中心地带的转化。这一点看上去和西晋末年的永嘉东渡是很相似的，但问题是东晋以后南北长期对峙，而中唐后统一的帝国政权依然存在，只是这个中央集权王

朝再也无法像过去那样把话语权力牢固地控制在北方了。当然,如果仅仅从科举考试的情况和官员素质来看,言之江南的兴起似乎说服力还很有限。但我以为,从科举制度和官僚体制出发仍然是在政治—伦理话语体系下考察文化的一种方式,既然江南文化的话语表达方式与北方有着显著的差异,那么真正了解江南在此时的变化,最关键的还是要审视这个地区的文艺活动。

花 间 一 脉

自中唐以后,文学活动依然十分活跃,作家作品也相当丰富,但无论是内容或风格上都已经显著地呈现出与盛唐不同的特点。

文学史上颇为著名的新乐府运动领导人主张"文章合为时而著,歌诗合为事而作",在很多研究者看来,是出于对当时国家形势一种深切的不安,要求文学承担起济世救民的重任。这一点似乎没有什么大问题,但实际上这场文学运动的背后有着更深层的文化背景,这也是不应该忽视的。中国古代文艺发展中对于形式和内容关系的争论从来就没有停止过。

从表面看,新乐府运动是对文学作品中形式主义的严厉批判,正如白居易在《新乐府序》中说:"其辞质而径,欲见之者易谕也;其言直而切,欲闻之者深诫也……"如果从中国文化的深层来考察,这种观点显然是与其政治伦理的过于发达密切相连的。自从春秋时孔子删诗开始,包括汉代人对《诗经》的重新解释,以及世人熟知的"汉魏风骨"的出现,这一线索清晰地表明了中国民族的文学活动与政治之间的关系。在相当长的一段时期内,文学被当作治国安邦的重要手段,就像曹丕在《典论·论文》中指出的那样,是"经国之大业,不朽之盛事"。而与之相反,南方以《楚辞》为代表的审美文化,则在汉代经历了汉赋那样短暂的勃发以及南朝文学的异常兴盛之后,到唐代便再次陷入了沉寂。并不是说这种审美精神衰落了,而是建立大唐帝国的关陇军事贵族,迫切地需要一种文化工具来凝聚其权力统治的思想基础,他们面前最好的方式无疑是自汉代儒家思想被确立以来,一直延续的文学为政治服务的传统和思想伦理体系,所以,精明的唐太宗把科举制度进一步完善,使得六朝以来已经不断衰微的士族进一步分化瓦解,他得意地宣称天下英雄"尽入吾彀矣"不是没有道理的。而作为新乐府运动重要领导人的白居易就一再强调文学创作应当:"为君、为臣、为民、为物、为事而作,不为文而作。"这看上去当然是具有鲜明"现实主义"精神的,但我们仔细一想就会发现,这种"卒章显志"的要求以及韩愈的"文以载道"的观点实际上进一步把北方政治伦理的传统无限扩张到了艺术创作之中,这样的主张是否能为广大文学创作者接受很值得怀疑,但它的确符合中国儒家知识分子一直以来所追求的通过文艺来教化人心的理想。当然出现这样的状况是丝毫不令人奇怪的,因为此时政治伦理的力量在中国大地上发展得过于强大,以江南为中心的诗性文化和审美趣味退而次之,很自然地被挤向了边缘地带,这一状况一直到中晚唐才发生了重大的改变。

随着永贞革新的失败,以柳宗元为代表的一大批文士被排挤出了权力中心,他们在以诗文抒发感慨的同时,也清晰地看到了知识分子被迫依附于政治权力所带来的痛苦。柳宗元在其《酬曹侍御过象县见寄》一诗中写道:"春风无限潇湘意,欲采蘋花不自由。"通常人们把这句诗解读为诗人抒发自己的不平之气和失意之落寞。(孙琴安《唐诗与政治》)这样说大体上是对的。但是,我认为在这股不平之气背后,隐藏的是中国古代知识分子内心的一大悲哀,那就是不得不与政治伦

柳宗元像

理话语体系紧密联系,而这样做付出的代价就是精神生命自由的失落。对于唐代诗人,这种痛苦犹甚。"唐人喜爱的是瞬间感情的燃烧。"(吉川幸次郎《中国诗史》)这话是不错的。可是,这种"燃烧"的精神根源却和六朝士族的精神觉醒迥然不同。前文说过,六朝文士来到江南后,面对环境改变而产生的精神痛苦实际上是审美意识的苏醒。可是,唐代知识分子在关陇军事贵族强大的政治伦理话语威慑下,长期以来却失掉了这一自由。安史之乱的爆发猝然动摇了这一体系,已经习惯于通过科举制度进入权力中心的文士,特别是中下层文士便显得十分不习惯了,于是,他们借助诗句曲折地表达了内心深处的失落感:"沉舟侧畔千帆过,病树前头万木春。"(刘禹锡《酬乐天扬州初逢席上见赠》)"宦

情羁思共凄凄，春半如秋意转迷。"（柳宗元《柳州二月榕叶落尽偶题》）这看上去是一种解决问题的方式，可是我们细想之下就会发现，这些诗句在最终所显出的"志"非但不能使本体生命结构诗化，相反诗人强烈的政治欲望使得他们进一步异化，这也就是中晚唐许多诗人抑郁终身的原因。

轰轰烈烈的新乐府运动是中原政治伦理文化的一次回归，或者说是北方试图彻底摆脱自六朝以来日益根深蒂固的审美精神影响的一次尝试。关键在于，这次尝试从表面上看是为所谓现实主义的文学创作重新确立了圭臬，但就其效果而言却很难说完全实现了新乐府运动的目的，因为自白居易之后，诗歌创作从各方面都没有达到李白、杜甫那样的高度，这一状况到了宋代尤为突出。宋诗与唐诗相比，一般公认是等而次之的，尽管宋诗竭力要在思想和技巧各方面深入开掘，但始终不曾达到唐诗的境界是一个不争的事实。相反，带有浓郁审美色彩的词却在江南悄然兴起，至南宋更变得蔚为壮观起来，这恐怕是当时很多文人所不曾料到的。故此，带有"现实主义"倾向的新乐府运动实际上尽管对于使文艺活动向传统的"文以载道"回归起到了一定贡献，但相反它也限制了文学创作进一步向人内心开掘的空间，而词的出现才真正促成了以审美为特征的新兴市民文艺的厚积薄发。

近年来，已经有学者指出：安史之乱促使诗歌创作发生了变化，由于前往江南避难的缘故，很多诗人笔下的内容转向描写山川草木和内心感受。这一点固然是不错的，可是我们更应当看到在这一现象背后的深层意义。避难和政治上的失意只是外在的因素，真正引起变化的根源却是自六朝以来在诗家心中隐隐泛起的诗性—审美意识。

孔颖达曾经说过："言悦豫之志则和乐兴而颂声作；言忧愁之志则哀伤起而怨刺生。"（《毛诗正义》）这一解释实际上已经把诗歌创作和人的内心情感结合到了一起，但确切地说，他看重的还是诗歌对于政教风化的作用。到了中唐以后，文艺思想才真正开始显著的变化，最典型的例子就是对于诗歌创作志中"意境"的突出重视。以往的诗歌，尤其是初唐和盛唐的诗作，人们对其评价往往首先从反对南朝绮靡风气的角度出发，以李白为最高，前则有四杰，与之并称有杜甫，后则有元、白，余则还有王—孟、高—岑等人。而这些评价中，以对李白的评价为例，学者们多数把他的积极入世和磅礴气势放在显著的位置上。"落魄的身世，迫他走上颓废的路，……颓废之中仍透露出他的热情来。……他并没有忘掉人间的祸乱，的确具有'济世'、'拯物'的心肠的。"（陆侃如、冯沅君《中国诗史》）这说明，为盛唐诗坛撑起天空的，仍旧是政治——伦理体系下的诗家语。人们常说："国家不幸诗家幸。"我以为，实际上"国家幸"与"诗家幸"之间的关系远比人们通常想象的要复杂得多，起码对于中国诗人来说是这样的。但情况到了中晚唐开始发生变化，遍照金刚在其《文镜秘府论》中指出："夫置意作诗，即须凝心，目击其物，便以心击之，身穿其境。"这不能不说是中晚唐诗学理论向内心开掘的一个例证。而皎然提出"造境"之说就显得正当其时了，他在《诗式》中强调"取境之时须至难、至险，始见奇句"，这固然是对诗歌创作审美境界的极致追求，但更深一层的是，这位长期生活在江南的诗僧主张诗人在审美创造中的作用，这一点比起新乐府运动来，不能不说是唐代文艺思想的一个转变。作为释家弟子，皎然身上的政治伦理气息当然要少得多，而这样一位诗人，实际上他在中晚唐时期出现的意义在于从理论上把审美意识的开掘推向了一个新的高度。至于后来的严羽等人受他的影响，就在情理之中了。司空图的到来，更是

使这种开掘系统化。他的思想来源于道家，这是公认的。但我认为其提出的"心与道契"，另一层意义却在于将庄子以来的审美意识真正落实到文艺创作之中。因此他说："近而不浮，远而不尽，然后可以言韵外之致耳。……倘复以全美为工，即知味外之旨矣。"（司空图《与李生论诗书》）有学者指出："隐者'为我'思想中包含的清新明澈的生命理想，到庄子这儿终于发育成系统理论。"（颜世安《庄子评传》）那么，庄子的美学理想究竟如何被文艺创作者传承下来的呢？很明显，就在于像司空图这样的理论家把它总结化用到文学之中，正像他曾经说过的："俯拾即是，不取诸邻。俱道适往，着手成春。如逢花开，如瞻岁新。真与不夺，强得易贫。幽人空山，过水采

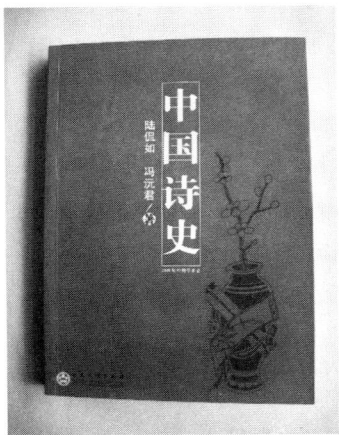

《中国诗史》书影

蘋。薄言情悟，悠悠天钧。"（司空图《诗品》）这才是从先秦轴心时代以来一脉相承的，与中国传统知识分子头脑中所持的伦理话语并存的，被遮蔽已久的审美话语。

如果仔细考察一下这时的诗坛，我们会发现，他们的诗作中虽然少了几分边塞的豪气，但是从江南走来的是散发着审美气韵的另一群充满生命热情的诗人。以我们最为熟悉的杜牧和李商隐为例，尽管他们也有"一骑红尘妃子笑，无人知是荔枝来"、"可怜夜半虚前席，不问苍生问鬼神"这样的政治—伦理责任感，但我认为，更应引起关注的却是"十年一觉扬州梦，赢得青楼薄倖名"以及"锦瑟无端五十弦，一弦一柱思华年"那般的曲折深远之意境。这里究竟表现出诗人怎样一种心情我们暂且不去讨论，但从诗句来看，显然与传统的"兴观群怨"以及"诗言志"之说有所区别，那是摆脱了伦理束缚的真实情感的流露。吉川幸次郎说过："由于那过于艳丽多彩而使人感到病态的世界，实际上是致密地铺展在悄然与人生相对的内心的昏暗世界表层的东西，这样的作品，不正是虔诚地加深了对这个潜在世界的恐惧吗？"（吉川幸次郎《中国诗史》）正如李商隐在诗句中说的那样："身无彩凤双飞翼，心有灵犀一点

通。"可以说，这些作品之中所蕴含的伦理意味已经十分淡漠了，诗人们更多的是关注内心世界的复杂变化，而这正是本文所述之诗意—审美话语的主要特征。

那么，这种特征是因何而成为晚唐后文艺创作的精神气质呢？我认为，正是烟雨蒙蒙的江南大地，以其独有的人文环境把诗人心中浓重的伦理情结消解于无形。首先是因在政治上失意而南下的刘禹锡、白居易、柳宗元、元稹，他们来到江南显然是非常不情愿的，因为他们的抱负是在巍巍长安，是像周公、伊尹那样辅弼君王，经国济民，但现实的残酷迫使他们不得不离开权力的中心。而远离权力中心实际上也就意味着不可能在伦理话语体系中再有发言的席位了。不过，如画一样的江南却激发出他们的诗情。如白居易在早春漫步于西湖之滨的时候，便细致地感受到了江南美景所引发的内心深处的审美情愫，他写道："处处早莺争暖树，谁家新燕啄春泥。乱花渐欲迷人眼，浅草才能没马蹄。"（《钱塘湖春行》）"卢橘子低山雨重，栟榈叶战水风凉。烟波澹荡摇空碧，楼殿参差倚夕阳。"（《西湖晚归回望孤山寺赠诸客》）这里，已经看不到古代文人那种以礼乐教化世人，以文章兼济天下的伦理期待了。而刘

禹锡则写道："春去也，共惜艳阳年。犹有桃花流水上，无辞竹叶醉尊前，惟待见青天。"（《忆江南》）清人曹锡彤认为这是诗人在洛阳"忆南友"所作（史双元《唐五代词纪事会评》）。我想，这种说法是有一定道理的，因为仅就词风而言，其细腻温婉的确有着江南地区的特征，而最主要的是词作之中由自然景致引发出来的个人情感，这在"达则兼济天下，穷则独善其身"的许多传统文人那里是不屑一顾的。另一类诗人则是生长或居住于江南，如陆龟蒙、温庭筠以及后来的韦庄等，他们更是长期沐浴着吴风越雨，于是写下了"过尽千帆皆不是，斜晖脉脉水悠悠"（温庭筠《梦江南》）。比起白居易相对直白地歌唱江南美景，温庭筠等晚唐及五代的诗人更倾向于描写内心的感受，这正是江南审美意识在文艺活动中再次觉醒的重要特征。

其实，晚唐北方政局的动荡以及原有统治秩序的破坏，并未对南方造成实质性的影响。在唐代中后期，西南的成都平原和东南的长江中下游地区，经济日渐繁荣。与之相伴的则是城市以及市民阶层的兴起。需要着重指出的是，南方城市的发展不仅培育了市民这个新兴的文化阶层，而且也诞生出新的文艺趣味。我认为，对于这种变化的评述，主要应当从作家、创作、作品传播以及文学评价这几个方面来展开。而且，尤其值得关注的是作为诗性文化主体的作家。

如果说，新乐府运动和古文运动的影响还多是局限在文学与政治的关系之中，那么江南审美文化则从一开始就与更广泛的文艺活动紧密联系，著名的《采莲曲》及南朝乐府民歌的流传就是例证。晚唐以及五代时期文艺活动走向审美化的一个重要标志当是花间词派的兴起，这个作家群体登上艺术舞台预示着江南审美精神的凝聚开始由个体自发转向群体

玄武湖净明精舍（作者摄）

自觉。欧阳炯在《花间词叙》中写道："镂玉雕琼，拟化工而迥巧；裁花剪叶，夺春艳以争鲜。是以唱云谣则金母词清，挹霞醴则穆王心醉。名高《白雪》，声声而自合鸾歌；响遏行云，字字而偏谐凤律。《杨柳》《大堤》之句，乐府相传；《芙蓉》《曲渚》之篇，豪家自制。莫不争高门下，三千珥帽之簪；竞富尊前，数十珊瑚之树。自南朝之宫体，扇北里之倡风。何止言之不文，所谓秀而不实。有唐已降，率土之滨，家家之香径春风，宁寻越艳；处处之红楼夜月，自锁嫦娥……"他还很推崇词人温庭筠，甚至把温庭筠在词坛的地位比作了诗界的李白："在明皇朝，则有李太白之应制《清平乐》词四首，近代温飞卿复有《金荃集》，迩来作者，无愧前人。"

这个比方是否恰当我们暂不讨论，仅仅从这里便可看出：温庭筠开创了一个新的局面，这也是令文艺活动走出中唐新乐府运动和"文以载道"思想全面覆盖的一条路径。李白在中国诗坛的地位是众所周知的，他不仅代表了一个时代，而且影响了中国的诗歌创作。我觉得，李白的激情飞扬也可以理解为唐代鼎盛时期北方生命伦理学一种率性奔放的文化姿态。但是，从八世纪安史之乱以后，这种青春张扬的精神衰落下去了，而此时出

现的以杜诗为代表的所谓现实主义的另一高峰，则体现的是一种政治伦理要求下对社会现实的关注。按照李泽厚先生的说法，"跟魏晋六朝以来与神仙佛学观念关系密切，并常以之作为这里基础的前期封建艺术不同，以杜、颜、韩为开路先锋的后期封建艺术是以儒家教义为其哲理基础的"。（李泽厚《美的历程》）经历过大动乱之后的中国民族，最突出的变化除了北方伦理话语失去一统天下的地位之外，另一个就是以江南作家群体为代表的审美意识的再次觉醒，以及这种伦理—审美二元共存状态的出现。

李渔《闲情偶寄》书影

台城依旧叹金陵

晚唐的诗人中，也有不少在江南留下了诗篇词章，具有代表性的当属韦庄。对此，研究者曾产生过分歧，因为巴蜀江南与吴越江南是有区别的，从这个方面来考虑，花间词人笔下的江南能否说就是指吴越地区似乎还需商榷。但是，这些基于文学考证的研究忽视了一点，那就是文化精神的跨地域传播与渗透，而古代文人的游历生活更为这种传播提供了可能，因此可以说，此时出现的花间词应当是一个典型的江南文化现象。施蛰存先生在这一问题上有非常精辟的见解，他在论韦庄词的文章中便已经令人信服地回答了花间词中有关江南的问题，这里不再赘述。

在这个重要的时期，韦庄当然是不应忽视的。这位词人也曾经热衷于仕途，在经历了唐末的战乱之后，特别是在江南之行后，却又作起词来，且成为花间词派的大家。韦庄的作品，有着鲜明的江南气质。他在《金陵图》一诗中，就已经表现出了一种穿透历史的诗心记忆中激发出来的智慧灵光。而到了词作中则更为直接地展示了江南所特有的面貌。他写道："恩重娇多情易伤，漏更长，解鸳鸯。朱唇未动，先觉口脂香。缓揭绣衾抽皓腕，移凤枕，枕潘郎。"和温飞卿的潇洒不同，韦庄作品，更多了一丝哀怨。试想，韦庄遥望着长安的方向，微微地叹息，纵使蜀中的生平景象，在他的眼中，也难以抹去内心的孤寂，于是他又写道："锦浦，春女，绣衣金缕。雾薄云轻，花深柳暗，时节正是清明，雨初晴。玉鞭魂断烟霞路，莺莺语，一望巫山雨。香尘隐映，遥见翠槛红楼，黛眉愁。"韦词的这一分"艳"，流淌不尽的是词人心中的无奈。这种惆怅究竟源自何处呢？原因大致有二：

首先是一种古老诗心记忆的失落。还是回到他的诗作中来看："无情最是台城柳，依旧烟笼十里堤。"当诗人又一次走过印着六朝诗人足迹的城墙脚下的时候，他看到的，只有那一排排的柳树，当年的魏晋风度何处去寻？在诗人看来，那是一个后人难以企及的心灵无比自由的黄金年代。殊不知，就在他的心灵深处，这种先辈遗留的诗性智慧正像将要喷薄而出的火山，即将再一次迸发出夺目的光芒。在我看来，中国的伦理异化力量是十分强大的，它通过自上而下不断推进的机制把审美精神挤向边缘地带，而这种机制最直接的表现便是传统的儒家。但是，对于中国民族而言，伦理话语和审美话语是构成中国诗性文化的两个部分，倘若其中一个不存在，那么另一个也必将随之消亡，因此正是在此涨彼消的起伏之中，华夏文明内在的全部活力才能被激发出来。而韦庄所处的正是一个审美精神酝酿待发的时代。

六朝如梦鸟空啼。如今的瓦官寺已被高楼包围（作者摄）

刘勰说过："文之思也，其神远矣。故寂然凝虑，思接千载；悄焉动容，视通万里。"当文人心底的诗心记忆被再一次唤醒的时候，似乎就预示着那饱经沧桑的江南审美话语也即将获得复苏的机会。六朝精神的载体是诗人，而继承这一血统的，首先自然就是以韦庄为代表的晚唐诗人，他们在精神气质上有着家族类似性。他在另一首诗中又写道："谁谓伤心画不成，画人心逐世人情。君看六幅南朝事，老木寒云满古城。"这一句"老木寒云"分明是在告诉我们，诗人是多么怀念那段岁月。中国历史是最有可能在看似断裂之后重现文化生命之链接的，因此这才得以确保了古老的诗性智慧不曾像西方那样遭到彻底的扫荡。在大唐的煌煌盛世走向顶峰的时候，一个来自边塞的高级军官的叛变，就将中原大地的秩序彻底颠覆。于是，大批的北方文人再次背起行囊来到了江南，他们心里相信，只有这里才是可以安居的家园。"无情最是台城柳，依旧烟笼十里堤。"我觉得这里的"无情"并非是简单地说历史之河无情地向前流淌，其中更有一种面对依旧博大、宽容的江南而感到人世间的沧桑变幻和自身个体的渺小，这种感觉只有在江南才显得更加强烈。对于有着敏锐时间感的诗人而言，似乎也只有在江南才能找到心灵的归宿。

韦庄心里非常清楚，六朝的士人随着中原君主大军的南下，已经一去不复返了。隋唐实行科举取士，更瓦解了士族赖以生存的政治土壤，那些

"著书都为稻粱谋"的文人，心里有了功名利禄的困扰，自然就不会产生出那般飘逸俊朗的魏晋风度，这才是最令他感伤的！我想，当众多的所谓志士文人满怀抱负向北而行的时候，也就意味着他们所面临的政治伦理异化达到了高峰，而这也是让有着审美期待的中国诗人心中最苦痛的。可是，一场突如其来的政治或者军事变乱也很容易使这种辛辛苦苦建立起来的、看似坚固的体制遭到破坏。因为政治伦理所依赖的自然基础是传统农业，而我们都清楚，靠天吃饭的中国北方农业生产环境又是非常不稳定的，历代对于都城的选择就是证明。倘若这样的生存机制出现危机的话，那么，作为诗人所能做的就只有去寻找新的精神家园，因为大河上下遍布着他们的诗心所难以理解的阴谋和荆棘。由此，当大变乱把这些文人推向南方的时候，他们才暮然发现，原来真正的故乡竟然在这个芳草萋萋的江南！诗人眼中所见，固然是一座繁华已逝的金陵古城，但是这不能仅仅说他在徒然地感伤历史。我想，一个有着敏锐的时间意识和历史意识的诗人，是不能面对眼前这样富于沧桑感的景物而无动于衷的。更何况在古金陵层层累积的城砖下面，潜藏着中国民族一股永生不息的古老智慧暗流。而这股暗流，就要在一个晚唐诗人的脚下再次涌动。

其次，韦庄的内心深处还不能达到像杜甫一样的超越与澄明，因为那是北方诗人在伦理主体猝然瓦解下所产生的特有感觉，而作为一个长期在江南游历和生活的诗人，在没有这种体验的情况下，自然难以具有那番博大与超脱。可是尽管如此，韦庄作为江南诗人的代表之一，他仍然有着吴越水乡浸染过的独特真淳。

对于韦庄来说，他表现内心情感的时候，已经不再向李白那样，大声地呼喊"仰天大笑出门去，我辈岂是蓬蒿人"，同时也不能像杜甫一样说"艰难苦恨繁霜鬓，潦倒新停浊酒杯。"他的笔下呈现出一种江南特有的委婉和细腻。韦庄曾这样写道："满空寒雨漫霏霏，去路云深锁翠微。牧竖远当烟草立，饥禽闲傍渚田飞。"（《途中望雨怀归》）即便是乘凉小憩，他的诗中所表现出的那种惬意与闲适，也是北方的士大夫们难以体会到的："傍水迁书榻，开襟纳夜凉。星繁愁书热，露重觉荷香。"（《夏夜》）这种宜人的心情与自然环境的和谐统一，在儒家传统士大夫那里很少见到的原因，我认为还是在于他们的伦理负担太重了。虽然我们不能说韦庄内心没有这种情结，但他却将眼光从"家国"之思的宏大转向了内心深处的情感变化："一带远

光何处水，钓舟闲系夕阳滩。"(《登汉高庙闲眺》)

傍水书榻觉荷香（陈凌波摄）

仅就这一点来看，韦庄与盛唐时期的诗人是有着很大区别的，这种区别就在于盛唐诗人内心始终难以消解的伦理负担在他们这里自然转化成了一种诗意的审美姿态。刘士林先生曾在《中国诗性文化》一书中说："……晚年李白所作多为律诗，仿佛要以律诗那森严的结构来收敛前期天才的想象和热情，以规范的形式来容纳经过浓缩、凝练的思想情感，从空中回到大地，从想象回到现实。不仅诗在形式结构上注重格律，而且在表达感情上也倾向于老杜的素朴与沉郁。"我

想，造成这一现象的原因固然很复杂，但有一点是必须指出的，那就是中唐开始的国家政局动荡已经彻底瓦解了诗人心中残存的诗性生命力，最终面对生活的失意不得不重新由青春的澎湃激情回归沉郁顿挫的现实理性。这同时也说明了北方诗人在强大的伦理秩序颠覆之后内心是多么的无奈和寂寥。而韦庄等江南诗人则不同，他们无论是生长在江南或是长期生活在江南，面对的都是斜风细雨、垂柳依依的诗意生活空间，在这种环境之中，诗人内心原本强烈的伦理期待立刻被审美精神所化解，因此他们的笔下就是这样的诗句："杖策无言独倚关，如痴如醉又如闲。孤吟尽日何人会，依约前山似故山。"（韦庄《倚柴关》）

韦庄虽然人在西蜀，但他身上分明散发出东南吴越的气息。他在寓居浙西和漫游江南期间，有不少诗作问世，其词作中也时时会忆起江南。他曾写道："如今却忆江南乐，当时年少春衫薄。"由此我们发现，如果说花间词仅仅是西蜀文化的产物显然是难以自圆其说的。自六朝以来，江南艺术文化早已跨越地域不断地辐射延展开来，因此在某种程度上可以说，花间词正是江南精神另一种表现。而这种现象延伸到公元十世纪，就产生出蔚为壮观的南唐艺术文化来。

吹皱一池春水

"自唐迄宋,变迁孔多。其大者则藩镇之祸,诸族之兴,皆于政治文教有种种之变化;其细者则女子之缠足,贵族之高坐,亦可以见体制风俗之不同。而雕版印刷之术之勃兴,尤于文化有大关系。故自唐室中晚以降,为吾国中世纪变化最大之时期。前此犹多古风,后则别成一种社会。综而观之,无往不见其蜕化之迹焉。"(柳诒徵《中国文化史》)这是著名学者柳诒徵先生对中国唐宋之际社会文化的一段评述。他十分敏锐地洞察到了这一历史阶段的特殊性,并称之为"吾国中世纪变化最大之时期"。应该说,他的评价是准确的。我认为,在中晚唐至宋初的百年之间,中国文化的确经历了深刻的变迁,而以南唐政权为代表的江南地区,则成为这一变化的主体,不仅完成了文化重心由北向南的迁移,并由此使江南文化中蕴含的诗性精神气质充分发挥出来,演奏了华夏传统之中格外清亮的一段旋律。这种气质不仅是远古黄金时代诗性智慧的一种遗存,同时又可被看作是中国南方审美话语体系的成熟。

对于一个江南的王朝来说,历史学家往往会用"偏安"二字来形容,含义无非是言其远离中原,地域狭小,军政力量羸弱,难以对整个中国版图构成有效的统治。这从历史学的角度来看当然是正确的,不过文化的考察与此有所不同,往往在一些看似边缘之地带会产生出有价值的文化因素。南唐王朝的出现,在当时战争连绵、政权频繁更迭的情况下,似乎算不得什么特别重大的事件,因为熟悉中国历史的人都知道,在唐末至宋初期间,中原地区大的政治变动(改朝换代)就有五次,而其余地区也先后建立了十个国家(其中南方九个,北方一个)。当时的百姓,看到政权更迭的频率恐怕比大的天灾还要多。可以说,这段历史时期在人们看来是以战争和政治的混乱而出名的。可是,倘若换一种视角来审视南唐的话,我们可以发现:南唐其实是一个很不同寻常的现象,它在文化上给中国民族带来的影响,远远超出了政治经济上的意义。

以南唐为代表的江南文化,承接了六朝精神的血脉,为中国文化确定了新的重心,并且从此形成了独特的江南审美气质,这种精神气质影响极其深远。在中原伦理话语体系压抑下,南唐的出现以及江南审美文化的最终成熟,无异于给中国民族过于沉重的心灵世界注入了一股清澈的泉

顾闳中《韩熙载夜宴图》

流。事实上，我认为南唐文化也可被视作远古时代诗性智慧的遗存，而由此发展而来的江南艺术精神，也应当被视为诗性文化的直接传承。而只有江南的词人，才具备真正的审美精神，也只有他们才是远古诗性智慧的直系继承人，古老的诗性智慧在此脱胎换骨，重新焕发出生机与活力。正因如此，南唐时期的一些人物和事件，也就显得格外重要。其中，冯延巳是一个徘徊在伦理话语和审美话语边缘地带的诗人；中主李璟的身上则体现出这两种话语体系的悲剧性碰撞；而后主李煜力图排斥伦理话语的束缚，在文学创作中把江南审美精神发挥到了极致。过去我们在伦理话语的影响下，对这些极具江南精神气质的人物认识总不那么准确，但如果重新审视的话，应该能够发现，这些南唐的诗人政治家，才是真正的江南歌者。

南唐的权臣冯延巳，是一个非常奇特的人物，历史上学者对他的评价大多不高。这从政绩来看也的确乏善可陈，这一点本不奇怪，因为史家评论一个人物的生平，多是从他为官的历程出发，如果这样来看，那么冯延巳的政途实在没有多少光彩可言，所以我觉得，要想真正了解他的心灵，就必须走进他的作品之中。只有从这里我们才有机会看清楚冯延巳的艺术世界。

有学者认为，冯延巳是北宋前创作词的一代名家，这不仅是就他的作品数量而言，冯延巳的词，多写闺思恋情，开南唐一代词风，对今后的江西词派也有影响。这话固然是不错的，可是我认为进一步考察，冯延巳究竟不是江西派，他和晏殊、欧阳修等人也有着本质上的区别。冯延巳是一个地地道道的江南词人，在他的内心深处，潜藏着清泉般的水乡气息。这与许多北宋作家浓重的山川之气有着很大的不同，那些人身上充满了从北方席卷而来的政治伦理味道。而且这种精神气质，和我国传统意义上的士大夫显然是格格不入的。

冯延巳本是彭城（今江苏徐州）人，后迁至广陵（今江苏扬州），从此史书上便称他是广陵人氏。我们由此可以看出，由于历史的原因，大运河畔的繁华扬州虽经过隋末的战乱，但依然是晚唐五代南方首屈一指的一座大都市，它远离刀光剑影的中原，为诗人提供了一处心灵得以休憩的后院，像扬州八怪那样的艺坛怪才确实不少，

只是很少有人会想到，这里能出现什么政治家。而冯延巳正是从这里走向了南唐的政治舞台，这不能不说是一个值得注意的现象。

在我看来，冯延巳生来就是一个艺术家，他优雅的脚步声充满了乐感，也许从政对他来说并不是明智之举。但是，他却迈步踱上了政治的舞台。而且，像他这样感情细腻丰富的文人，又怎么可能如那些贤臣明相一样为国家兴亡而三吐哺呢？其实这里蕴含着一个几千年来一直困扰着中国文人士大夫的问题，即道德与审美之间的两难性。这一两难性在冯延巳身上体现得十分明显，看上去是他主动选择了仕途，而实际上，这种选择又何尝不是一种无奈？"学而优则仕"几乎是中国古代文人必然要走的道路，它把文人牢牢地固定在政治伦理的车轮上，冯延巳也无法逃脱这个宿命，古代很少有单纯进行艺术创作的艺术家，很多人都是不得已才离开政治投身艺术。据《五代诗话》载，"南唐元宗优待藩邸旧僚，冯延巳自元帅府书记，至中书侍郎，遂相，时论以为非才。"这段话并没有说明为什么当时的人认为冯延巳"非才"的详细原因，不过从他晋升的过程我们大致可以知道，从一个小小的书记升迁至中书侍郎，很快又拜相，这样的提拔似乎是太快了，并不

符合我国历来考察任命官员的一般规律。况且，在五代那样战乱频仍、急需政治人才的时节，冯延巳显然又不是担任国家首脑的合适人选，因为他拿不出令人信服的政绩和才干。可是，自此以后，这位在政治上无所作为的太平宰相，却在一首首词篇中展示出他不寻常的生命轨迹。

在中国，一个文人想要摆脱政治伦理话语，实在是太难了，这几近是一件不可能做到的事情，因为从秦汉以来，这一体系发挥作用的途径就是以强大的权力支配手段令"士"阶层牢牢地依附于统治者，正所谓"学成文武艺，货与帝王家"。但是，无论在政治上是否能有所作为，江南的文人以冯延巳为代表，却仿佛天生与中原的将相有着不同，他们从来也不曾失掉审美的感觉而终日为案牍所劳形。只是，冯延巳的笔下，已不再仅仅是花间词人那般香艳，而是注入了更深沉的情感。对此，学者们历来说法不一，我认为，这应被理解为诗人生命深处的孤寂，是一种无法排遣的矛盾，这矛盾正源自两种话语的交融。而相对于中主李璟来说，冯延巳的调节毕竟自然

鸡鸣寺（作者摄）

得多，因此，他才能面带微笑，静静地漫步于江南的斜风细雨之中。

冯延巳有一首颇为著名的词作，其中写了一句："风乍起，吹皱一池春水。"关于这首词，当然最有名的是冯延巳和中主李璟的一问一答。相传中主李璟问道："'吹皱一池春水'，干卿何事？"冯延巳答道："未如陛下'小楼吹彻玉笙寒'。"这样的回答看上去是有些答非所问，可如果像通常解释的那样仅仅是弄臣对主子的吹捧，未免太简单化了。须知这是两个江南词人之间的对话，李璟毕竟也不是宋太宗，会为一句词而顿起杀机。而这都是由外在景物引发的感触，是他们在心灵上的一种共鸣，如果没有江南审美话语作为背景来考察的话，当然是难以理解的。

把冯延巳和中主之间的问答，解释为相互吹捧看上去似乎没有什么不对，但实际上这是在传统政治伦理话语下的误解。因为在很多学者看来，君臣之间当然是界限分明的。可是，我们必须看到，李璟和冯延巳不仅仅是君臣，而且还是江南的诗人，是魏晋风度与花间词派的直接继承人。其实只要对比一下，就不难发现，他们的精神深处，有着明显的家族类似性。《世说新语·伤逝》中有这样一段描述：

支道林丧法虔之后，精神殒丧，风味转坠。常谓人曰：'昔匠石废斤于郢人，牙生辍弦于钟子，推己外求，良不虚也。冥契既逝，发言莫赏，中心蕴结，余其亡矣！'却后一年，支遂殒。

这样对于知音的珍惜与哀伤，只有那些情感异常丰富的江南文士才具备。试想，被权力和政治消磨得疲惫不堪的中原人，又如何能在北方的宫廷纷争、刀光剑影之中找到自己的精神家园呢？正是江南的秀丽融化了他们过于亢奋的政治伦理热情，花间词派和南唐的诗人都是这种精神的代表，只不过前者的身上还具有更多伦理本体消散后的无奈，而后者则已经完全是审美精神的典型传承者了。花间词派则是比较早地传承了这种情感，在欧阳炯的《花间集叙》中这样写道："庶使西园英哲，用姿羽盖之欢；南国婵娟，休唱莲舟之引。"而温庭筠更是吟唱出了"杏花含露团香雪，绿杨陌上多离别。灯在月胧明，觉来闻晓莺。玉钩褰翠幕，妆浅旧眉薄。春梦正关情，镜中蝉鬓轻"的诗句。这似乎就是冯延巳的前辈。我们由此便不难想象，这种气质发展到了南唐词人冯延巳的笔下该是呈现出了一种怎样的情景。

冯延巳在其词作《鹊踏枝》中曾

写道："梅花繁枝千万片,独自多情,学雪随风转。昨夜笙歌容易散,酒醒添得愁无限。"这显然不是一个弄臣玩弄权术的口吻,而是一个对宇宙人生有着深刻感悟的人,望着满树梅花随风飘散,想到醉里故人离去引发了无限伤感,自己的感情这才化作了辞章。比起花间词形式上相对浓重的艳丽,仅这一点而言,其境界明显就是一个较大的提升。其实,在他的词中还蕴含着对生命存在的追问,这种情感只有在经历了种种宦海的沉浮与人间的沧桑之后才能体会到。正如他在一首《醉花阴》中写的那样:"山川风景好,自古金陵道。少年却看老。相逢莫言醉金杯,别离多,欢会少。"有学者认为这是劝人们珍惜眼前的"风景",当然我们不能排除这种可能。但在我看来,这里多多少少有一种魏晋那般回归自然的精神意识,因为作者一句"别离多,欢会少"就已经把人世间的一切功名富贵概括成了聚少离多的悲剧。这种强烈的悲剧意识在一个位高权重的人的笔下流淌出来,不能不令人特别注意,按照常理而言,他不能算作失意者。从前我们在分析冯延巳的时候,经常会用一种看似公允的宏大历史观来对待他。可是,正如海德格尔说的那样:"作品之为作品仅仅属于它所敞开的领域。"(《人,诗意地安居——海德格尔语要》)这里,冯延巳既是权臣,又是诗人。哪一样更多些?我以为是后者。

无言独上西楼

关于南唐的两位君主——李璟和李煜,人们的争议不少,但大多停留在政治和文学两个相对独立的层面上。我认为,这种研究视角存在的最大不足在于:它将许多本属于诗学和美学的问题遮蔽起来,而用政治——伦理的思维方式取而代之。当然,作为一个中国的君主,其身处的环境决定了他首要的使命是治理国家而非填词作赋,一个情感丰富、审美机能发达的诗人在大多数情况下很难做到在错综复杂的政治关系中也能游刃有余,最典型的例子莫过于李后主和宋徽宗。可

李煜像

是，当我们以现代眼光来审视这些诗人帝王的时候，我想重要的绝不仅仅是品评他们的功过是非，而是通过历史和文本来解读他们与众不同的精神世界，以及确定其在江南诗性文化中的位置。

刘士林先生把中国文化的主体结构称为"诗人政治家"，原因在于中国民族"以一种诗性方式把政治的伦理的内涵附加于人性的自然结构上"（刘士林《千年挥麈》）。实际上，我认为南唐的两位君主正是典型的生活在复杂心情中的"诗人政治家"。南唐中主李璟，生活在一个相对比较承平的时代。但是，"李璟在经过一番东征西讨之后，不仅没有达到预期目标，而且元气大伤"。（邹劲风《南唐国史》）我们暂且不论中主李璟究竟有哪些政策性失误，最起码这位君主起先并没有作帝王的打算，既然如此，也就难以指望他在被选中继承皇位后会有一个突变。然而，这位中主的文采却是帝王之中比较突出的。尽管他只有四首词作流传下来，但普遍的观点都认为这些作品的艺术水准已相当高。比如李璟曾经写道："青鸟不传云外信，丁香空结雨中愁。"（《浣溪沙》）还有如："细雨梦回鸡塞远，小楼吹彻玉笙寒。"（《浣溪沙》）这些词句已经充分表现了李璟内心丰富的情感以及他对人生变幻无

常的思索和体悟。我想，这说明南唐的诗人政治家已经开始显示出他们不同寻常的精神状态。作为太平盛世的中主，李璟大可不必过于为国事焦虑，然而，在他的辞章之中，却隐隐地透露出一丝淡淡的忧伤与寒意，包括与冯延巳的对答，似乎并不像许多中原帝王那样充满了权力角逐中的政治伦理气息。虽然我们今天已无法得知他的真实想法，但从其作品的解读来看，这其中悠远的意境确实与北方大地所弥漫的凝重与苍凉不同的。可以说，这是江南帝王独有的，是从王导、谢安、梁武帝那里直接继承下来的诗性精神，而把这种精神发挥到极致的正是南唐后主李煜。

李煜的大半生，应该说都与痛苦、矛盾以及难以摆脱的忧愁相伴。从皇位的继承开始，到与大小周后的情感纠葛，再到最后身为亡国之君的耻辱，李煜的人生充满了悲剧色彩。因此，后人对他的评价也变得十分复杂。在我看来，这些评价，大多仍旧遵循的是传统"二元"的方式，即治国的失败与文学的成功这种"一分为二"的观点。这看上去是不错的，但仔细想来却发现还是存在问题，因为这种评价似乎放在其他一些帝王的身上也无不妥，比如宋徽宗。那么，李煜的精神世界究竟存在着什么样的矛盾与痛苦呢？

周文矩《重屏会棋图》描绘李璟与其弟会棋的情景

我想，只有摆脱固有的伦理分析所带来的种种弊端，用诗性审美话语去还原，才能认清一个真实的"诗人政治家"的李煜。

在我看来，李煜的一生与中国历史上众多帝王所不同的是，他能够把种种外界强加给他的负担、秩序，以及内心的矛盾转化为一种诗意的生活状态，从而在政治伦理的重重包围之中获得一份灵魂深处的自由。他不是消极地与传统的秩序抗争，也不是在顺从之中寂寞地孤芳自赏，而是以自己的身体力行，把国家、朝廷和整个南唐社会变成了一个诗意的存在，这样做的结局虽然仍旧是悲剧性的，但不可否认的一点却是，江南的诗性精神在

经历过支离破碎和几近瓦解的沧桑岁月之后，终于在他这里形成了一种固定的文化形态。

首先，李煜的痛苦原因之一在于他生来便是一位诗人和艺术家，他并没有想到自己能够继位。可是，由于残酷的权力斗争，最终竟阴差阳错地把这位诗人推到了前台，由此在李煜的一生之中造成了挥之不去的悲剧感。据说，这位君王"性宽恕，威令不素著，神骨秀异，骈齿，一目有重瞳，笃信佛法"（文莹《湘山野录》）。除去夸张的成分，仅从性格来看，他似乎并不像某些帝王那样处处显出君临天下的威严，因此身为帝王实在是一个命运的错误。而且，他的早期生活也

相对比较闲适和惬意："红日已高三丈透，金炉次第添香兽，红锦地衣随步皱。佳人舞点金钗溜，酒恶时拈花蕊嗅，别殿遥闻笙歌奏。"（《浣溪沙》）尽管如此，这却不能消解他心中的苦闷，因为君王的身份决定了他很难真正获得自由的生活空间。在传统的儒家看来，他的"仁"不是用来修身、齐家、治国和平天下的，而仅仅是个人心性使然；同时，李煜的生活方式由于和墨家所倡导的节俭自律也不相符，因此这些就注定了他是古代君主之中的异类。作为君王，最为重要的不是填词作赋，而是利用手中的权力来调节资源的分配，像潘佑、李平、林仁肇等人虽然在这方面确是有一定的才能，但他们与李煜这样一位诗人帝王的心灵却是格格不入的，所以最终他们的政治抱负无法施展，而只能遭到悲惨的结局，这也就是为什么南唐文化兴盛，而国势却日渐衰退的一个原因。

其次，我认为李煜是六朝士人的直系继承者，同时也是士族精神最后一个传人。按照李泽厚的说法，"魏晋带着更多的哲理思辨色彩，理论创造和思想解放突出"（李泽厚《美的历程》）。而此后在隋到盛唐的很长一段时期，以儒墨为代表的中国政治伦理学思想重又占据了意识形态的主导地位，这样所带来的直接后果就是士族

阶层的瓦解，自科举取士之后，特别是唐太宗、武则天两朝对传统士族不遗余力地分化打击，这一阶层到晚唐基本退出了权力舞台和话语中心，但这却不意味着士族精神也同时消亡了。事实上，士族精神除了刘士林先生所指出的道德律令强大的自我约束之外（刘士林《千年挥麈》），还有一点是那些追名逐利的科举出身的底层士大夫所不具备的，就是自觉的审美意识。在《五代诗话》中载："李后主宫中未尝点烛，每至夜则悬大宝珠，光照一室，如日中。"李煜曾作词曰："晚妆初了明肌雪，春殿嫔娥鱼贯列。笙箫吹断水云间，重按霓裳歌遍彻。临春谁更飘香屑，醉拍阑干情未切。归时休照烛花红，待放马蹄清夜月。"（《玉楼春》）这一点在很多人看来，即使不以奢侈责之，起码也要从帝王的身份和宫廷生活的特殊等级来分析，但我以为，墨家和儒家的传统观点都是只从物质主义或实用主义的立场出发，而根本不会想到，这种生活方式正是激发诗人审美情感的媒介。以李煜的性格，他绝非那种穷奢极欲，以感官刺激为目的的纨绔子弟，他能够从日常生活中找到诗意，用语言表达出来，这岂是所谓一般世俗地主所能做到的？这就使我联想到在《世说新语》中有一则："顾长康画裴叔则，颊上益三毛。

人问其故，顾曰：'裴楷俊朗有识具，正此是其识具。'看画者寻之，定觉益三毛如有神明，殊胜未安时。"顾恺之非要给人在画上添上三根胡须，就如同李煜在宫中定要用珠光而不用烛光一样，并非是故意做作，而是寻求一种特定的审美情境。这一点正是长期浸润在权力争夺和感官刺激中的北方帝王所缺乏的。

再者，李煜心中有传统帝王所不具备，或者说是故意遮蔽掉的丰富的审美情感，并且他在日常生活之中毫不隐讳地表现了出来，这也是他有别于一般帝王的重要特质。古人常讲"无情最是帝王家"，这句话表面的意思是说帝王以国事为重，国事重于家事。但实际上更深层的含义却是长期残酷的资源争夺耗尽了君主们的情感机能，并且遮蔽和破坏了他们的审美能力，这种恶性损耗的直接体现就是令帝王失去了享受普通人正常喜怒哀乐的自由，而被强大的伦理和政治力量所异化。而以李煜为代表的江南诗人帝王恰恰就是在寻找一条消解这种异化的路径。他说："林花谢了春红，太匆匆！无奈朝来寒雨晚来风。"（《相见欢》）面对这四季变化，花开花落，只有感情丰富的诗人，才能在内心激起波澜。作为一个可以随时宠幸后宫新欢的帝王，却在与爱妻小别之时也

要赋词以表达对妻子的无限思念："一重山，二重山，山远天高烟水寒，相思枫叶丹。菊花开，菊花残，塞雁高飞人未还，一帘风月闲。"（《长相思》）

我认为，这种情感看似寻常，但在中国古代士人沉重的心灵深处，却成为了一种彼岸世界的迷楼梦影。特别是当战争与饥饿袭来的时候，资源的分配权力超过了一切，在此种情形下，北方的政治家和诗人只能是分裂的两种个体，而且通常当权者更喜欢能够直接带来现实物质利益的所谓"治世之能臣"，而并不需要德行高尚、情感丰富的诗人，这也就是为什么李太白只能感叹"停杯投箸不能食，拔剑四顾心茫然"的原因。但是，当晚唐五代混乱的政局之下，文人们即便丢掉"士"的那一点点最后的尊严，也不能苟全的时候，找寻新的精神家园便是唯一的出路了，而江南的草长莺飞则是中国民族留给他们独一无二的、能重新唤起审美期待的精神寄托。因此，当南唐韩熙载从江南奉命出使中原的时候，他才会感慨道："仆本江北人，今作江南客。再来江北游，举目无相识。秋风吹我寒，秋月为谁白？不如归去来，江南有人忆。"这如果理解为一个北方文人对于故乡的茫然之感当然不错，可是，在这首小诗的背后，我觉得分明是一种江南诗人久居在这

片土地以后所产生的眷恋之情，而这种感情一旦延伸到人们的心灵深处，便是绵延千载的江南诗性精神。

宋太祖和宋太宗是不能理解李煜的，他们担心的是南唐复国威胁到自己的统治。而李煜的内心其实只是一首诗，是属于大小周后和他的艺术世界的诗。

远去的航海梦

明代给人的印象并不好，大约是政治腐败、朋党林立、宦官专权、皇帝昏庸这几个方面，可是，有多少人知道，江南城市文化在这个时期真正成熟了。作为文化中心的城市，这时也出现了一些变化。南京的狮子山上，聚集了大明的文武众臣，明太祖命文臣撰文，为将来的阅江楼作记，下文是宋濂所写的《阅江楼记》：

金陵为帝王之州。自六朝迄于南唐，类皆偏据一方，无以应山川之王气。逮我皇帝，定鼎于兹，始足以当之。由是声教所暨，罔间朔、南，存神穆清，与天同体；虽一豫一游，亦可为天下后世法。京城之西北，有狮子山，自卢龙蜿蜒而来；长江如虹贯，蟠绕其下。上以其地雄胜，诏建楼于巅，与民

阅江楼（陈涵摄）

同游观之乐，遂锡嘉名为"阅江"云。

登览之顷，万象森列，千载之秘，一旦轩露；岂非天造地设，以俟夫一统之君，而开千万世之伟观者欤？当风日清美，法驾幸临，升其崇椒，凭栏遥瞩，必悠然而动遐思。见江汉之朝宗，诸侯之述职，城池之高深，关厄之严固，必曰："此朕栉风沐雨，战胜攻取之所致也。"中夏之广，益思有以保之。见波涛之浩荡，风帆之上下，番舶接迹而来庭，蛮琛联肩而入贡，必曰："此朕德绥威服，覃及内外之所及也。"四陲之远，益思有以柔之。见两岸之间，四郊之上，耕人有炙肤皲足之烦，农女有捋桑行 之勤，必曰："此朕拔诸

水火，而登于衽席者也。"万方之民，益思有以安之。触类而思，不一而足。臣知斯楼之建，皇上所以发舒精神，因物兴感，无不寓其致治之思，奚止阅夫长江而已哉！彼临春、结绮，非不华矣；齐云、落星，非不高矣；不过乐管弦之淫响，藏燕、赵之艳姬，不旋踵间而感慨系之，臣不知其为何说也。

虽然，长江发源岷山，委蛇七千余里而入海，白涌碧翻；六朝之时，往往倚之为天堑。今则南北一家，视为安流，无所事乎战争矣。然则果谁之力欤？逢掖之士，有登斯楼而阅斯江者，当思圣德如天，荡荡难名，与神禹疏凿之功，同一罔极；忠君报上之心，其有不油然而兴耶！

臣不敏，奉旨撰记。欲上推宵旰，图治之功者，勤诸贞珉。他若留连光景之辞，皆略而不陈，惧亵也。

——宋濂《阅江楼记》

这篇文章是一篇名作，其主要评述金陵地貌之气象万千。可惜的是，当时这座阅江楼并未完工，直到六百多年后的21世纪，阅江楼才最终建成开放。有记无楼，这大概是古今奇事了。明朝，意大利传教士利玛窦曾在书中描述了他眼中的留都南京城市风貌："在中国人看来，论秀丽和雄伟，这座城市超过世上所有其他的城市；

而且在这方面，确实或许很少有其他城市可以与它匹敌或胜过它。它真正到处都是殿、庙、塔、桥，欧洲简直没有能超过它们的类似建筑。在某些方面，它超过我们的欧洲城市。"（利玛窦《利玛窦中国札记》，何高济、王遵仲、李申译）接下来，他的感受是这里的百姓精神面貌很好，官员又有礼貌，因此非常有文化且优雅。他认为南京过去是首都证明了以前更了不起。应该说，从记载的真实性和可靠性来看，利玛窦的记述还是值得关注的，他是从一个外国人的视角来看古代的南京城市，可以与中国的记载对比，从而获得当时南京城市发展的真实影像。

请注意，这时的历史坐标是公元十四世纪，而西方正在进行文艺复兴，随之就是大航海时代。我们这个大陆文明，是否会把眼光暂时从大河上下转到茫茫海洋上来呢？精致、诗意的江南文化是否能应对即将到来的现代文明和海洋文明的时代呢？实际上，中国人也曾有过远洋航海之梦，而这个古老大陆民族的航海梦也与江南城市有关。

南京的龙江宝船遗址处至今还能依稀看到当年造船的痕迹，这里有可能就是郑和远洋航海的船只建造地，现存的《龙江船厂志》就是罕见的、有关于此的文献资料。实际上，宝船厂和龙江船厂的建造能力说明，从技术上和需求上，明代初年的中国已经具备了向海洋拓展文明的可能性。因此，南京的龙江也可以被看作是远航的重要起点，虽然史料和遗存都非常稀少，但是考古和文献研究仍然显示了当时航海技术的成就：

20多年来，在郑和下西洋的学术研究和讨论中，热点之一就是在龙江船厂遗址与宝船厂的关系问题上观点不一，乃至有人感叹说："宝船厂有址无志，龙江厂有志无址"。诚然，宝船厂(即官书所称的海船厂)，位于南京三汊河以南的中保村一带，西临夹江，河渠港塘交织。据《景定建康志》记载，五代南唐时就曾在这里开厂造船，也正是《郑和航海图》上所标"宝船厂"的位置。作塘遗迹尚存，规制整齐，气势恢宏，历历在目。不但见诸史志，且留传于现今地名中，如"宝船厂"、"上宝船"(上保)、"中宝船"(中保)、"下宝船"(下保)等。上世纪50年代曾在这里发现过10多米长的方形无空木、11.07米长的巨型舵杆木、长2.22米的绞关木等造船材料和船用配件。史学、考古、造船等各界专家对宝船厂遗址，认识一致，从无争议，有关专家推断，"宝船厂的总面积至少与龙江船厂不相上下，即在50万平方米左右，或

者更大"。

······

从技术力量上看，龙江船厂也具备打造海船的能力。工匠400余户，都是洪武、永乐年间从江西、福建、湖广、浙江和今安徽、江苏、上海沿江府县选调而来的"熟于造船"的技艺高手，隶籍提举司，世代以造船为业。从这一支工匠队伍的组成上可以说明，他们能打造沙船、福船、浙船、九江船等各型船舶。而且，正是为了要打造海船，才从福建、浙江等地征调来这些

《龙江船厂志》书影

船匠。例如嘉靖四年(1525)，为了仿造佛朗机(葡萄牙)番船，就专门从广东调来梁亚洪等3名船匠，制造蜈蚣船。可见龙江船厂具备打造包括海船在内的各式(除巨型宝船)船舶所需要的技术力量。

——王亮功《〈龙江船厂志〉的点校出版——兼论龙江船厂遗址与宝船厂的关系》

很多人对郑和船队的船只建造地点仍有争议，但这些考古证据表明，南京这座滨江城市，至少是大航海计划中的重要一环，它为远洋船队提供了大量设备，是航海文化不可或缺的基地。但是，中国农业文明的保守性和超乎寻常的稳定性无法令这种文化的萌芽生长起来，"这种高度集权的政治经济结构表明，明代的政策是内向的，而非对外性的，一切为了国内政治服务"（汪诚《郑和下西洋与地理大发现失之交臂探因》）。南京也不例外，它虽然有可能成为开启航海时代和开放文明的窗口，但却不具备相应的条件，中国民族的地理环境和历史社会的局限性导致龙江船厂的遗址和航海文化的萌芽一起被掩埋进了时间的深处。西方的航海时代，是和文艺复兴、宗教改革以及随后的思想启蒙联系在一起的，是欧洲走向现代文明的重要一环。

想想看，在地中海和大西洋的海风沐浴下，伴随着商业文明和资本主义的曙光，欧洲人通过航海实现了向世界的扩展，进而迎来了一个逐步上升的历史时期，这是偶然还是必然呢？历史的转折点往往就是这样，令人难以捉摸但又隐藏着规律。

当我来到龙江船厂遗址的时候，看到那庞然巨舸的残片静静地躺在那里，供人瞻仰凭吊。现在再去比较郑和船队和哥伦布远航船只的优劣大小已经没有太多的实际意义了，我想到的是，未来的江南文化如何能走向更广阔的空间？

商女亦知亡国恨

南京城市文化成熟时期的重要特征之一是市民阶层的成熟。市民阶层的发展必须依赖一定的人口数量和相应的结构。南京的城市人口，从洪武年间开始不断变化，"洪武二十六年编户一十六万三千九百一十五，口一百十九万三千六百二十。弘治四年，户一十四万四千三百六十八，口七十一万一千三。万历六年，户一十四万三千五百九十七，口七十九万五百一十三"（《明史·地理志》）。南京的人口在首都时期超过

夜泊秦淮近酒家（陈凌波摄）

百万，即使留都时期人口数量下降，也没有在根本上影响人口的持续上升，并且奠定了近代南京作为通商口岸城市的近代化基础。

南京城市商业的发展标志之一是秦淮河一带的繁华，明清时期甚至一度远胜于今，据清代余怀的《板桥杂记》所载："金陵为帝王建都之地：公侯戚畹，甲第连云，宗室王孙，翩翩裘马，以及乌衣子弟，湖海宾游，靡不挟弹吹箫，经过赵李；每开筵宴，则传呼乐籍，罗绮芬芳，行酒纠觞，留髡送客，酒阑棋罢，堕珥遗簪，真欲界之仙都，生平之乐国也。"在南京城的秦淮河岸边，有所谓"河房"："南京河房，夹秦淮而居，绿窗朱户，两岸交辉，而倚槛窥帘者，亦自相辉映。夏月淮水盈漫，画船箫鼓之游，至于达夜，实天下之丽观也。"（吴应箕《留都见闻录》）这是南京市井文化的重要标志。秦淮河已成为南京城内重要的水道，它的兴衰实际上也就是南京商业文化兴衰变迁的写照。秦淮河的奇特之处在于，它既非京杭运河那样的交通要津，也并没有像护城河那样拱卫金陵城，而是造就了独具风韵的秦淮文化。这股文化气息就像这河水一样绵延千古而不绝，在它的滋润下，秦淮歌女用丝弦织出六朝金粉，两岸的画栋雕梁孕育出无限的江南诗意。

秦淮河分为内河与外河，内河在南京城中，其两岸最为繁华。因为南京曾是十朝故都，所以这条古都城中的河流便有了特殊的地位。尽管这些朝代大多短暂，但政治上的衰弱并没有影响到经济的富庶。西晋末年，永嘉东渡带来了大批名士望族，江南的经济文化迅速发展起来，秦淮河两岸逐渐变成了商业中心。我们的老祖宗曾有过谆谆教导："食、色，性也。"大约古人很早就深切体会到什么叫"秀色可餐"，于是这河水中便开始弥漫起一股浓浓的脂粉气来。东晋王献之便是一个很有生活情趣的人，一日闲来无事，欣然前往岸边迎接自己的爱妾："桃叶复桃叶，渡江不用楫。担渡无所苦，我自迎接汝。"多么怡然自得！此地从今往后便得名"桃叶渡"。我们可以想象，这位名士轻轻地牵着爱妾的手，缓步走在秦淮河畔，是何等的潇洒与浪漫！

沧海桑田，六朝的风度随着时间慢慢远去。到了南唐，秦淮河边来了一位词人李煜，他十分尴尬地成为了一个行将没落的王朝的后主，在河畔，他寂寞地踱着步子，嘴里轻声吟道："往事只堪哀，对景难排，秋风庭院藓侵阶。一任朱帘闲不卷，终日谁来？

金剑已沉埋，壮气蒿莱。晚凉天静月华开，想得玉楼瑶殿影，空照秦淮。"河边的管弦丝竹也难以掩饰他的无奈与惆怅，随着宋太祖脸上露出胜利者的得意微笑，他的身影渐行渐远，消失在历史之中。几经变迁，到明代，南京先是首都，那位永乐皇帝大笔一挥，南京又成为陪都。明清两代，由于江南科考在南京举行，众多举子云集秦淮河畔，这就免不了引出许多才子佳人的风流韵事。

现今南京河房的情形虽不容乐观，但也得到了有效的保护：

钓鱼台192号和196号河房落架大修的方案近日已上报文物部门审批。一旦通过，投资300万的大修有望让这两栋河房再现古韵原貌。

河房是东关头到西水关之间的十里内秦淮河两岸的一种特殊建筑，布局是前门临街，后窗面水，正厅对河开大窗，以便欣赏秦淮风光，形成了独特的老城南居宅风貌。

同为清代建成的钓鱼台192号和196号河房，目前分别是省级和区级文保建筑，虽已破败，但精美建筑神韵犹存。

钓鱼台192号河房院两进，占地297平方米，两侧是厢房，院内四廊的檐下挂落、门楣雕刻细致，文化气息浓都。后进为河厅，进深13.5米，临河有四角攒尖顶小亭1座，造型别致。据传原房主为清代翰林。

钓鱼台196号河房，就连木门上的铜环都已锈得不成模样；因为内部破损严重，户主早已搬走。这栋河房是一座三门厅的老院子，建筑面积为498平方米。记者在现场看到，三个院子内，最吸引人的是中间院子内廊檐下的画板木雕。木雕雕刻的是《西厢记》里的内容，张生和崔莺莺栩栩如生，但已有很多画板木雕破损，雕饰模糊不清。

由于受潮、风蚀、虫蛀、地下水侵蚀等原因，这两栋河房的木架构损毁严重，屋顶开裂漏雨，河房整体也已产生一定的沉降倾斜。

据悉，修缮拟采取"落架大修"的方式：在落架前，施工方将逐一编号登记每块构件、雕饰，有序拆卸，在对河房已遭损毁的木架构加固维修后，再依原样将拆卸构件安装上去。落架大修后老河房结构、布局、样貌、装饰等原风貌几乎不会改变。

——黄勇《投资300万修缮款待批下拨》，《江南时报》2009-08-10

从河房的布置来看，这确实是明清时期商业高度发展的产物，其间的木雕也反映了当时市民的审美趣味。彼时的秦淮河，几乎代表了古代社会商业文化的极致，据清代作家余怀记载：

教坊梨园，单传法部，乃威武南巡所遗也。然名妓仙娃，深以登场演剧为耻，若知音密席，推奖再三，强而后可，歌喉扇影，一座尽倾，主之者大增气色，缠头助采，遽加十倍。至顿老琵琶、妥娘词曲，则祇应天上，难得人间矣！

裙屐少年，油头半臂，至日亭午，则提篮挈榼，高声唱卖逼汗草、茉莉花，娇婢卷帘，摊钱争买，捉膀撩胸，纷纭笑谑。顷之，乌云堆雪，竟体芳香矣。盖此花苞于日中，开于枕上，真媚夜之淫葩，孽人之妖草也。建兰则大雅不群，宜于纱幔文榭，与佛手木瓜同其静好，酒兵茗战之余，微闻香泽，所谓王者之香，湘君之佩，岂淫葩妖草所可比拟乎。

南曲衣裳妆束，四方取以为式，大约以淡雅朴素为主，不以鲜华绮丽为工也。初破瓜者，谓之梳栊，已成人者，谓为上头，衣饰皆客为之措办。巧样新裁，出于假母，以其余物自取用之。故假母虽年高，亦盛妆艳服，光彩动人。衫之短长，袖之大小，随时变易，见者谓是时世妆也。

曲中女郎，多亲生之，母故怜惜倍至。遇有佳客，任其留连，不计钱钞，其伧父大贾，拒绝弗与通，亦不怒也。

从良落籍,属于祠部。亲母则所费不多,假母则勒索高价,谚所谓"娘儿爱俏,鸨儿爱钞"者,盖为假母言之耳。

旧院与贡院遥对,仅隔一河,原为才子佳人而设。逢秋风桂子之年,四方应试者毕集,结驷连骑,选色征歌,转车子之喉,按阳阿之舞,院本之笙歌合奏,迴舟之一水皆香。或邀旬日之欢,或订百年之约。蒲桃架下,戏掷金钱;芍药栏边,闲抛玉马,此平康之盛事,乃文战之外篇。若夫士也色荒,女今情倦,忽裘敝而金尽,遂欢寡而愁殷。虽设阱者之恒情,实冶游者所深戒也,青楼薄幸,彼何人哉!

曲中市肆,清洁异常。香囊、云舄、名酒、佳茶、饧糖、小菜、箫管、琴瑟,并皆上品。外间人买者,不惜贵价;女郎赠遗,都无俗物。正李仙源《十六楼集句》诗中所云"市声春浩浩,树色晓苍苍。饮伴更相送,归轩锦绣香"也。

发象房,配象奴,不辱自尽;胡闰妻女发教坊为娼:此亘古所无之事也。追诵火龙铁骑之章,以为叹息。

——《板桥杂记》

而且,秦淮河上更有闻名于世的秦淮画舫,夜色中桨声灯影,分外动

如今的秦淮景致,依旧熙熙攘攘(刘小慧摄)

人。明代钟惺在《秦淮灯船赋》中将其描绘得十分细致:"小舫可四五只,周以雕槛,覆以翠幕。每舫载二十许人,人习鼓吹,皆少年场中人也。悬羊角灯于两旁,略如舫中人数,流苏缀之。用绳联舟,令其衔尾,有若一舫。火举伎作,如烛龙焉。"尤其这鼓乐声中,更有美人佳丽,引得那些游人心醉神迷,乐不思蜀矣。当时无论是富商或是举子,都是走到河边就再也迈不动步了,纷纷沉醉在秦淮歌女的似水柔情之中。据说,在明洪武年间,此地便建有十六处楼台以处官妓,到了清代,秦淮歌伎愈加声名远扬。之所以

出现如此情形,应与经济利益有关,因为借助歌伎这块金字招牌可以引来无数的豪商巨贾挥金掷银,这种效应显然是别的行业所难以相比的。而且,秦淮河边又是江南贡院所在,江浙各省的文人们来此应考之余,总要呼朋引伴,相聚畅饮一番,而席间也不会缺少粉黛佳人来歌舞吟唱。似乎意气风发的文人名士到了此地,满腔豪情壮志皆被这秦淮脂粉所消磨尽了。但是,在弦歌雅乐的背后,偏就站立着那么多卓尔不群的女子。她们的才情,比起这些文士来有过之而无不及,她们虽身在青楼,却有着不凡的见识,因

朱逸宁

中国风——江南文化系列丛书

此构成了一个中国历史上独特的文化群体。

著名的妓女柳如是当时正生活在这秦淮河畔。相传，柳如是得以征服众多须眉的是她的聪颖和才学，这也正是秦淮歌女们的一个与众不同之处。柳如是诗书画俱佳，她频频与当时的文人士大夫交往，因此名冠秦淮。由于其自身高级妓女的地位，决定了在她的身边，聚集了许多峨冠博带的才子，最终能常伴左右的，却是比她大36岁的名士钱谦益。仕途不顺的钱谦益，竟在晚年遇到了一位红颜知己，这的确称得上是一种奇遇。直到二十世纪，终于有一位学者陈寅恪，为这位充满传奇色彩的妓女写下了传记。

秦淮歌女的遭际大多是不幸的，除了顾眉生算是得以善终外，无论是陈圆圆，还是董小宛、卞玉京、葛蕊芳、寇白门，大都未能享尽人间的幸福，或出家，或早逝，让人闻之而叹惋。其实，秦淮河边也挥洒过王导、谢安的飘逸，但这短暂的豪情随着秦王苻坚大军的退却而渐渐消散，江南的繁荣富庶和无边的风月就像这桃叶渡口的流水一样洗去了郁积在人们心里的中原故国之思。大凡来到秦淮河边的人，都会挑一座酒楼，上得楼来，拣

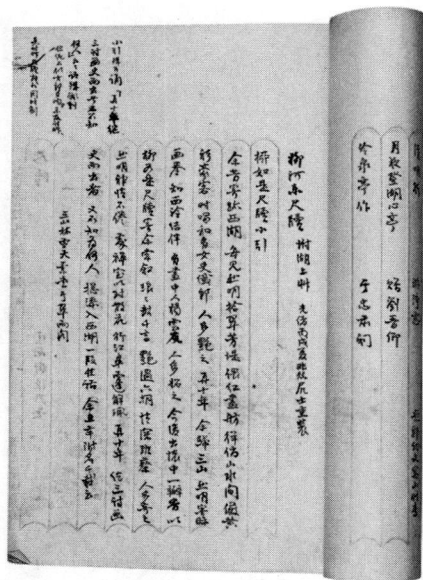

杨花飞去泪沾臆，杨花飞来意还息（柳如是尺牍）

一临窗雅座，面对着脸若桃花的歌女，端起酒杯，耳中聆听着婉转的旋律，口中低声应和，不一会儿便沉醉在诗一般的情境中，忘却了身外的喧嚣。而孔尚任、吴敬梓，也相继来到这里，在他们的笔下，流淌出源源不断的创作灵感，将这些委婉的故事化作了千古传奇。

在古老的秦淮河边，至今仍久久回荡着《桃花扇》的余韵，这是中国文学史上一部真正意义上的悲剧，它不仅是一首痛悼南明历史的挽歌，而且饱含着对秦淮歌女命运的伤感：

奴家香君，被捉下楼，叫去学歌，是俺烟花本等，只有这点志气，就死不磨。（杂喊介）快些走动！（旦到介）（小旦）你也下楼了，屈尊，屈尊。（丑）我们造化，就得服侍皇帝了。（旦）情愿奉让罢。（同行介）（杂）前面是赏心亭了，内阁马老爷，光禄阮老爷，兵部杨老爷，少刻即到。你们各人整理伺候。（杂同小旦、丑下）（旦私语介）难得他们凑来一处，正好吐俺胸中之气。

……

[五供养]堂堂列公，半边南朝，望你峥嵘。出身希贵宠，创业选声容，后庭花又添几种。把俺胡撮弄，对寒风雪海冰山，苦陪觞咏。

……

[玉交枝]东林伯仲，俺青楼皆知敬重。干儿义子从新用，绝不了魏家种。（副净）好大胆，骂的是那个，快快採去丢在雪中。（外採旦推倒介）（旦）冰肌雪肠原自同，铁心石腹何愁冻。（副净）这奴才，当着内阁大老爷，这般放肆，叫我们都开罪了。可恨可恨！（下席踢旦介）（末起拉介）（净）罢罢！这样奴才，何难处死，只怕妨了俺宰相之度。（末）是是！丞相之尊，娼女之贱，天地悬绝，何足介意。（副净）也罢！启过老师相，送入内庭，拣着极苦的脚色，叫他去当。（净）这也该的。（末）着人拉去罢！（杂拉旦介）（旦）奴家已挤一死。吐不尽鹃血满胸，吐不尽鹃血满胸。

——《桃花扇》

李香君虽身在青楼，却天生一副傲骨和一种追求独立的性格，她认准了侯方域便付出自己一腔的赤诚而矢志不渝。因为不愿下嫁田仰，李香君以头撞壁，血染画扇，"你看疏疏密密，浓浓淡淡，鲜血乱蘸。不是杜鹃抛；是脸上桃花做红雨儿飞落，一点点溅上冰绡。"多么哀婉凄绝。作为歌女，李香君没有像历史上的众多女子一样，成为男性的附庸和政治的牺牲品。她勇敢地从屏风后面站出来，抓住自己的命运，给南明这段黯淡的历史，增添了一抹亮色。似乎以往人们的头脑中总有一种观念，中国的历史就是文人与政客的事迹加上朝代的兴替所构成的。因此，当一个王朝行将崩溃之时，首先站出来的，应当是有气节的文人，而承担"祸水"骂名的，又往往是一些女子。那么，这些抚琴吟唱的烟花女子，自是不能逃脱政治的安排了。而且，不能否认的是，秦淮河边的欢歌笑语之中，也确实掺杂着肉体的交易。于是唐朝的杜牧便留下了这样的千古诗句："烟笼寒水月笼纱，夜泊秦淮近酒家；商女不知亡国恨，隔江犹唱后庭花。"仿佛只要禁欲般地远离这脂粉之地，便又是天下太平了。然而事实上，当没落的南明王朝在清军面前节节败退之时，最坚定的支撑起忠良气度的是李香君、柳如是这些为文士们所鄙夷的歌伎，南明如同昙花一般转瞬即逝，抹不去的却是桃花扇上的殷殷血迹，而且千古不褪。有道是："渔樵同话旧繁华，短梦寥寥记不差；曾恨红笺衔燕子，偏怜素扇染桃花。"一部《桃花扇》，留给人们无尽的惆怅，然而李香君也罢，阮大铖也罢，都已成了远去的云烟，在他们的身后，蔚然又是一个盛世。

其实这青楼中留存的并不只是国破家亡的哀婉，更有秦淮歌女们独立的人格魅力，她们以姿容和音乐为江

李香君小像（陈清远）

南创造出一个诗的意境，使得人们从道德纲常的生活中脱离出来，释放自己的性情。千百年来，中国的女性都生活在父权与家族宗法的阴影之中，只有秦淮河畔的这一群歌女，她们背对着那些贞节牌坊，用自己的才华与生命，痛快淋漓地将自己的名字大写了一回。人们看不起她们的出身，总认为这是一些以卖笑谋生的低贱之人，可是，让人想不到的是，就是这些烟花女子，将中原袭来的那股金戈铁马之气化作了烟霞，令浑身血腥的武将与满口忠义的文士都拜倒在自己的裙下。有人认为，妓女的出现是对婚姻制度的补充，这也许有道理，但并不能完全用来诠释秦淮歌女。正是她们，从日常生活之中站出来，走进中国历史，一扫其中过于凝重的阳刚之气，使被遮蔽已久的阴柔之美重又变得澄澈。她们用管弦丝竹演奏了一曲快意人生。秦淮河畔的悲欢离合，江南楼台亭阁中的风风雨雨，凝聚成千回百转、动人心魄的文化乐章，这其中，自然不能缺少那些青楼歌女，她们以女性所独

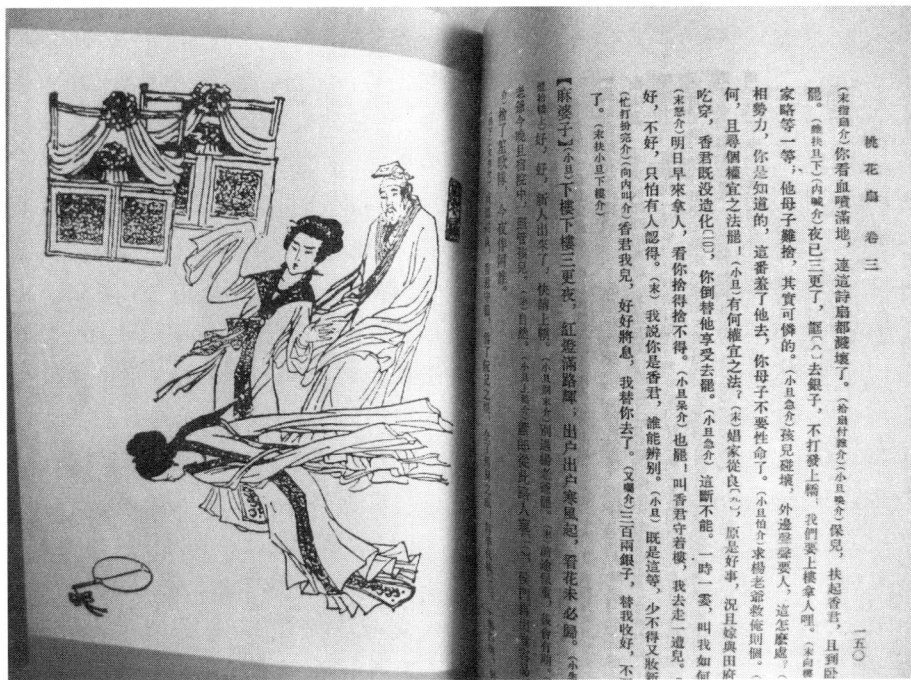

金陵玉树莺声晓　秦淮水榭花开早（人民文学出版社《桃花扇》书影）

有的气质,将这一曲调引向高潮。

一条河,竟然与这么多的文人雅士联系在一起,这本就是一个奇特的现象,更为奇特的是,与这些文士相连的,还有那么多风尘女子。正是明清市民阶层的发展,使原来处在最底层的妓女有机会来到城市文化的中心,在丰富的夜生活中展示高雅与低俗的奇妙融合。这些妓女兼具江南女子的婉约和文士的高雅,其眼光早已超越了自身所属的阶层。她们与一般的妓女不同,她们并不因为自己的身份而自卑,在她们的身上散发着一种非凡的气韵,在她们的胸中是一片广阔的天地,她们已将自己的名字深深嵌入了中国文化之中。

张岱在《秦淮河房》之中写道:"河房之外,家有露台,朱栏绮疏,竹帘纱幔。夏月浴罢,露台杂坐。两岸水楼中,茉莉风起动儿女香甚。"君不见,便是夏日河边微微的凉风之中,也弥漫着脂粉之气,怎不叫人心醉?我们可以想见,当秦淮河中的画舫徐徐靠岸之后,文士们轻摇折扇,来到一座红墙绿瓦的酒楼之中,摆下一桌酒菜,酒过三巡,菜过五味,随着歌女悠扬的琵琶声渐入醉境,那被琵琶半遮颜面的歌女,却转过头去,将目光移向了窗外,而窗外的河水中,分明映出了朗润的月色。

很多人漫步在秦淮河边的时候,总会从心底升起一种感觉:那静静流淌的河水中,仿佛还残留着淡淡的脂粉和隐隐的惆怅,让每一个经过于此的人唏嘘不已。南京的通俗艺术如戏曲的发展,还体现在社会对这种艺术的极大需求,使得原本为知识阶层所不齿的烟花之地竟也成为他们的流连之所:

金陵都会之地,南曲靡丽之乡。纵茵浪子,潇洒词人,往来游戏,马如游龙,车相接也。其间风月楼台,尊罍丝管,以及娈童狎客,杂妓名优,献媚争妍,络绎奔赴,垂杨影外,片玉壶中,秋笛频吹,春莺乍啭,虽宋广平铁石为肠,不能不为梅花作赋也。

一声《河满》,人何以堪?归见梨涡,谁能遣此!然而流连忘返,醉饱无时,卿卿虽爱卿卿,一误岂容再误。遂尔丧失平生之守,见斥礼法之士,岂非黑风之飘堕、碧海之迷津乎!余之缀茸斯编,虽以传芳,实为垂戒。王右军云:"后之览者,亦将有感于斯文也。"

瓜洲萧伯梁,豪华任侠,倾财结客,好游狭斜,久住曲中,投辖轰饮,倬昼作夜,多拥名姬,簪花击鼓为乐。钱虞山诗所云"天公要断烟花种,醉杀瓜洲萧伯梁"者是也。

嘉兴姚北若,用十二楼船于秦淮,

招集四方应试知名之士百余人，每船邀名妓四人侑酒，梨园一部，灯火笙歌，为一时之盛事。先是，嘉兴沈雨若费千金定花案，江南艳称之。

曲中狎客，则有张卯官笛，张魁官箫，管五官管子，吴章甫弦索，钱仲文打十番鼓、丁继之、张燕筑、沈元甫、王公远、朱维章串戏，柳敬亭说书。或集于二李家，或集于眉楼，每集必费百金，此亦销金之窟也。

张卯尤滑稽婉腻，善伺美人喜怒。一日，偶触李大娘，大娘手碎其头上鬃帽，掷之于地。卯徐徐拾起，笑而戴之以去。

——《板桥杂记》

其中把金陵描绘成"靡丽之乡"，充分表达了当时人对南京城市的普遍印象。但这座文化之都是这个样子吗？如果仅仅如此，最多只是一个大型娱乐城市罢了。南京、扬州这样的江南城市，还有一番别致的人文景观。

于市井处做道场

按照现代学者的说法，南京已经形成由官方、流寓者和本土人士共同构成的文化阶层。（冯保善《南京城市历史品格刍议》）而这种复杂的人口结构在明代南京城市中能够共存，也得益于坊厢和字铺这些制度。有了制度保证，南京市民间的文化交流和融合变得自然和顺畅了。

南京都市文化的体系中，不仅包括市民阶层的文化，还包括文人的趣味。南京的文人阶层审美趣味值得关注，以袁枚为例，除了做官治学之外，他还对日常生活的质量非常看重。其著有《随园食单》，便是对众多人间美味的搜集整理。

在这本书里，作者不是在为我们罗列一份菜单，或者如时下流行的许多菜谱一样单纯介绍做菜的方法，而是在推荐美食的同时将其提升到审美文化的高度。例如在《须知单》中，他写道："凡物各有先天，如人各有资禀。人性下愚，虽孔、孟教之，无益也；物性不良，虽易牙烹之，亦无味也。指其大略：猪宜皮薄，不可腥臊；鸡宜骟嫩，不可老稚；鲫鱼以扁身白肚为佳，乌背者，比嵴强于盘中；鳗鱼以湖溪游泳为贵，江生者，比槎丫其骨节；谷喂之鸭，其膘肥而白色；雍土之笋，其节少而甘鲜；同一火腿也，而好丑判若天渊；同一台鲞也，而美恶分为冰炭；其他杂物，可以类推。大抵一席佳肴，司厨之功居其六，买办之功居其四。"这是先从一些基本饮食规律入手介绍如何烹调美味。

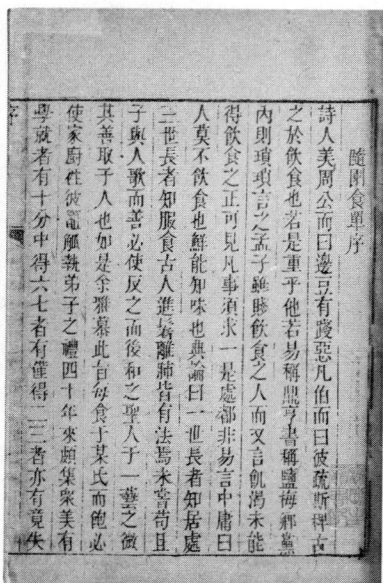

袁枚《随园食单》书影

继而作者又推出一份《戒单》，从反面告诉人们在享用美味的时候尚需注意的事项。其中写道："凡鱼、肉、鸡、鸭，虽极肥之物，总要使其油在肉中，不落汤中，其味方存而不散。若肉中之油，半落汤中，则汤中之味，反在肉外矣。推原其病有三：一误于火太猛，滚急水干，重番加水；一误于火势忽停，既断复续；一病在于太要相度，屡起锅盖，则油必走。"短短数言，已道出了烹饪鱼、肉、鸡、鸭等肉食需谨慎之处。

在这份《随园食单》之中，袁枚着眼于日常生活，其所列有很多都是家常菜，原料也不复杂，普通人在家中依法便可制作。例如：

蘑菇四两，开水泡去砂，用冷水漂，牙刷擦，再用清水漂四次，用菜油二两炮透，加酒喷。将鸡斩块放锅内，滚去沫，下甜酒、清酱，煨八分功程，下蘑菇，再煨二分功程，加笋、葱、椒起锅，不用水，加冰糖三钱。

——《蘑菇煨鸡》

这道菜做起来自然十分简单，可是仔细看来我们不难发现：袁枚做菜比一般人更加精细，这也正是文人生活的一个重要特点。他们没有把饮食仅仅看作是一种生理需要，而把它当作一种情趣。再如：

> 先一日将蘑菇蓬熬汁，定清；次日将笋熬汁，加面滚上。此法扬州定慧庵僧人，制之极精，不肯传人。然其大概亦可访求。其纯黑色的，或云暗用虾汁、蘑菇原汁，只宜澄去泥沙，不重换水；一换水，则原味薄矣。
>
> ——《素面》

这道菜被列于《点心单》之中，但考其做法，仍旧是精致有加，可见除了正餐主食之外，即使是在别人看来是果腹的东西，袁枚也要做得有滋有味方可。

居者有其屋，在如今似乎显得更加重要。城市在不断建设，可是房子的问题和矛盾却越来越突出。在古代社会，像袁枚这样的文人既然讲究生活情调，那么对于居住环境自然不会马虎的。在现今的南京市中心地带，有一个很多人耳熟能详的地名"随园"，这里其实早先就是袁枚的居住之处。当初袁枚有心辞官归隐，便相中了江宁府（南京）这一块地方。其实此处并没有如今的繁华，袁枚买下后整治一番变成了他的"随园"，烹调、吟诗、藏书、治学，与家人共享生活，

袁枚的隐居生活可以说是逍遥自在。古代文人大多有着"治国平天下"的理想，不过这个理想实现起来十分不易，有时甚至要付出倾家荡产、身败名裂的惨重代价，袁枚就没有选择这样一条路走到底。他不仅可以悠闲地在水边垂钓，还可以去饱览名山大川之美，这也是江南文人放下心里的包袱之后才能享受到的快意。现在，如果忙忙碌碌的都市人还有兴致，去已经成了南师大校区的"随园"走一走的话，一定可以体会到当年这位随园主人的轻松和潇洒。

纹理优美的明式家具

江南人家的餐桌上，绝对不会只有用来果腹的食物，哪怕是配菜，也要做出名堂来：

> 镇江的酱菜，一向是有名的。种类有酱黄瓜，酱生姜，萝卜头，什锦酱菜，都是当地传统著名的特产。

最近有一批这样的酱菜运到这里来发售。除了没有酱生姜之外，其余三种都有。都是用玻璃瓶装的，铁盖。美中不足的是，铁盖撬开后，就不能再用，一只质地非常好的玻璃瓶，就变成没有盖的了。以前曾来过一批，是用有螺旋的铁盖的，不知现在为什么又改了装。

但这总比早几年用玻璃杯的铁盖装设计好得多了。以前那一只盛酱菜的玻璃杯，用意原来很好，吃完了酱菜还可以有一只玻璃杯可用，可惜那铁盖盖得非常紧，很难撬得开，往往要撬破了玻璃杯的边缘，深以为可惜。

那时的酱菜除了杯装的之外，还有罐头的。只是浸在酱汁里的酱菜，实在不宜制成罐头，容易有铁腥味。从前镇江三和的萝卜头罐头就是此弊。现在一律改用玻璃瓶装，该是最理想的了。若是能用普通的螺旋瓶盖，使得这一只玻璃瓶将来还可以有用途，那就更理想了。

这次运来的镇江酱菜，却是镇江恒顺酱醋厂的出品，用了金山寺做商标。镇江的滴珠黑醋也是有名的。吃镇江肴肉，吃上海大闸蟹，若是没有镇江醋，吃起来就要大为减色了。

我记得从前的镇江酱菜，是咸得很的，咸得有一点过分。现在的新产品，没有那么咸了，但也有了新的缺点，那就是乳黄瓜的糖分太重，吃起来觉得太甜了。

三种酱菜之中，滋味最好的是萝卜头，这也是镇江出产的酱菜之中最有特色的一种。是用杨花萝卜作原料的。贵小不贵大，腌制成酱菜后，外皮微绉，吃起来特别爽脆。

这类酱菜，是适宜送粥，或是送茶淘饭的。这些都是滋味清淡的具有民族风格的家庭小菜。吃惯了牛油面包或是牛奶咖啡作早餐的人，若是能找机会吃一顿白粥作早餐，佐以油条和几样小碟的酱菜，体验一下我们祖先千百年来的朴素生活方式，也可以滤清一下整天在这里所吸收的那些乌烟瘴气。

——叶灵凤《镇江酱菜》

有了这份心境，江南的城市生活便另有一份气象了。

明清时期的江南，按现在人们的标准看，是真正"宜居"的所在。笔者曾经在闲暇时逛过扬州，清清静静的一座小城，远远不能和盛极一时的隋唐扬州相比，怎么也让人想不起那个"扬一益二"的情形，但觉着住在这里很舒服。于是又想起了"扬州八怪"。

"扬州八怪"的成就，与他们的人生阅历也是密不可分的。与先辈"竹林七贤"所不同的是，他们与统治阶层之间并无芥蒂，早先也都曾积极谋取功名，比如李鱓曾向康熙皇帝献画，进而得以入宫廷创作。郑燮当过县令，还曾任乾隆皇帝东巡封禅时的书画史，这个官职虽然不算很高，但是能得近天颜，这对于郑板桥来说已是足以自豪了。不过，他们的仕途却大多坎坷，在政治上终究没有施展的机会。这些艰难困苦没有造就文治武功，倒成就了艺术史上另一种姿态。

"八怪"聚于扬州，这看上去是一件奇妙的事情，仿佛是艺术之神特别眷顾扬州，将她的灵气频频洒落于这座千年古城，造就了这一群灿烂星辰。不过要说起来，扬州确是一座中国文化史上值得书写一笔的重要城市，因它历来就是南北枢纽，北方中原文化和江南吴越文化在此交汇，许多文坛画苑的重要人物更集于此处，隋唐时的扬州便已是个十分繁盛的所在，到清代康、乾年间，经过战后恢复的扬州城重现生机，可谓"杨柳绿齐三尺雨，樱桃红破一声箫"（费轩《梦香词·调寄望江南》）。很多商人和官吏在富足之余便去结交书画界的人士借以相互交流，抬高自己。商业与艺术的奇特融合使这里成为诗文书画荟萃之地。尤其是乾隆六下江南，往返共十二次驻跸扬州，这无疑又提高了扬州的政治文化地位，扬州文人，寄希望于圣德

之君和文华之地能给他们带来仕途上的畅达。然而，命运似乎存心要和他们开一回玩笑，适逢盛世的"扬州八怪"大多命途坎坷，时运不济。不是家事艰难，便是仕途不顺，满腹经纶却难以用来经国济民，这是多么悲哀的事啊！然而，也许正是这些悲剧性的经历，激发了他们的创作灵感，于是，中国绘画史上的一朵朵奇葩开始怒放了。这些文人，他们跃跃欲试，要展现出一番崭新的气象。

"扬州八怪"，是多才多艺的一群寂寞隐士。他们风格各异，大多擅长花鸟，按王伯敏《中国美术通史》的说法，"如高凤翰的奇致、汪士慎的秀俊、李鱓的奔放、金农的古质、黄慎的狂犷、高翔的清逸、罗聘的冷僻，……无不各自以独特的面目出现。"李方膺尤喜画梅，他索性给画室起名曰"梅花楼"，其笔下的《梅花图》中，隐隐如镜子般照出了自己的形象。"世人不识古梅面，古梅那识世间人。寻旧梦，泪沾襟；神仙骨，古梅身。是一是二，谁主谁宾？言之津津有味，纵横写之恐不真。"以梅自喻，似乎达到了一种物我不分的境界，这是孤寂，更透着一丝苍凉。少时兼济天下的雄心如同浮云一般已经遥不可及，只有画中孑然一身的自我。

板桥笔下的竹，富有万千气象。

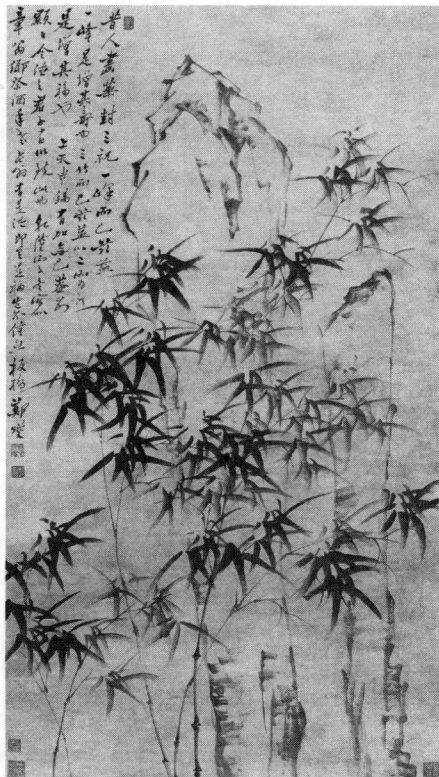

郑燮《竹石图》

在他的心中，竹不仅是高洁品格与坚韧意志的象征，同时，竹还隐含着一种恬然之趣，"邻家种修竹，时复过墙来。一片青葱色，居然为我栽。"这是一幅多么可爱的图景呀！将自己的独立人格和向往平淡的心境以竹的形象表现出来，这不能不说是板桥的创造。板桥十二年官场生涯，被墨吏排挤，或横遭诬陷，但是他却始终保持着自己的信念，人们常以"怒不同人"、"难得糊涂"来形容他。可是，有多少人能知晓他心中的寂寞呢？这些人生理想并不能为他带来实现抱负的机遇，而只能化作笔端的快意。

中国古代的文人与政治权力之间，似乎总有一种难以名状的复杂感情。他们在儒家思想的熏陶下，抱着"学成文武艺，货与帝王家"的一腔热望，循着科举考试的路径而步入官场，继之以"上报国家，下安黎庶"，最后衣锦还乡，封妻荫子，彪炳史册，这似乎就是文人们传统的人生理想。然而，这种理想毕竟不是所有人都能实现的，特别是明清以来，汉族文人若想进入统治阶层，学识已不是最主要的因素，对人际关系的把握显得更为重要。清代的城市和商业迅速发展，人们在交往中更加注重实际利益，生存的需要迫使这些文人不得不放下清高，周旋于商贾权贵之间，加上清代统治者对汉族文人的警惕，一字不慎便可招来灾祸，因此他们只有曲意逢迎，特立独行早已让位于谨小慎微，艺术有时也只能拿来换些银两，聊以度日，而这种道德与实际的严重对立同时也造成人格上的分裂。于是，文人们便只有寄情于笔墨丹青来排遣这种痛苦。这样的境遇在"扬州八怪"的身上体现得尤为明显。像"八怪"中以博学闻名的金农，五十岁参加考试却仍然落第，从此便投身书画，我们可以想象，晚年的金农，寄居在扬州的一座寺庙之中，一个清朗的早晨，只见他微微含笑，眼眸中带着几许澄澈，专注于笔墨丹青间写意人生。

正是由于八大山人、石涛、徐渭对"扬州八怪"的绘画产生了重要影响，所以他们与当时画坛上的主流（如"四王"）有很大区别，而同时"八怪"们又继承了中国文人画传统中注重精神的特征，以墨彩变化来表达自己的性情，在清代画坛便形成了一道

独特的风景。"八怪"作品中体现出的古淡悠远和逸情禅意，与长久以来所形成的江南人文环境密切相关。自唐宋以来，富庶安定的江南地区已渐渐成为艺文荟萃之地，这里的文人更是饱经江南文风艺雨的沐浴。至清代初年，传统的艺术无论技巧或是意韵，都已发挥到近乎极致，因此对前人的突破势在必行，于是，中国艺术一次新的流变悄悄地开始酝酿了，"扬州八怪"正是这种变化的代表。古人的成就在千百年间早已成为一种典范，而许多人在创作中经常会迷失于对经典

山水朦胧　景色秀美（王晨冰摄）

朱逸宁 中国风——江南文化系列丛书

的崇敬，"八怪"的作品之所以能在当时的大宗之外自成一家，正来源于他们对传统的超越，不拘于典范而成就其"怪"，不仅需要胆识，更需要对艺术的独特感悟，"扬州八怪"集此于一身，故而顺理成章地写就了一曲艺术雅韵。这也难怪后世许多画家的作品中，都可见到他们的影子。

"扬州八怪"都是典型的江南文人，江南的文人气历经变化却没有消散，而是凝聚于文人画之中。文人画中的文人人格形象，在宋代以后才渐渐显露于作品中，对于这一点，已有国内学者指出。然而名家辈出的画坛，经历千年沉积总不免有些固化，在清代，"扬州八怪"竟又扬起了一股清澈的泉流。正是在他们的笔下，在种种人物花鸟之间，彰显出独立的人格，这才是他们与当时所谓"正统"的差别。在经历了人生苦难的打击后，"八怪"们已不再执著于功名利禄，而是潜心于松竹花鸟，对他们而言，繁华落尽之后，方才企及艺术的真淳之境。他们虽不是文天祥，但却希望能作一回陶渊明。于是就在大运河与长江流经的扬州，在落日映照的盛世之际，"扬州八怪"抖落身上的尘土，潇洒而坚定地走来了，在他们的身旁，是千年扬州。

我们还有必要请出朱自清先生，他的文笔是足以展示出扬州之美的，扬州的妙处就在于，不论是大都会时期还是小城市时期，都没有失掉属于自己的风情：

……扬州人有"扬虚子"的名字；这个"虚子"有两种意思，一是大惊小怪，二是以少报多，总而言之，不离乎虚张声势的毛病。他们还有个"扬盘"的名字，譬如东西买贵了，人家可以笑话你是"扬盘"；又如店家价钱要得太贵，你可以诘问他，"把我当扬盘看么？"盘是捧出来给别人看的，正好形容耍气派的扬州人。又有所谓"商派"，讥笑那些仿效盐商的奢侈生活的人，那更是气派中之气派了。但是这里只就一般情形说，刻苦诚笃的君子自然也有；我所敬爱的朋友中，便不缺乏扬州人。

提起扬州这地名，许多人想到的是出女人的地方。但是我长到那么大，从来不曾在街上见过一个出色的女人，也许那时女人还少出街吧？不过从前人所谓"出女人"，实在指姨太太与妓女而言；那个"出"字就和出羊毛，出苹果的"出"字一样。《陶庵梦忆》里有"扬州瘦马"一节，就记的这类事；但是我毫无所知。不过纳妾与狎妓的风气渐渐衰了，"出女人"那句话怕迟早会失掉意义的吧。

另有许多人想，扬州是吃得好的

地方。这个保你没错儿。北平寻常提到江苏菜，总想着是甜甜的腻腻的。现在有了淮扬菜，才知道江苏菜也有不甜的；但还以为油重，和山东菜的清淡不同。其实真正油重的是镇江菜，上桌子常教你腻得无可奈何。扬州菜若是让盐商家的厨子做起来，虽不到山东菜的清淡，却也滋润，利落，决不腻嘴腻舌。不但味道鲜美，颜色也清丽悦目。扬州又以面馆著名。好在汤味醇美，是所谓白汤，由种种出汤的东西如鸡鸭鱼肉等熬成，好在它的厚，和啖熊掌一般。也有清汤，就是一味鸡汤，倒并不出奇。内行人吃面要“大煮”；普通将面挑在碗里，浇上汤，“大煮”是将面在汤里煮一会，更能入味些。

扬州最著名的是茶馆；早上去下午去都是满满的。吃的花样最多。坐定了沏上茶，便有卖零碎的来兜揽，手臂上挽着一个黯病的柳条筐，筐子里摆满了一些小蒲包，分放着瓜子花生炒盐豆之类。又有炒白果的，在担子上铁锅爆着白果，一片铲子的声音。得先告诉他，才给你炒。炒得壳子爆了，露出黄亮的仁儿，铲在铁丝罩里送过来，又热又香。还有卖五香牛肉的，让他抓一些，摊在干荷叶上；叫茶房拿点好麻酱油来，拌上慢慢地吃，也可向卖零碎的买些白酒——扬州普通都喝白酒——喝着。这才叫茶房烫干丝。北平现在吃干丝，都是所谓煮干丝；那是很浓的，当菜很好，当点心却未必合式。烫干丝先将一大块方的白豆腐干飞快地切成薄片，再切为细丝，放在小碗里，用开水一浇，干丝便熟了；逼去了水，抟成圆锥似的，再倒上麻酱油，搁一撮虾米和干笋丝在尖儿，就成。说时迟，那时快，刚瞧着在切豆腐干，一眨眼已端来了。烫干丝就是清得好，不妨碍你吃别的。接着该要小笼点心。北平淮扬馆子出卖的汤包，诚哉是好，在扬州却少见；那实在是淮阴的名字，扬州不该掠美。扬州的小笼点心，肉馅儿的，蟹肉馅儿的，笋肉馅儿的且不用说，最可口的是菜包子菜烧卖，还有干菜包子。菜选那最嫩的，剁成泥，加一点儿糖一点儿油，蒸得白生生的，热腾腾的，到口轻松地化去，留下一丝儿余味。干菜也是切碎，也是加一点儿糖和油，燥湿恰到好处；细细地咬嚼，可以嚼出一点橄榄般的回味来。这么着每样吃点儿也并不太多。要是有饭局，还尽可以从容地去。但是要老资格的茶客才能这样有分寸；偶尔上一回茶馆的本地人外地人，却总忍不住狼吞虎咽，到了儿捧着肚子走出。

扬州游览以水为主，以船为主，已另有文记过，此处从略。城里城外古迹很多，如"文选楼""天保城""雷塘""二十四桥"等，却很少人留意；大家常去的只是史可法的"梅花岭"罢了。倘若有相当的假期，邀上两三个人去寻幽访古倒有意思；自然，得带点花生米，五香牛肉，白酒。

——朱自清《说扬州》

精致可口的扬州菜

　　喜欢美食的人一定不会错过淮扬菜，扬州的美食堪称上品，原因有二：一是精致美观，从形式上就让人食欲大开；二是清新爽口，适宜多数人的口味。要用文字来解释为什么淮扬菜如此精致，需要和不同的菜系对比，下面这位作者来自东北，曾在江南游历，对此有深刻的体会：

　　扬州菜制作菜肴选料十分严格，原料的选择以鲜活为主，这也为在烹法上擅长炖焖，调味注重本味提供了物质基础。"醉蟹不看灯、风鸡不过灯、刀鱼不过清明、鲟鱼不过端午"，这种因时而异的准则确保盘中的美食原料来自最佳状态。扬州菜几乎每道都有严格选料的要求，同时也让原料的特点在制作菜肴时得到充分的发挥。东北菜的原料选择则比较笼统，只要能吃的，几乎都可以拿来入菜，而且东北寒冷的自然环境也不允许在原料上太精挑细选。

　　扬州菜刀工精细是出了名的，菜肴非常讲究形式美观。一块2厘米厚的方干，能批成30片的薄片，细致如发。冷菜制作、拼摆手法要求极高，比如扇面三拼，无论是抽缝、扇面，还是叠角，刀工难度都很大。最后出现在人们面前的扬州菜仿佛一个精雕细凿的工艺品，让人不忍下筷。而东北菜用一个词来形容便是"形糙色重"。东北菜讲究大，讲究多。经常是以盆甚至是锅为容器的，和扬州菜的小碟小碗相比简直是两个极端。至于造型上，从不精雕细刻，类似西兰花、萝卜雕花这类中看不中吃的"配菜"很少在东北菜中见到。

　　扬州菜有鲜、脆、嫩的特色，又融合了北方菜的一些特点，形成了自己口味平和、清鲜而略带甜的风味。由于扬州菜以鲜活产品为原料，故而在调味时追求清淡，从而能突出原料的本味。而东北菜口味注重咸辣，以咸为主，重油腻，重色调。这一点比较明显的体现是酱油在烹调中的运用。东北菜特别喜欢放酱油，提味又上色，给人浓烈的感觉；而扬州菜则崇尚自然，不以味重为特色。

扬州菜肴根据古人提出的"以火为纪"的烹饪纲领，鼎中之变精妙微纤，通过火工的调节体现菜肴的鲜香、酥脆、软烂等不同特色。扬州菜擅长炖、焖、煨、煮，因为这几种方法能较好地突出原料本味。扬州菜以炖焖烧煮为主的名菜有蟹粉狮子头、大煮干丝等。东北菜的烹调方法善于扒、炸、烧、炖、锅，酱骨架、金针菇炖小鸡、猪肉炖粉条、锅包肉，从名字上就能看出来，没有太大的讲究。举个最简单的例子，东北有道名菜——乱炖。实际上就是将很多的菜倒到一个锅里加水放上佐料炖，丝毫没有任何技术与火候的把握可言。简单的烹调手法也使得东北菜经常与"大众"、"家常"这样的词联系在一起，凭借这种简单的手法想要成为国粹毕竟不太现实。

扬州菜的风格精巧、细腻、高雅、回味无穷。制作扬州菜像写诗作画，浓厚的中国传统文化底蕴渗透其间。让我们来看看文学在扬州菜中扮演了什么样的角色，汉赋、唐诗、宋词扬州美食从未从文学中脱离，超过200篇的咏食史、咏采料、咏菜点、咏宴席、咏厨艺、咏酒楼、咏食俗、咏饮话的诗篇更是将扬州菜格调品位提拔到新的高度。而朴实、自然、醇厚是东北菜品文化的特点和优点，它与近二三十年来中国大陆餐饮业"三神心态烹饪热"中那种菜品模式大相径庭。"食"所以为之食，菜最终还是要吃的，不是为了看，不是为了玩儿，可吃、好吃、爱吃、吃了更爱吃，应当是菜品的属性，也正是传统东北菜的特点。

这种文化底蕴上的差别体现在方方面面，就连菜名上都看得出来。同一道菜，东北菜里叫"四喜丸子"，一听就喜气洋洋、简单明了，把这道菜从数量、外形到性质都表露无遗，而扬州菜里偏偏含蓄地叫它"红烧狮子头"，让人一下捉摸不透，却不自觉地好奇乃至期待，狮子头红烧会是什么样子，是真的狮子头还是外形相似或者味道接近呢？

其实以上种种，除了食材的差别是客观的，造成其他差别的原因都可以归结为一点：生活态度的不同。东北人性格豪放、爽朗、不拘一格，你让他每天抱着个豆腐横切条、竖切丝他耐不下性子；江南人温婉、细腻、精雕细刻，你让他天天吃猪肉炖粉条他肯定嫌腻，一方水土养育一方人，一方菜肴传承一方情。

——李依瞳《当扬州菜遭遇东北菜的时候》

当我在一个天气很好的日子去扬州漫步的时候，看到的是一副悠闲自得、怡然快意的景象：市民在饭馆里点上大煮干丝和狮子头，还有闻名于世的扬州炒饭，便十分满足了。扬州的老街和饮食充分展示了这份寻常生活中的诗意。

最是金陵绝佳处

明清南京市民的审美趣味和小说的发展息息相关。其中，《拍案惊奇》、《红楼梦》《儒林外史》《醉醒石》这几部小说与南京就有着不解之缘。其中直接描写南京城市景象的，也有以南京为背景的，更有虚化南京、以之为意象的。

从凌濛初的作品中，我们能看到他描写的南京胜景，如著名的燕子矶：

这个燕子矶在金陵西北，正是大江之滨，跨江而出，在江里看来，宛然是一只燕子扑在水面上，有头有翅。昔贤好事者恐怕他飞去，满山多用铁锁锁着，就在这燕子项上造着一个亭子镇住他。登了此亭，江山多在眼前，风帆起于足下，最是金陵一个胜处。

——《拍案惊奇》

似此类对南京城市景象的描写，在当时很多小说中并不鲜见。同时，凌濛初的《初刻拍案惊奇》和《二刻拍案惊奇》据考证都完成于南京（冯保善《谁言司马不多才》），可见南京丰富的社会文化生活和巨大的文化市场需求使得作家创作有了广阔空间。

《醉醒石》这部小说大约作于明末清初，讲的是明朝的故事，其中对南京也有详细的描绘：

南京古称金陵，又号秣陵，龙蟠虎踞，帝王一大都会。自东晋渡江以来，宋、齐、梁、陈，皆建都于此。其后又有南唐李璟，李煜建都，故其壮丽繁华，为东南之冠。王介甫《金陵怀古》词可证：

《桂枝香》：

登临送目，正故国晚秋，天气初肃。潇洒澄江如练，翠峰如簇。征帆去棹残阳里，背西风酒旗斜矗。彩舟云淡，星河鹭起，画图难足。　念往昔繁华竞逐，叹门外楼头，悲恨相续。千古凭高对此，谩嗟荣辱。六朝旧事随流水，但寒烟衰草凝绿。至今商女，时时犹唱，《后庭》遗曲。

及至明朝太祖皇帝，更恢拓区宇，建立宫殿，百府千衙，三衢九陌。奇技淫巧之物，衣冠礼乐之流，艳妓娈童，九流术士，无不云屯鳞集。真是说不尽的繁华，享不穷的快乐。虽迁都北

极摹人情世态之歧，备写悲欢离合之致（三言插图）

京，未免宫殿倾颓，然而山川如故，景物犹昨，自与别省郡邑不同。

一祥行至城中，悦目赏心。心下自忖道："起文纳监，便要坐监，不得快意游玩，不如寻个下处游玩几日，再作区处。"遂同二仆到秦淮河桃叶渡口，寻了一所河房住下。南京下处，河房最贵，亦最精。西首便是贡院，对河便是衙子。故此风流忼爽之士，情愿多出银子租他。

一样歇息了一日，次日便出游玩，一连耍子了两三日，忽然过了武功坊，踱过了桥，步到衙子里去，但见：

红楼疑屾，翠馆凌云。曲槛雕栏，植无数奇花异卉；幽房邃室，列几般宝瑟瑶笙。呕哑之声绕梁，氤氲之气扑鼻。玉姿花貌，人人是洞府仙妹；书案诗筒，个个像文林学士。不愁明月尽，原名不夜之天；剩有粉香来，凤号迷魂之地。做不尽风流榜样，赚多少年少英才。

——《醉醒石》

从小说的语气看,这位明朝遗民对于旧朝或多或少是怀念的,体现在描写南京景象方面,一则是彰显了明太祖营建南京的功绩,说金陵"自与别省郡邑不同";二则是追忆旧日繁华,实则追思故朝。实际上明朝覆亡以后,南明小朝廷支撑的时间很短暂也相继灭亡了。其实清廷入主中原已成定局,剩下的只是时间问题,但是清朝属于少数民族统治汉族的朝代,在这个过程中,面临的一个突出问题就是文化上的认同。清廷虽然以明朝的继承者自居,但却要求汉族官民"剃发易衣冠",于是在江南遭到了最激烈的反抗。立国之后,又逐步采取了历代最为严苛的文化政策,因此在小说中多不能直接涉及明清易代的一些敏感话题,便假托明朝故事,写旧都情状。江南的城镇是汉文化最为根深蒂固的地区之一,写作这部小说的作者熟谙南京的城市生活,尤其对秦淮河一带的贡院、河房等撰文提到。但是对于南京城中的市井生活,作者认为"明之苛政,莫如教坊。明之沦亡,亦由女妓。福王南渡,何异陈、李二后主耶"(《金陵待征录》),这等于把明朝覆亡和南京城市生活趣味直接联系起来,虽然二者有一定的关联,但这种看法未免片面。事实上,南京作为亡国之都的形象已经被定型,文艺作品多以

乌龙谭的曹雪芹像 (陈涵摄)

此刻画南京。

到《红楼梦》的出现,这种文化印记则变成了一种文学意象。我认为这是一个重要现象,如果单纯地以南京为题材或背景,这类描写可以说并不罕见,也不能说明南京都市文化的深刻内涵;可是,如果把一座城市的文化精神化作作品的意象,这才是真正构成城市的精神内核的部分。在这方面,《红楼梦》是一个典型。

从曹雪芹的家世看,江宁织造署是他的诞生之地,"康熙五十四年或雍正二年,雪芹诞生在江宁织造署内

（其四至为东起利济巷，西至碑亭巷、南到科巷，北达长江路，今天我们开讲的多功能厅或许就是雪芹降世之处），并在此度过了'锦衣纵袴之时，沃甘餍肥之日'的童年或少年。这个织造世家对他的影响是巨大而深刻的，兼之雪芹自小就是一个'天分高明，性情颖慧'的'神童'，他对这个织造世家以及围绕着这个世家的社会关系，特别是与皇家以及江南文士的关系，感受更是不同于一般。可以毫不夸张地说，正是因为有了一个伴随康熙朝六十年盛世的'钟鸣鼎食之家，诗书翰墨之族'的织造世家，才造就了我国最伟大的小说家曹雪芹。因此，也可以说南京是曹雪芹的根。"（严中《〈红楼梦〉与南京》）由此不难看出，

南京对于曹雪芹来说是一种从小开始形成的人生记忆，这是具有重大影响的。很多学者都认为，《红楼梦》中很多地方可以看出南京的印记，甚至南京是这部小说的源流。下面这段文字是学者多年的考证，可以说是代表：

《红楼梦》第一回中写道："改《石头记》为《情僧录》，至吴玉峰题曰《红楼梦》，东鲁孔梅溪则题曰《风月宝鉴》，后因曹雪芹于悼红轩披阅十载，增删五次，纂成目录，分出章回，则题曰《金陵十二钗》。""金陵"和"石头（城）"都是南京的别名古称。由此可见，南京与《红楼梦》有着特殊的关系。又书中第二回写道："去岁我（贾雨村）到金陵地界，因欲游览六朝遗迹，那日进了石头城，从他老宅门前经过，街东是宁国府，街西是荣国府，二宅相连，竟将大半条街占了。大门前虽冷落无人，隔着围墙一望，里面厅殿楼阁，也还都峥嵘轩峻，就是后一带花园子里，树木山石，也都还有翁蔚润润之气。"这

江宁织造博物馆，此地名为大行宫（作者摄）

是书中唯一点出宁国府、荣国府老宅是在金陵石头城内的。批书人在这段话旁有批语云："好！写出空宅"，"后字何不直用西字？恐先生堕泪，故不敢用西字。"须知，到雪芹撰稿，脂砚批书时，这"老宅"果然就是"空宅"了——因为从乾隆十六年起，大吏尹继善将"老宅"——江宁织造署正式改建为乾隆皇帝的"大行宫"了，长年锁闭，不得擅入，"大门前"确实是"冷落无人"了。

——严中《〈红楼梦〉与南京》

这段文字写得很明白，江宁织造署、宁国府、荣国府老宅和金陵的关系非常密切，可以说就是作者的创作源泉，由于这部小说跟别的作品不同，它是一部真正意义上的、完全的个人创作的文学作品，因此其中涉及金陵城市的意象更耐人寻味。由此，很多人也在探寻这部小说与现实之间的联系，并且在书中找到了很多印记。正如这位学者所言，曹雪芹是在北京带着童年南京生活的记忆来创作的，而吴敬梓是在南京以自己的生活感受来创作的，因此一个是精神意义上的南京氛围，一个是立体实在的南京（严中《〈红楼梦〉与南京》）。对此，作家叶灵凤也做过研究：

首先，《红楼梦》的作者曹雪芹的祖上，是在南京任"织造"官的，这固然不用说了。而且曹雪芹本人，就是在南京出世的，从前的传记资料说他三四岁时离开南京，现在的新考证，则断定他离开南京到北京时，至少已有十三四岁（见吴恩裕的《曹雪芹生平为人新探》）。这一来，他与南京的关系更加深了许多。十三四岁，自然懂得许多东西了，"秦淮旧梦忆繁华"（敦敏赠曹雪芹诗），自有许多事情可忆。

曹雪芹的同时代人明义，《读红楼梦诗》的诗序，有句云：

曹子雪芹出所撰《红楼梦》一部，备记风月繁华之盛，盖其先人为江宁知府，其所谓大观园者，即今随园故址。

大观园以袁子才的随园为蓝本之说，久已被推翻了，但当时南京为明朝故都，城中故家池馆很多，"大观园"的具体轮廓即使在北京，曹氏在起草《红楼梦》时，忆起旧日秦淮繁华，将一些他在南京住过玩过的园林池馆景物写入书中，实在是大有可能的。小说到底是小说，"大观园"的景物既非一成不变的实地写景，则掺入少年时代在南京所见的园林结构，也实在是大有可能的。这一点，还有待于新的"红学家"今后作更细微的考证。

《红楼梦》与南京的关系，最令我

特别感到兴趣的，乃是这书最初命名的经过。原来《红楼梦》最初并不叫《红楼梦》。今日通行本的"楔子"说：

曹雪芹于悼红轩中，披阅十载，增删五次，纂成目录，分出章回，则题曰《金陵十二钗》……

《金陵十二钗》之名，虽然与《风月宝鉴》《情僧录》一样，后来不曾正式被采用作书名。但是在"十二钗"之上冠以"金陵"二字，可知书中的故事与南京关系之深了。

曹雪芹虽是在南京出世的，他的祖上却是旗人，我们不便说他是南京人。但是《红楼梦》里有一个主要的人物，却是南京人，而且后来还死在南京的。那就是王熙凤。据脂砚斋所见的曹氏《红楼梦》初稿，不可一世的泼辣的王熙凤，后来竟被原先惧内的贾琏将她贬为妾妇，接着更进一步将她休回娘家，于是她就哭哭啼啼的回到了"金陵娘家"，后来就死在南京。

至于袁子才的"随园"就是大观园之说，这话最初本出自袁子才自己之口。随园在南京仓山，袁子才在他的《随园诗话》里说："大观园者，即余之随园也。"这是大观园在南而不在北，是"随园"前身之说所由来。一向拥护此说的颇不乏人。……

大观园在南京之说，据说现在已由于新发现的有力证据，完全被推翻了（见吴柳先生的《京华何处大观园》）。但在感情上，我仍是希望至少该有一部分与他的南京老家有关。曹雪芹写《红楼梦》里的大观园时，他的脑中会想起了从前在南京的老家旧园景物，实在是极有可能的。

《红楼梦》里所用的方言谚语，有许多也是南京话。如丫鬟们在大观园里放风筝，用的是"剪子股"的方法，这就是南京土话。因为这方法是将一柄剪刀缚在竹竿上，

位于闹市中的江宁织造博物馆，这里与《红楼梦》有着很深的渊源

将风筝的线从剪刀柄中穿过，竖直了竹竿，利用竹竿本身的高度，曳动风筝线，以便容易放上去。这是我们家乡的女孩儿们在家里戏放风筝惯用的方法。

——叶灵凤《〈红楼梦〉与南京的关系》

由此，无论学术界如何争论，南京与《红楼梦》都是有关系的。现如今，江宁织造博物馆已经开放，我觉得这座博物馆是南京从小说中的抽象到现实中具象的一种展示。就像西游记里的"花果山"是否就在连云港，三国时期的战场赤壁并非苏轼所写的那一个，等等。这些在历史上可以考证，但在文学艺术中，只能当作意象而已，这座博物馆，最大的意义是纪念《红楼梦》这部巨著和作者曹雪芹，他是南京文化的一部分，而南京文化也是《红楼梦》艺术的一部分。这更可以说明《红楼梦》的影响之大，早已超出了古典小说的范畴。有人说，二月河笔下的魏东亭原型也是曹寅，而他的从政经历中也有南京这一段。这样一来，不仅文学中的南京变得丰满了，而且也从一个角度上完成了南京都市文化的精神体系。有学者指出："《红楼梦》与《儒林外史》的小说结局都表达了一种历史情结，那是古代长篇小说

共同的空幻结局，同时掺和了古都南京的文化韵味。"（葛永海《明清小说中的"金陵情结"》）

小说中体现的南京都市文化元素，一方面体现了城市文化的成熟，南京的影响力已经深深烙印在人们的精神深处；另一方面则是使南京的城市文化结构趋于完善，六朝时期，南京实现了由城市向区域文化中心的转变，唐宋五代，南京出现了自己的城市文化精英，而明清时期，则是市民文化发展的高峰，至此，作为一座文化都会，从城市各个阶层到城市的定位，都完成了一种精神蜕变，也就是从政治军事堡垒向文化都市的转变。

清代初期，南京为江南省首府，此时的江南各省间联系较为紧密，故江南地区从文化上讲是一个整体，但是对抗清廷也最为激烈，于是清政府采取了分而治之的策略，将江苏、安徽、江西与浙江分割开来，并镇压了江南各省的反抗。而贡院一直沿用"江南贡院"之名。直到清光绪年间，科举制度被最终废止，江南贡院也停止开科取士。这个考场完成了它的历史使命。科举制度在古代社会中的推行是有效的，但它在思想禁锢的后期也确实起到了反面效果。对南京这座商业城市来说，考场的设立，一方面使得知识分子汇聚，提升了秦淮商业区的人

气;另一方面也衍生出一种科举的文化产品来,讽刺小说就是个典型,除了对科举的批判外,也描写或概括了南京的人文气质。

明清时期的科举文化也是南京都市文化体系的特点,它的主要核心是由政治文化带来的商业消费繁荣。从现代文明看来,把考试繁衍成一种消费文化本身可能是畸形的,但在古代社会中,这不仅是社会结构的一部分,还是一种有机的组成。所谓"学成文武艺,货与帝王家",中国古代的科举制度是一种行之有效的人才选拔方式,它在特定的历史时期发挥了不可替代的作用,尤其是在等级社会中,科举的存在是保证社会各阶层流动的最有效方式。南京的科举文化代表就是

江南贡院。有江南贡院的存在,南京的科举文化和商业文化才能相融合,消解了政治文明中过于沉重的伦理负担。也就是说,在官场之外的文人,立刻就能找到身心缓和的去处,而如此多的文化精英共同聚集于此,形成了别样的人文景观。

江南贡院规模最大的时候,曾经占地约30万平方米,东起姚家巷,西至贡院西街,南临秦淮河,北抵建康路,为夫子庙地区主要建筑群之一。这是中国科举考试制度的重要场所。而秦淮河畔也因贡院、夫子庙的存在而繁荣起来。江南贡院四周建有两重围墙,上面布满荆棘,以防夹带作弊,故世人又称其为"棘围"。现在的江南贡院只剩很小的一个院子,改建成了博物馆。

明远楼是江南贡院内楼宇之一,原是用来监视应试士子在贡院考试时的行动以及和院落内执役员工之间有无传递关节的设施。"明远"是"慎终追远,明德归原"的意思。楼下南面曾悬挂有楹联,这是清康熙年间名士李

鲤鱼跃龙门(作者在江南贡院门口,1999)

渔所撰并题的:"矩令若霜严,看多士俯伏低佪,群嚣尽息;襟期同月朗,喜此地江山人物,一览无余。"从对联中也可看出明远楼设置的目的和作用,类似于瞭望楼或观察所。大门上悬有横额"明远楼"三个金字,外墙嵌《金陵贡院遗迹碑》,记述了贡院的兴衰历史,碑文最后叹道:"今则娄百年文战之场,一时尽归商战,君子与此,可以观世变矣!"

江南贡院始建于南宋孝宗赵眘乾道四年(公元1168年),由知府史正志主持建筑,起初供县、府学生考试之用,规模较小,占地面积亦不大。明太祖朱元璋定都南京后,将此地改作乡试与会试的考场,定名贡院,规模相对扩大。永乐年间虽迁都北京,但南京仍为留都,江南贡院亦作为江苏、安徽两省乡试考场,后经明、清两代不断扩建,至同治年间(公元1862—1874年)已形成建筑面积达30万平方米的考场,仅考生号舍就有20 644间,规模宏大。它与北京的顺天贡院并列为"全国考场之冠",被称作"南闱"。清末废止科举考试后,江南贡院随之失去作用,1919年开始拆除,只留下贡院的主体建筑明远楼与衡建堂及一部分号舍,规模不及原来二十分之一。

——胡丽《科举文化的缩影——

兼论江南贡院对举子的影响》

明代前的江南贡院规模十分有限,公元1421年(明成祖永乐十九年),朱棣迁都于北京,但南京仍为留都。因江南地区人文荟萃,参考士子日益增多,原有的考场便越来越显得狭小而不敷使用。永乐皇帝便没收臣犯臣纪纲的府邸,又取怀来卫指挥陈彬家人陈通、忠勇伯家人侯清等人的房舍以及府尹黄公永元祠等改建了"江南贡院"。明、清两代,江南贡院不断扩建,鼎盛时期已形成考试号舍20644间,另有主考、监临、监试、巡察以及同考、提调执事等官员的官房达千余间,再加上膳食、仓库、杂役以及禁卫等用房,还有水池、花园、桥梁、通道、岗楼的用地,已经形成了一个独立的考场区域,古今罕见。

在这方面,小说《儒林外史》有段描写:

话说周进在省城要看贡院,金有余见他真切,只得用几个小钱同他去看。不想才到天字号,就撞死在地下。众人多慌了,只道一时中了恶。行主人道:"想是这贡院里久没有人到,阴气重了。故此周客人中了恶。"金有余道:"贤东!我扶着他,你且去到做工的那里借口开水来灌他一灌。"行主人应诺，取了水来，三四个客人一齐扶着，灌了下去。喉咙里咯咯的响了一声，吐出一口稠涎来。众人道："好了。"扶着立了起来。周进看看号板，又是一头撞将去。这回不死了，放声大哭起来。众人劝着不住。金有余道："你看，这不是疯了么？好好到贡院来耍，你家又不死了人，为什么这样号啕痛哭是的？"周进也不听见，只管伏着号板哭个不住；一号哭过，又哭到二号、三号，满地打滚，哭了又哭，哭的众人心里都凄惨起来。金有余见不是事，同行主人一左一右架着他的膀子。他那里肯起来，哭了一阵，又是一阵，直哭到口里吐出鲜血来。众人七手八脚将他扛抬了出来，贡院前一个茶棚子里坐下，劝他吃了一碗茶，犹自索鼻涕，弹眼泪，伤心不止。

——《儒林外史》

小说中对僵化的科举制度极尽讽刺和揭露，可以说也为江南贡院的历史写下了一曲挽歌。把贡院设置在商业气息浓厚的秦淮河边，不知是谁的主意，但雅与俗隔墙相望，也许就是造化弄人吧。如今还有人说，秦淮河与夫子庙的景观过于俗气，但也有南京人会觉得诧异，夫子庙周围何时真正"雅"过呢？

同时，也还是这部小说中，作者涉及的南京城市形象已基本定型，可以说为千百年来的南京城市文化进行了高度概括：

萧金铉道："慎卿兄，我们还到雨花台岗儿上走走。"杜慎卿道："这最有趣。"一同步上岗子，在各庙宇里见方、景诸公的祠甚是巍峨。又走到山顶上，望着城内万家烟火，那长江如一条白练，琉璃塔金碧辉煌，照人眼目。杜慎卿到了亭子跟前，太阳地里看见自己的影子，徘徊了大半日。大家藉草就坐在地下。诸葛天申见远远的一座小碑，跑去看；看了回来，坐下说道："那碑上刻的是'夷十族处'。"杜慎卿道："列位先生，这'夷十族'的话是没有的。汉法最重，'夷三族'是父党、母党、妻党。这方正学所说的九族，乃是高、曾、祖、考、子、孙、曾、元，只是一族，母党、妻党还不曾及，那里诛的到门生上？况且永乐皇帝也不如此惨毒。本朝若不是永乐振作一番，信着建文软弱，久已弄成个齐梁世界了！"萧金铉道："先生，据你说，方先生何如？"杜慎卿道："方先生迂而无当。天下多少大事，讲那皋门、雉门怎么？这人朝服斩于市，不为冤枉的。"

坐了半日，日色已经西斜，只见两个挑粪桶的，挑了两担空桶。歇在山上。这一个拍那一个肩头道："兄弟，今日的货已经卖完了，我和你到永宁泉吃一壶水，回来再到雨花台看看落照！"杜慎卿笑道："真乃菜佣酒保都有六朝烟水气，一点也不差！"当下下了岗子回来。

……

话说南京城里，每年四月半后，秦淮景致渐渐好了。那外江的船，都下掉了楼子，换上凉篷，撑了进来。船舱中间，放一张小方金漆桌子，桌上摆着宜兴沙壶，极细的成窑、宣窑的杯子，烹的上好的雨水毛尖茶。那游船的备了酒和肴馔及果碟到这河里来游，就是走路的人，也买几个钱的毛尖茶，在船上煨了吃，慢慢而行。到天色晚了，每船两盏明角灯，一来一往，映着河里，上下明亮。自文德桥至利涉桥、东水关，夜夜笙歌不绝。又有那些游人买了水老鼠花在河内放。那水花直站在河里，放出来就和一树梨花一般，每夜直到四更时才歇。

——《儒林外史》

由上面两段文字来看，南京的形象与前面有了很大的区别。首先，一段文字看上去并没有脱离以往的窠臼，作者仍然在对南京城市的格局做一般性描述，但仔细审视，其中并无一处提及作为都城的南京历史过往中的政治兴亡，仿佛是一篇旅游介绍，详尽写出了秦淮河两岸的各种风光。其

《儒林外史》书影

次，第二段文字对明朝在南京的旧事加以辩驳，但涉及和齐梁六朝的对比，突出大明王朝前期的繁盛，和六朝的对比也不仅是指出齐梁之衰，而是提出了一个"六朝烟水气"，这是属于南京城市的独特气质。南京原本并不是一个理想的建都之所，在明朝以前，没有一个统一王朝考虑在此建都，最重要的原因不是南京的绮靡氛围，而是南京远离中原大地，地理位置不适宜掌控权力，中央王朝的威胁多来自西北或东北，所以定都选择在关中或者河洛，这是比较明智的政治考量，与南京的文化氛围并没有直接的关系。那么，为什么会有这么多的文人把南京的形象和伤感、衰颓联系起来呢？从这几段文字来看，除了在南京建都的割据政权多于统一政权外，文人的渲染也是一个因素。唐代以后，南京作

为科举的重要考场，吸引了很多读书人来此考试，同时他们也是一个巨大的消费群体，由此也带动了各种娱乐设施的建设，秦淮河渐渐变成了一个商业气息浓厚的地带，这和政治都会的严肃、庄重的环境是大相径庭的，南京地处江南，经济上的发达很容易使商业文化滥觞，中国文化的审美元素在南京城市结构被放大了，更被放置到与伦理文化对立的角度上，这是造成南京倾颓气息的一个原因。南京山川江河的景观比较丰富，加之山水城林俱全，更容易引发文人的家国之思。现如今南京有吴敬梓纪念馆，就在秦淮河边不远的夫子庙一带。

说起金陵胜处，朱自清笔下有一所独具魅力的去处——清凉山。它与不远的莫愁湖一道构成了南京山水融于城中的个性景观。"清凉山在一个角落里，似乎人迹不多。扫叶楼的安排与豁蒙楼相仿佛，但窗外的景象不同。这里是滴绿的山环抱着，山下一片滴绿的树；那绿色真是扑到人眉宇上来。若许我再用画来比，这怕像王石谷的手笔了。在豁蒙楼上不容易坐得久，你至少要上台城去看看。在扫叶楼上却不想走；窗外的光景好像满为这座楼而设，一上楼便什么都有了。夏天

清凉胜境（陈涵摄）

去确有一股'清凉'味。这里与鬶蒙楼全有素面吃，又可口，又贱。"它是都市喧嚣中的幽深之处，安静却又不冷清，实在是忙碌的人们不出城而休闲的绝佳场所。而现如今清凉山经过整修，更彰显出它的别致。这是个散步养性的地方，它已是城中的公园，墙外车来车往，远处读书声声，毗邻两所高等学府——河海大学和南京师范大学，既有历史感又不乏现代味道，有彼岸心也有烟火气，现在选录描写清凉山的一段文字：

清朝初年，遗民龚贤隐居南京，在清凉山虎踞关附近买下了几间瓦房，建起了半亩园，养花种竹，卖文鬻画。在居于清凉山的二十多年里，龚贤和樊圻、高岑、邹喆、吴宏、叶欣、胡慥、谢荪七位画家交往甚密，八人同在南京地区，不谋求仕途上的发展，只醉心绘画，借描绘秀丽的山川来排解亡国后的悲伤情怀，作品共有一种清新静谧的气质，被称为"金陵八家"。龚贤师从董其昌，却一改明代的陈腐习气，展现出勃勃生机，清凉山的山色风光也为他提供了绝佳的素材。龚贤笔下的树木山石，用墨层层皴染，树木的远近疏密十分逼真，郁郁苍苍，而山石则浑厚富于质感，笔触之间可以感受到一种苍茫与质朴，这或许就来源于画

家对于清凉山色的独特体认，和隐居于此恬淡旷达的心境："开尽桃花冷似铁，晚风吹我上城头。齐梁梦醒啼鹃在，吴楚地连江水流。千古恩仇看短剑，一生勋业付霜舟。东南西北无安宅，谁道王孙不可留。""不是山多不可居，山深林密兴萧疏。爱他奇险宽平地，随意冬春结草庐。门有客来尊有酒，不逢人处且观书。濯缨濯足吾能取，岂向沧浪问老渔。"同时代的文人学士，或敬慕龚贤气节，或欣赏其才情，交往颇多，其中还包括孔尚任这样的忘年之交。清凉山上的扫叶楼，常被认为是龚贤的故居，其实不然，有足够的材料表明，主人扫叶僧另有其人，即清凉寺的扫叶上人宗元，著名的扫叶僧像就是他的画像。然而时至今日，这一讹误早已无伤大雅，因为扫叶僧"世事不了闻"的淡泊与龚贤的气度何其相像！更何况扫叶楼不仅是清凉山上的一处旧迹，更成为了南京文化人的一种情结，洪亮吉、姚鼐、蒋士铨、刘春霖、程先甲等人先后在此题咏唱和，扫叶楼也因此被赋予越来越深厚的文化内涵。明清两代，钟情于清凉山的远不止龚贤一人，吴敬梓笔下的杜少卿陪第一次到南京的夫人游玩，"大笑着，在清凉山岗子上走了一里多路"，想来是多么随性；刘大櫆写下"水西门外江水长，清凉山上暮云

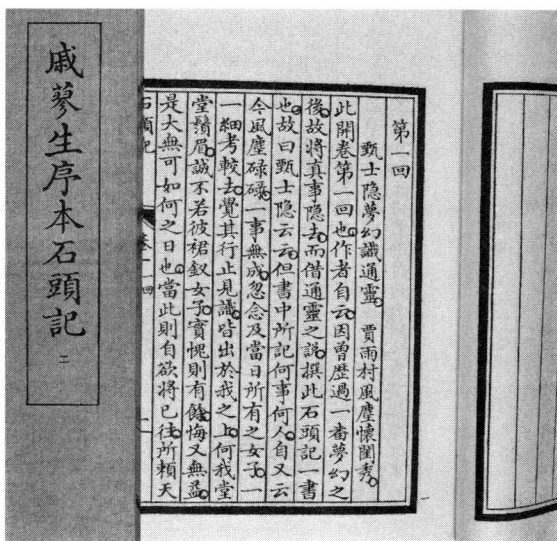

戚蓼生序本《石头记》

黄。郎意已随水西去,妾心何日得清凉?",一语双关,精巧之中又见温婉柔情;诸如此类,不胜枚举。

——范摅骈《清凉山》

看来这位作者是颇能体察"清凉"之妙处的,有空多去走走,或许能减少我们都市人心里的一份浮躁。

故国山河旧都情

1912年以后,随着南京成为民国首都,这座城市进入了一个新的历史时期。江南成为中国的政治中枢,这不是头一次,但此时已是近现代社会,江南所处的政治人文环境更为复杂,这也就意味着江南城市将要面临很多意想不到的变化,也将承担更多的文化转折以及随之而来的纠结和痛苦。

民国临时政府之所以选择南京作为首都,其考量是非常周密而深远的。孙中山作为民国的临时大总统,在《建国方略》中就表达了对南京的评价:"其位置乃在一美善之地区。其地有高山、有深水、有平原,此三种天工,钟毓一处,在世界之大都市中,诚难觅此佳境也。 而又恰居长江下游两岸之最丰富区域之中心,南京将来之发达,未可限量也。"这里寄托了一位革命家、政治家对于首都的理想。遗憾的是,不仅孙中山先生的理想终未成为现实,南京所处的长江中下游地区也随即进入动荡时期,首先是迁都,南北和议后民国首都迁往北京,南京的首都建设受到一定的影响;其次,北洋政府时期,革命军和北洋军的战争中,南京又成为战场;再次,国民革命军北伐于1927年攻克南京,至此,南京已经历了政权的数次更迭。因此直到20世纪20年代,南京的现代城市

民国建筑依然是南京的独特景观　此现为工商银行大楼（陈涵摄）

规划才真正出现。而民国头十年的政治，对于南京来说最大的影响就是树立了南京作为革命政治中心的新的城市形象，代表建筑就是中山陵的营建。由设计师吕彦直设计的这座陵墓，已经超越了普通人墓地的基本功用，变成了中国现代民主革命思想的象征：

中山陵墓坐北朝南，占地8万多平方米。陵墓按行进序列依次建有牌坊、甬道、陵门、碑亭、祭堂和墓室。入口处的"博爱"牌坊是三开间的传统石牌坊式样，陵门为三拱石门建筑。主体建筑祭堂的平面为方形，并将四

角的石墩哭出，以哭破传统的框框，体现了西方古典石建筑形式的稳定与永恒性。建筑结构所用材料是现代的钢筋混凝土，但又不失传统风格。祭堂内部以黑色花岗石立柱及护墙衬托着中央孙中山的汉白玉坐像。该雕像由著名的雕塑家保罗阿林斯基在巴黎用意大利白石雕琢而成。进入墓室，中央围栏下，是日本雕刻家高淇精刻的孙中山全身大理石卧像。孙中山先生的遗体就一直保存在下面五米深处的长方形墓穴里。仰望墓室上方，不是常见的中国传统平顶天花，而是半球形的穹窿顶，色泽柔和，回音环绕，这

是典型西方石构建筑的造型,更具庄严肃穆的纪念性。

中山陵是中国近代建筑中的杰作,由吕彦直设计,其设计方案是竞赛中选定的。设计思想是把建筑融于自然环境之中,吸取了中国传统陵墓布局的特点,采取中轴线对称的布置方式,并具有西方石造建筑的永恒纪念性。总体布局规划注意结合山势,运用牌坊、陵门、碑亭等传统陵墓的组成要素,以大片的绿化地和平缓的台阶把各个尺度不大的个体建筑联成为大尺度的整体,取得庄严、雄伟的气氛。与古代帝王陵墓不同的是取消了石象生(如明孝陵的石人石兽),并打破了传统神秘、压抑的气氛,代之以严肃、开朗、平易近人的环境氛围。建筑的色彩也没有采用传统帝陵的黄色琉璃瓦

自然蕴于建筑——中山陵(作者摄)

和红墙,而采用蓝色屋顶灰白色墙身。

——周健民《从建筑档案看中山陵建筑》

从这段描述看,中山陵虽然也属于名人墓地,但他显然与历代帝王的陵寝有了本质差别,引入西方风格使得建筑整体带有浓重的现代色彩,这不仅是为了视觉效果,更是为了突出与传统帝王权力思想和等级秩序的不同,并且利用这座陵寝广泛传播孙中山的三民主义思想。

这其中蕴含的文化和政治内涵,也可以从一部《首都计划》中解读:

解放前,南京的城市规划共有7版。最有价值的,就是1929年版《首都计划》。

在它的指导下,南京出现了以中山大道为代表的林阴大道和中西合璧的近代建筑,形成今日南京老城的总体格局,初步呈现出现代都市的风貌。"1929年12月,《首都计划》完成,第二年正式由国民政府公布。"曾任南京规划局副局长、总工程师的麦保曾出生于1917年,不

但亲历了解放后的每一版南京规划修编，对民国时期的情况也很清楚。《首都计划》的指导思想是以欧美理念为主，辅以中国传统形制，共编制了28项规划内容，包括今后百年人口的推测、首都界线等。"其实，这到后面就改得一塌糊涂。比如中央行政区规划原先在中山门外紫金山麓，也就是卫岗一带。但后来，迁到了明故宫。"《首都计划》得以实现的最主要工程，是对路网的建设。为迎接孙中山先生的灵柩而开辟的中山大道，自江边中山码头经挹江门、鼓楼、新街口、中山门至中山陵，沿着道路两侧，陆续汇聚了国民政府的交通部、行政院、外交部、最高法院、立法院、司法院、监察院等。它和中央路，以及原有的中华路、御道街等组成了今天南京城市的基本道路骨架。此外，在城内分散地建造了一批行政办公楼房，山西路一带建设了高级住宅区，东郊中山陵—灵谷寺一带建造了运动场和纪念性建筑。这部民国时期编制最完整的城市规划，绝大部分内容，并未得到实施。特别是城市功能分区上，是落空的。"不光是社会动荡、战乱不断的原因。现在看来，规划里有很多地方太过理想化，难以实施。"麦老评价，但这并不影响它在城市发展史上的重要地位。毕竟，它初步奠定了现代南京城市的最基本框架。

——《南京：从〈首都计划〉到未来之城》，《现代快报》2009-09-21

从这个计划可以看出，民国时期的南京，在城市规划方面拥有特殊的地位，大大领先于国内很多城市。南京是一座历史名城，而且地形较为复杂，处在新旧之交的城市，需要重新加以规划。南京在此时，不仅是民国的首都和象征，还是一座名副其实的共和新城。对于现代的南京而言，《首都计划》虽然没有能够完全实施，但它对南京都市文化仍有重要的启示意义。正如孙科在序言中所说："首都之于一国，故不唯发号施令之中枢，实亦文化精华之所荟萃……其前途发展，殆不可限制。然正惟其气象如此之宏伟，则经始之际，不能不先有一远大而完善之计划，以免错误，而资率循。"20年代的首都计划，主要体现了对城市设计的完整性。在此之前，南京城市的设计还从未做过现代意义上的规划，明代初年的设计虽然比较全面，但那已经是古代社会背景下的设计了。而今，南京城市的功能和结构已经发生了重大改变，最突出的就是现代社会对城市的要求，不仅仅是政治功能的完备，社区和住宅、道路系统、对外交通和联系、各种公用设施均需统一设计，这不但需要设计者通晓城市规划原理和建筑学，更需要对城市文化和历史有充分的了解。

《首都计划》是对南京城市布局的一次全新规划，其背景就是民国现代政治的建立。而中国的党派政治又决定了这份城市规划不可避免地掺杂了过多的政治色彩，正如学者所言："从内容上看，该计划不仅折射出西方现代城市的规划思想，也承载了中国人在动荡不安的状态下对未来生活的一种美好想象。不过，在首都币要地区(如中央政治区)和城市建筑风格方面，《计划》又意图巩固党国的权力布局和加强党记意识形态。"(董佳《缔造新都：民国首都南京的城市设计与规划政治——以1928—1929年的首都规划为中心》)这是该计划的本质特征，也是不可避免的考虑。1949年以后的北京城市设计也有类似的因素。但是，根据这份规划所进行的城市社区改造确实影响深远。比如对道路布局的重新设计，像保留至今的中山大道，不能不说这是现代南京最为成功的景观道路，它是南京得以跻身现代化都市的标志之一。研究者还总结道："1927年后，南京成为国民政府的首都，随着模范首都建设工程的推展，城市住宅建设成为市政工程、更成

玄武湖胜景（陈凌波摄）

为国家形象工程的重要组成部分。《首都计划》对城市住毛进行了详细规划与分区，南京市政府随之开展大规模的城市住宅建设。住宅规格的高低决定了各区域的居民构成与社会分层，南京城市住宅空间的布局也随之由传统的以自然化分区为主，向以社会分层化为主的空间布局转型。显然，现代国家权力对城市空间的建设、控制与改造是极具深度的，它不仅影响到居民生活、城市形象，更影响到社会分层与空间转型，这是现代性的重要体现。"（陈蕴茜《国家权力、城市住宅与社会分层——以民国南京住宅建设为中心》）这个评述是较为准确的，现代城市设计中最能体现文化特色的除了显而易见的公共建筑外，民居的现代化更为复杂和艰难，因为它涉及几代人固有生活方式和观念的转换。北京的四合院承载了皇城最悠久的民间文化传统，但却难以满足现代文明的需求，在北京举行奥运会前夕，市政府对其加以改造，才使得部分四合院得以延续下来。南京的明清旧式住宅现在大多已不复存在，但人们已经接受了现代住宅，实际上也就是接受了与之相联系的现代生活方式。这个缘起就是当年的《首都计划》。但是，这个方案对社会文化阶层的考虑也有很大的不足，正如文章作者所指出的："南京

城市住宅的空间分区与居住空间分异折射出了明显的社会分层，反映了政府的空间策略影响并改变着城市空间格局，即住宅空间布局由传统的以自然化分区为主、向以社会分层化为主的空间转型，西式的、现代的洋房成为文明、高雅的住宅典范，并成为主流住宅形态以及首都形象空间的代表。南京城原来繁华的城南在规划为第三住宅区后日益衰落，曾经是世家大族与世商豪富聚集的地区已经不再，转而成为衰落、破败的地区。新兴的豪门大族不再以此为居住地，城市中心向北转移。南京住宅发展与社会分层化过程，折射出现代国家权力对城市空间的建设、控制与改造是极具深度的，

背影——浦口火车站（陈涵摄）

它不仅影响到居民生活、城市形象，更影响到社会分层与空间转型，是现代性的重要体现。"（陈蕴茜《国家权力、城市住宅与社会分层——以民国南京住宅建设为中心》）这表明，过于注重社会上层的设计也是政治文化偏向性显著、不够成熟的体现，南京在民国时期的规划最后难以实施，与此不无关系。

民国南京的建筑和城市规划最为人所津津乐道，南京的中山大道，沿路可以看到很多民国时期的建筑，现在仍在使用，像现新街口的邮局、现工商银行和中国银行大楼，据《扬子晚报》报道，目前在新街口仅存的民国建筑有4家，分别是原民国时期的"国贷银行"、"浙江兴业银行"、"国贷银行"、"中央通讯社大楼"。其他有名的如总统府、梅园新村、颐和路公馆区、中央饭店、美龄宫……加上绿茵婆娑的梧桐树，从中山码头到中山陵，几乎就是一部民国史。笔者查阅资料得知，包括吕彦直、杨廷宝、赵深、童寯、陈植、刘敦桢、徐敬直、李宗侃、奚福泉等在内的众多著名建筑设计师在南京活动过，因而作为首善之区的南京城内，留下了大型行政办公建筑、纪念建筑、商业建筑、文教建筑、教会建筑、使领馆建筑、住宅洋房等各种建筑类型。尽管建国后因为种种原因拆毁改建了不少，但至今所保留下来的依然有很多建筑精品。

民国时期的南京，不仅留下了许多中西合璧的建筑，还有颇富争议的城市文化。之所以说其复杂，主要是指三个方面：一是城市的定位和规划设计，作为一座古老的旧都，南京已经形成了较为成熟和相对固定的格局，但是现代化就意味着必须有所改变，民国的南京建设总体上是成功的，但很多问题并未来得及解决。二是城市的文艺特征，是否具有南京本土特色的文学和艺术流派。三是人口结构和南京的日常生活，民国的历史对南京究竟有多大的影响，这些都值得推敲。下文是一位现代文学的研究者从民国文学出发对南京文化的探讨：

在民国以来的新、旧和通俗三种文学形态中，南京都呈现出优美的自然风貌和丰厚的历史底蕴。在旧文学作品中，文人以简练的字句，概述了南京历经沧桑存留下来的历史遗迹，从中引申发挥出"士"对于天下兴亡、民族危机的强烈忧患意识，多需结合当时社会背景和作者经历进行分析。其中记游诗多带有旧式文人的闲情逸趣，借景抒情是诗人常用的手法旧体诗词风格多变，有唐诗般的圆润蕴藉，也有宋诗般的枯硬冷直，是古典文学创作不断延续的流脉。新文学作品和通俗文学作品中的南京具有两面性，作者以现代文明来规范南京文化，既有思想意识的前卫性，又不得不忍受南京观念的保守性。无论在哪种文学形式中，南京的城市自然形象都是富有独特魅力的，在历史长河中沉淀下来的四季山水，不仅带有自然风味，更容易让赏鉴者联想到其背后的历史传说。而社会环境则不尽然，新文学作家笔下的南京生活表明了他们对南京城市公共设施落后的失望和对南京人根深蒂固的保守品性的厌弃。旧文学作家们感时忧国，在旧时宫廷楼阁面前寄托自己的儒家理想和政治理念，

作品具有较阔大的意境；新旧文学家们面对自然山水、田园抒情写意，作品中展现出隐逸与超越的意境；这两类作品让人充满审美感受和阅读趣味。当作品主题集中在现实生活和物质欲望上时，以市井里巷和粗粝人生为场景，虽留下了这一时期社会生活面貌，却让人难以感受到其在文学上的价值。

——张勇《论南京城市文化的传统与变革》

实际上，南京甚至江南地区的其他城市，在政治上作为首都是有很多

总统府——民国历史的见证者（作者摄）

问题的，历史上中国的政治中心多在北方，而军事上的威胁也主要来自北方，由此，北方形成了传统的政治文化环境。江南城市地处人口密集的几个省份，在经济和文化资源已经非常集中的情况下，如果再承担起政治中枢的职责，势必导致城市功能的过度集中，这对于今后城市的发展是不利的。因此说，现代中国的政治家还是会有很多人选择北方作为建都之所。民国之初建都，一开始投北京的票比南京的要多得多（主张建都北京的20人，主张建都南京的8人），这还是同盟会为主导的临时参议院，这说明人们对于统一中国的首都是有传统意识的，当然不是"南京王朝皆短命"这么简单。事实上，20世纪的最后几年，长三角城市群的发展已经证明了这一点。城镇化的模式不是单一的，江南没有成为国家政治中心，这也许有着更为深远的意义。"首都"在中国文化中的地位已经远远超出了城市功能本身，而江南的城市没有成为首都，是有一定历史和文化必然性的。

城市日常生活中的诗意

前些时候在《先锋中国评论》上有文章对南京目前的城市地位作如下评论："在从政上敌不过苏北人，经济上玩不过苏南人，南京忍辱负重地做了首府。大江南北的争斗中，南京人尴尬地挤中间，一会儿是北方人，一会儿是南方人，做不出领头羊的姿态，好处没得，沾了一身腥，还不忘憨笑两声。"（《先锋中国评论》2007年7月）这似乎把南京定义了为一个没有文化而强装有文化的城市，然而事实果真是这样吗？实际上在我看来，此类描述看上去似乎很有道理，但却存在着一种文化上的误区。那就是把城市的文化生活用一种政治独断论解释，简单地用政治和经济因素来判断复杂的城市生活。

南京究竟是怎样一座江南的城市？不同的人会有不同的感受，但是，有一种气质却是千百年来久久回荡于南京城市生活中的，这就是它融入日常生活的诗意和审美精神。这才是它真正的个性与城市形象。

石头、剪刀、布，南京人又称包、剪子、锤，几乎每个小孩子，在童年的时候都有过以此来定输赢或定先后的经历。记得我小的时候，也经常和小伙伴兴高采烈地这样玩，一局不行就三局两胜，那种专注的神情，除了孩子般的天真，大概更多的是无忧无虑和享受游戏的快乐。这种不带功利色彩的纯朴几乎是任何高科技游戏所无法代替的。

当时,我和小伙伴在许多游戏正式开始前,为了定先后顺序,常常就采用猜拳的方式。有的小孩子还会耍赖,就是在出拳的时候故意慢一点,这便会招来大家的指责。而聪明一些的孩子,又会利用对手在出招前短暂时间内手形的变化猜出对方的意图,所以大家在比赛前通常要求手背在身后,喊"一、二、三"一起出招。到后来,觉得两个人猜拳不过瘾,我们又发展成多人同时猜。多人猜拳可就不像前文所说的那样一招克一招了,而是先淘汰和多数人出不同招数的,直到剩下最后两个人,再用传统的方法一决胜负。

我想,在大多数时候,我们也许并不那么在意猜拳的输赢,从中体会到的往往是最单纯的解决问题的过程。很多事情在理不出头绪时,借助这个小游戏就能一下子摆脱麻烦,这又何乐而不为呢?

博弈游戏在我国民间流传很广,主要原因在于规则简单,玩起来很方便,而且具有一定的悬念。石头、剪刀、布只是博弈游戏之中的一种。传统的博弈游戏还有很多,比较有代表性的当属划拳行令了。严格说石头、剪刀、布也算一种较为简单的划拳。

现在,人们已经大多不再划拳行令,一则是忙碌和紧张,需要更加刺激和复杂的游戏来放松;另一个原因是长期以来,划拳行令与赌博相联系,特别是酒桌上的划拳被看作一种陋习,故此受到人们的鄙视。但是,客观地讲,划拳行令在一定程度上有其自身的文化底蕴,如果我们仔细考察的话,会觉得别有一番滋味。

在古代,划拳行令十分普及,无论是达官贵人或是平民百姓都乐此不疲,而且一般在酒桌上进行,猜拳和行令通常是结合在一起的。古典小说《红楼梦》中,就对行令有详细的描述。在第四十回《史太君两宴大观园 金鸳鸯三宣牙牌令》里,鸳鸯等人为了捉弄刘姥姥,在席间行酒令。原文是这样描述的:

鸳鸯道:"如今我说骨牌副儿,从老太太说起,顺领说下去,至刘姥姥止。比如我说一副儿,将这三张牌拆开,先说头一张,次说第二张,再说第三张,说完了,合成这一副儿的名字。无论诗词歌赋,成语俗话,比上一句,都要叶韵。错了的罚一杯。"众人笑道:"这个令好,就说出来。"鸳鸯道:"有了一副了。左边是张'天'。"贾母道:"头上有青天。"众人道:"好。"鸳鸯道:"当中是个'五与六'。"贾母道:

"六桥梅花香彻骨。"鸳鸯道:"剩得一张'六与幺'。"贾母道:"一轮红日出云霄。"鸳鸯道:"凑成便是个'蓬头鬼'。"贾母道:"这鬼抱住钟馗腿。"说完,大家笑说:"极妙。"贾母饮了一杯。……下便该刘姥姥。刘姥姥道:"我们庄家人闲了,也常会几个人弄这个,但不如说的这么好听。少不得我也试一试。"众人都笑道:"容易说的。你只管说,不相干。"鸳鸯笑道:"左边'四四'是个人。"刘姥姥听了,想了半日,说道:"是个庄家人罢。"众人哄堂笑了。贾母笑道:"说的好,就是这样说。"刘姥姥也笑道:"我们庄家人,不过是现成的本色,众位别笑。"鸳鸯道:"中间'三四'绿配红。"刘姥姥道:"大火烧了毛毛虫。"众人笑道;"这是有的,还说你的本色。"鸳鸯道:

"右边'幺四'真好看。"刘姥姥道:"一个萝蔔一头蒜。"众人又笑了。鸳鸯笑道:"凑成便是一枝花。"刘姥姥两只手比着,说道:"花儿落了结个大倭瓜。"众人大笑起来。

这段描写中贾府众人行的酒令就是比较典型的一种,看上去似乎很复杂,实际上主要是以押韵为主,因此尽管刘姥姥说的都是大白话,但由于大体上符合押韵的规则,也算对上了。而其余人则更多的是引用诗词歌赋或是戏剧唱词中的名句,所以看上去十分优雅。

划拳行令在酒席宴间进行,主要还是调节气氛,以助酒兴。对于平常人,特别是少年儿童,还是以猜石头、剪刀、布为主,这样既无伤大雅,又不涉及赌博,特别是在双方为某件事僵持不下,而这件事又不牵涉到大是大非的时候,往往以这种看上去相对公平的方式决定了。

中华民族之所以如此喜欢这些猜拳博弈游戏,与自己的生存环境是不无关系的。自古以来,中国一直是一个农业社会,其生产的环境和条件

《红楼梦》连环画　上海人民美术出版社

又非常恶劣，很多情况下只能靠天吃饭。大自然的规律很难掌握，因此人们对未来的日子总是存在许多猜想。眼下的日子可能很艰难，但有了对未来的美好憧憬，生活便有了希望。加之频繁的改朝换代，"王侯将相，宁有种乎？"很多人相信自己的命运不是固定不变的，也许一个突如其来的机会，可能就会令人飞黄腾达，而猜拳博弈，正象征着这种猜想。大约对于生存环境相对封闭的农业民族而言，生活状况的突然变化多半只能归结为是一种可以猜中的机遇了。

有时候我会想，如今我们游戏的方式应该是更加多样化了，坐在电脑前，各种逼真、复杂的游戏比比皆是，极尽人类想象之能事。电视上，各类"真人秀"的游戏也在吸引人们的眼球。走出家门，林林总总的娱乐场所，游乐设施似乎也很丰富，但细细体味，这其中似乎缺少了点什么。我觉得，所有这些现代化的游戏，几乎都是建立在科技飞速发展基础上的。无论是迪斯尼的乐园所营造出来的梦幻，或是变形金刚所体现出的对机器人的想象力，客观地说都离不开技术的发展。我们在享受这些技术所带来的快乐的时候，也不应忘记那些古老的游戏，比如像石头、剪刀、布这样简单的猜拳博弈。这些游戏蕴藏着许多祖先留下的

文化记忆，而这正是东方民族特有的享受生活的方式。

在很多年后，我发现，现在的中学生依然没有舍弃这个传统的游戏。当他们在为某件事情僵持不下的时候，采取的办法依然是猜拳。当石头、剪刀、布出现在他们手中的那一刹那，我忽然明白了：这种记忆原来是不会随着岁月的流逝而褪色的，无论社会怎样变迁，生活如何变化，那些从祖先处传承下来的游戏永远会为他们的子孙所津津乐道。

现如今，可能很难再见到人们乐此不疲地玩猜拳博弈类的游戏了，可是，在很多带有博彩性质的彩票、抽奖之中，仍然能够看到博弈古老的影子，只是他们已经改头换面，变得更加现代化了。有时候，当我闭上眼睛休息的时候，耳边隐隐约约地仿佛还能听见那熟悉的声音："包、剪子、锤……"

在南京过往的历史中，常常酝酿着一些生动的细节，为人们勾勒出这座诗意之城的图像。

到了现代，为南京留下最为动人笔墨的当属朱自清了，他的《桨声灯影里的秦淮河》和《南京》两篇文字几乎成了现代南京诗意生活的写照。尽管秦淮河的现状已非旧时可比，但依旧是南京的标志性景观。

朱自清上来便写到秦淮河胜于其

它各处："秦淮河里的船，比北京万生园、颐和园的船好，比西湖的船好，比扬州瘦西湖的船也好。这几处的船不是觉着笨，就是觉着简陋、局促；都不能引起乘客们的情韵，如秦淮河的船一样。"这"情韵"二字，实在是道出了秦淮河的与众不同之处，它是生活之艺术，又是艺术之生活。

说它是生活之艺术，是因为秦淮河的两岸南京市井人家早已不是什么名门望族，他们都是最普通不过的寻常百姓，但依傍着这条诗意之河，生活中就有了艺术气质。张岱在《秦淮河房》之中写道："河房之外，家有露台，朱栏绮疏，竹帘纱幔。夏月浴罢，露台杂坐。两岸水楼中，茉莉风起动儿女香甚。"君不见，便是夏日河边微微的凉风之中，也弥漫着脂粉之气，怎不叫人心醉？我们可以想见，当秦淮河中的画舫徐徐靠岸之后，人们轻摇折扇，来到一座红墙绿瓦的酒楼之中，摆下一桌酒菜，酒过三巡，菜过五味，随着歌女悠扬的琵琶声渐入醉境。这是何等的潇洒与悠然！曾在南京城居住的作家吴敬梓在《儒林外史》中描写到杜慎卿见两个挑粪的准备去雨花台看日落，不禁感慨道："真乃菜佣酒保都有六朝烟水气，一点也不差！"日常生活到了如此境界，恐怕只有南京的市民可以做到吧。关键在于，这不是刻

意营造出的风雅，而是渗透于生活习惯中的怡然与自得。

南京居于南北要津，此处似乎不拒绝任何一种口味，无论是酸甜咸辣、煎炒烹炸，南京人的食谱都不会拒之于千里之外，桌上总是兼容各方菜系。朱自清先生曾写道："南京茶馆里干丝很为人所称道。但这些人必没有到过镇江扬州，那儿的干丝比南京细得多，又从来不那么甜。我倒是觉得芝麻烧饼好，一种长圆的，刚出炉，既香，且酥，又白，大概各茶馆都有。咸板鸭才是南京的名产，要热吃，也是香得好；肉要肥要厚，才有咬嚼。但南京人都说盐水鸭更好，大约取其嫩，其鲜；那是冷吃的，我可不知怎样，老觉得不大得劲儿。"，南京的美食多是小吃，他所描写的干丝和烧饼实在只是冰山一角而已，更多的如鸭血粉丝汤、辣油馄饨、油炸臭干、糖芋苗、鸡汁回卤干、豆腐脑就葱油饼等，不仅爽口，而且做得精致，因此吃不惯盐水鸭的朱先生也能找到合乎自己口味的佳肴就不奇怪了。总的来说就是人人各得其所，每一种大菜、卤菜和小吃皆可入口，无特色也就是最大的特色。现在的南京似乎不拒绝任何一种口味，无论是酸甜咸辣、煎炒烹炸，南京人的餐桌都不会拒之于千里之外。南京的美食多是小吃，除了朱自清先生曾写过的干丝

金陵味道（作者摄）

和烧饼，更多的如鸭血粉丝汤、辣油馄饨、油炸臭干、糖芋苗、鸡汁回卤干、豆腐脑就葱油饼等，不仅爽口，而且做得精致，因此吃不惯盐水鸭的朱先生也能找到合乎自己口味的佳肴。总的来说就是人人各得其所，每一种大菜、卤菜和小吃皆可入口，无特色也就是最大的特色。笔者曾到过南京夫子庙的著名店家"奇芳阁"，饭店的陆总就介绍了最为普通但十分著名的"鸭油酥烧饼"和"麻油干丝"，二者相得益彰，需配合入口。我以为，这看起来只能谓之"小吃"的两般食物，其实正是江南日常生活中最典型的味道：前者香酥可口，后者柔韧味醇。这正是江南的精神。

说它是艺术之生活，是因为南京的城市生活细节中有许多其实有着

"艺术之核"，比如南京的山水城林，可谓相互交融，山在城中，城在林中，城中有湖，河湖相伴。

莫愁湖位于南京城西，全园的面积约54公顷，湖面约37公顷。它的历史已有1500多年，最早可以追溯至六朝。当时名曰"横塘"，由此可见，莫愁湖的水面是不能和很多名川大湖相比的。但是，莫愁湖的传闻确实起于六朝。传说中的"莫愁"是位少女的名字，她是河南洛阳人。幼年丧母，与父亲相依为命。很多传说中的主人公都有类似的坎坷身世，莫愁也不例外。贫苦出身的小莫愁聪明伶俐，采桑、养蚕、纺织、刺绣样样都行，诗文也能吟得一些。日子虽然清苦，倒还能够维持。然而，不幸接踵而至，十五岁那年父亲在采药途中坠崖身亡，她只能选择卖身葬父。这条路似乎决定了小莫愁的悲惨命运，当时正好在洛阳的卢员外买了她做儿媳，这在古代是很常见的现象。嫁到卢家后莫愁便来到了建康，谁知更加曲折的命运还在等着她，据说有一次，她竟然偶遇梁武帝，被这位皇帝看上而用阴谋抢入宫中，丈夫也被害死。于是，悲愤的莫愁投石城湖而死。很多乡邻经常受莫愁的帮助，他们听到这一噩耗，纷纷赶到湖边来悼念这位淳朴善良的莫愁女，于是老百姓便把石城湖改称莫愁湖了。

这个故事自始至终都是充满忧伤的，莫愁这个名字也没有给主人公带来什么无忧无虑的人生，可是，人们希望莫愁的想法却是古今同一的。这才会赋予莫愁女这样美好的名字。

其实，仔细解读这个故事，会发现它不一定就是历史真实。老百姓的愿景是和睦美满的生活，当这些难以实现的时候，自然需要传说故事来进行心理上的慰藉，而莫愁女的遭遇便是一个典型。离奇的经历当然需要反面形象，梁武帝不幸就成为了这个大反派，因为他有权有势，历史上名声不太好，似乎做这个角色最合适。如同我们不太相信那些官修的正史一样，其实民间的传闻有很多也不可信。史书里的梁武帝萧衍被写得太好，而民间他又被传得太坏。尤其是梁武帝曾有首诗《河中之水歌》："河中之水向东流，洛阳女儿名莫愁。莫愁十三能织绮，十四采桑南陌头，十五嫁为卢家妇，十六生子字阿侯。卢家兰室桂为梁，中有郁金苏合香，头上金钗十二行，足下丝履五文章，珊瑚桂镜难生光，平头奴子擎履箱。人生富贵何所望，恨不早嫁东家王。"这样的诗文成了梁武帝的所谓罪证。而如今，莫愁女的塑像已成为南京的标志之一，我想恐怕没有多少人会听史学家的考证了：其实六朝时大江依旧奔流的这里还没有湖泊。

莫愁湖形成于唐代，乃因泥沙淤塞而成。著名的《长干曲》讲的就是横塘发生的故事，诗人崔颢写道："君家何处住？妾住在横塘。停船暂借问，或恐是同乡。 家临九江水，来去九江侧。同是长干人，自小不相识。下渚多风浪，莲舟渐觉稀。那能不相待？独自逆潮归。 三江潮水急，五湖风浪涌。由来花性轻，莫畏莲舟重。"这是写两位同乡的偶遇，关键在于：其中提到的"横塘"是否就指莫愁湖，人们有争议，因为长干里在南京城南，而莫愁湖在城西，"同是长干人"便有了一点疑问，这当然是文史考证方面的问题。在我看来，其实并不要紧，都是金陵人氏，即可称作同乡，在异地相逢，自然别有一番滋味。

直到宋代，莫愁湖的名声才渐渐传扬开去。真正让莫愁湖从此在历史上地位稳固的事件是明初的君臣对弈，很遗憾，这仍然是个杜撰，并非真事。朱元璋和徐达在湖畔的楼上下棋，和皇帝对弈，一般臣子不敢求胜，这是规矩，徐达也不例外。若要逞强，下场极其悲惨，慈禧当政时就杀过和她下棋的太监，绝没有像相声《君臣斗》里面说的那么有喜感。因此，每次下棋都是徐达输。这就让朱元璋很不高兴，觉得徐达没有拿出真本事，是在敷衍自己，说得严重点就是欺君。于是朱元璋站起来，脸色一沉说道："徐爱卿，都说你棋艺高超，朕看你每次下棋都故意输给朕，朕赢了也不光彩，你这样做是犯了欺君之罪！"吓得中山王赶忙跪下。朱元璋心里明白徐达为什么这么做，他命令道："今天你要使出真本事与朕分个高下，无论输赢朕都高兴。"这次两人杀得难解难分，渐渐地皇帝占了上风。其实，从徐达内心深处，他知道真赢了的话，皇帝未必会高兴。俗话说伴君如伴虎，皇帝的心理很难猜度，一时不慎就会祸及满门。因此不可能真像皇帝说的无论输赢都会皆大欢喜。想必这时的徐达最紧张的，就是要想出一个即不赢棋、又能让皇帝高兴的方法，据说结果是出人意料的，朱元璋经过一番较量终于下赢了这一局，但徐达却又跪下了："请陛下细看棋局！"朱元璋这才发现，棋盘上的棋子竟然被摆成了"万岁"的字样。听到此处，不由得使人感叹徐达的聪明，朱元璋哪能不高兴呢？他喜出望外，不禁赞叹徐达确实棋艺过人，他便将这座楼赐给了徐达，命名为"胜棋楼"。我们大多数人听这个故事，都会感慨徐达的智慧和君王的残暴多疑，但据史家考证，这

湖柳如烟，湖云似梦，湖浪浓于酒（作者摄）

也是一个传说而已。当时的莫愁湖一带一片荒凉，没有什么亭台楼阁，并且朱洪武还下过禁棋令，自然不会有这段君臣对弈的所谓佳话。仔细一想也是，似这般活灵活现展现的细节多半不是真实的，就好像鸿门宴一样，司马迁也没有亲眼得见，但我们宁愿相信项庄舞剑就是意在沛公。历史的真实和民间的传说界限本就很模糊，而老百姓更愿意相信那些生动的故事，并不在意是真是假，就像人们认为唐伯虎就该风流点秋香一样，莫愁湖这么感性的名字，哪能没有几段辗转动人的传奇呢？

当然，莫愁湖到了近代，也有一些真人真事被人们记住。比如王湘绮改联的一则。曾国藩的部队打败太平军攻克南京后，清理整修莫愁湖，请王湘绮写对联一副，他写道："莫轻他北地燕支，看画艇初来，江南儿女无颜色；尽消受六朝金粉，只青山依旧，春来桃李又芳菲。"这副对联从本意上讲当然是夸赞莫愁女风华绝代，堪比江南佳丽，但却触怒了本地势力，舆论一时大哗。究其原因，无非有不平之意：洛阳莫愁女，怎好比过江南众佳人？于是群起攻之，使得王湘绮被迫修改了对联："无颜色"改为"生颜色"，"青山依旧"改为"青山无恙"，方能挂进莫愁湖。其实，对联本身应无刻意贬低江

南女子之意，但是江南文士也是轻易惹不起的，这是一桩地道的笔墨官司，是说不清的，很多人对此有争议。但有一点，在江南的土地上，类似的文字纠结确实不少。

说也奇怪，有关莫愁湖的见闻大多很有意思，值得玩味一番。不是云雾缥缈的故事传奇，就是充满雅趣的诗文楹联，这似乎是一座为江南而生的水塘。莫愁湖还有一些对联："感江上石头，抵不住迁流尘梦。柳枝何处？桃叶无踪。转羡他名将美人，燕息能留千古迹。问湖边月色，照过了多少年华。玉树歌余，金莲舞后。收拾这残山剩水，莺花犹是六朝春。"这是曾广照所作的。其中用典颇多，皆和南京古城或历代名人有关，"柳枝"是唐代韩愈的侍姬，"桃叶"是东晋王献之的小妾，"玉树"是南唐李后主所制歌曲《玉树后庭花》，金莲舞出自《南史·齐记下·废帝东昏侯》，齐东昏侯萧宝卷"又凿金为莲华（花）以贴地，令潘妃行其上，曰：'此步步生莲华（花）也。'"莺花之语出自丘迟《致陈伯之书》："暮春三月，江南草长，杂花生树，群莺乱飞"。这副对联字数不多，却充满诗意，残山剩水是六朝江南给人们留下的一卷读不完、看不透的册页。这里面道出了无尽风流。"粉黛江山，留得半湖烟雨；王侯事业，都

如一局棋枰。"这副对联使莫愁湖平添了几分沧桑感，这一洼水塘，既看到了金陵城的兴衰过往，又见证着这个古老民族的历史变迁。自六朝以来，人们总是在指责和批判江南的烟花芳草，说它们湮没了英雄气和豪情壮志。其实，留不住的是那些帝王将相、功名大业，只有衰草枯黄依然在诉说曾经的荣华。其他值得一提的对联还有翁传照的："女唤莫愁，湖唤莫愁，天下事愁原不少；王宜有像，侯宜有像，眼中人像此无多。"刘铭传的："画栏日暮起东风，棋声吹下人世；大地春归如断梗，江流淘尽英雄。"这些也堪称是名联了。人们在莫愁湖感慨的，多是江山易代，霸业不存。殊不知，静静的莫愁湖风景依旧，迎来送往，它不再面对荒滩衰草，而变成了一个南京城市的文化符号。它是著名的"金陵四十八景"之一，名曰"莫愁烟雨"，有"荷亭消暑，柳岸追风"的景观。

现如今，莫愁湖已在南京城中，随着城市的扩张，它已不再被视为郊区，而成为城中之湖。现在的莫愁湖，已不是王侯将相独享，它是市民小憩的绝佳去处。我一直觉得，南京不缺好山好水，但若没有了莫愁湖，似乎会少了很多烟雨之色。很多文人墨客都喜欢在莫愁湖畔吟咏，这并非横塘的专利，但是和很多名湖如西湖、洞庭相比，莫愁湖当然不够大气，也算不上惊艳，但是它温文尔雅，在古城之侧自有一种淡泊之情调，恰与南京的疏朗平和相衬。周紫芝在《水调歌头·丙午登白鹭亭作》中说得好："岁晚念行役，江阔渺风烟。六朝文物何在？回首更凄然。倚尽危楼杰观，暗想琼枝璧月，罗袜步承莲。桃叶山前鹭，无语下寒滩。　潮寂寞，浸孤垒，涨平川。莫愁艇子何处？烟树杳无边。王谢堂前双燕，空绕乌衣门巷，斜日草连天。只有台城月，千古照婵娟。"人们喜欢的不正是这种恬静和悠远吗？这是莫愁湖的风雅。每年春天，莫愁湖的海棠花开的时候，似乎人们漫步湖边，望着一池碧水，感受着和煦春风，眼前杨柳依依，真的就好像忧愁全消。

遗憾的是，莫愁湖不再安静了，它的周边现在是闹市，一栋栋高楼已经围住了莫愁湖，有人戏称这一地区为"洗脚盆"。其实这是个无奈的称谓，人们虽然不希望莫愁女待在这样的环境中，但却无法逆转城市日益变迁的事实。再快的发展，也不能没有一处让心绪沉静下来的小院，而莫愁湖正是这座别致的城市花园。写此文时，正好看到媒体报道说莫愁湖边开了并蒂莲，这是数十年来的头一遭。虽然不过是生物界的一种现象，但人们还是会把它和莫愁女联系起来遐想不已。毕竟现实总是残酷的，人生"不如意事常八九"（方岳诗），而莫愁女的脚下此时竟开出了并蒂莲，也许是在呼应着人们的希冀吧。

其实江南一带的夏天，真正意义上的酷暑大概只有那么一个多月，与北方的燥热不同，江南的初夏，由于湿气较重，在梅雨期间，人们感觉到的是一种闷热。在南京这样古老的城市中，屋舍交错，树影婆娑，一旦入梅，便是户户房檐滴水，整座城市如同浸泡在水中一样了。在梅雨天里，那雨水淅淅沥沥总也不见停，待在家中，雨声时时萦绕在耳际，这种感受倒也很

难得。刚一开始，似还有些怨气，外出的脚步竟被梅雨挡住了，可时间一长，待心情平静下来，倒觉得这雨天有几分别致了，夜晚坐在窗前，窗外的雨水显得亲切了许多，一切喧嚣与嘈杂顿时消散得无影无踪，只有时松时紧的雨声仿佛在诉说着江南城市的过往。我忽然间明白了，这大约就是韦庄所说"画船听雨眠"的意境吧。

梅雨期间，天气闷热、潮湿，物什易生霉。更为奇特的是，有时烈日当空，雨却仍旧下个不停，真正称得上是"东边日出西边雨"了。记得我小的时候，家里住的是典型的南京城南的那种

烟雨江南梦归处（陈涵摄）

平房，而房子偏又朝西，每当梅雨季节到来的时候，家里地面上总是湿漉漉的，叫人觉得不舒服，似乎感到周围的一切家具都带着水气。如果是下午时分雨后日出，灼人的阳光直射进屋中，那时，大约只剩下汗涔涔的感觉了。

但正是梅雨赋予了南京与众不同的历史文化气息，都说金陵是"六朝烟水"之地，这怕是多少也和梅雨有些许关系。像南京这样的江南古城，梅雨并未冲刷去历史的沧桑，倒在水气雾霭中增添了几分对过往的追怀。在雨丝中，我们依稀可以望见那王谢故居，秦淮画舫，还有低头吟唱的李后主，轻启朱唇的柳如是。有时我想，这番城市的记忆该是永久地保存在梅雨中罢，但愿不要失落它才好。

梅雨时节的诗意当然不仅指那些凝结于文人墨客笔端的情结，还蕴含着一种对开阔明亮之境的向往。在梅雨之中的人们，往往企盼着雨过天晴，即使梅雨过后到来的是伏旱酷暑，也觉得比这种"淫雨霏霏，连月不开"的湿热来得要舒坦，因此，人们往往于"出梅"之后的晌晴天把衣物拿出来在热辣辣的太阳下暴晒，那便是享受一种长久不遇的畅快。

南京已经很久没有下过大雪了。其实，这倒不是说这几年一场雪都没有下，只是真正意义上的大雪很难见到。偶尔下场雪，刚落到地面不久便化成了水，而人们对雪的美好希冀也随之渐行渐远。尽管如此，江南地区的人们，在这个南北交界的地带，依然能享受到雪趣。

在我的印象中，下雪必须是那种如鹅毛般的雪花，纷纷扬扬地从天上落下。出门的时候，脚踩在雪地上能够发出"咯吱咯吱"的声音，虽然行走不便，但那种声音听上去依然是那么悦耳。古人说："忽如一夜春风来，千树万树梨花开。"我觉得，这个境界应当是这样的：傍晚的时候，天空中铅云密布，雪花开始稀疏下落，渐渐地，小雪花变成了雪片，悄无声息地覆盖大地，然后就是在昏黄的路灯灯光下看到雪在不停地下，一夜醒来推窗远眺，四外已是银装素裹。这种感觉是多么美妙呀！

大人与孩子，对下雪的感受是不同的。孩子们看到大雪飘落的时候，总是会显出欢欣鼓舞的样子，因为这意味着一场同雪的游戏即将拉开帷幕。打雪仗是一定的了，通常只要地面上的雪积到一定程度，哪怕仅仅是薄薄的一层，就足够了。孩子们分成两方，摆开战场。战斗的武器就是雪球。搓雪球也有一定的技巧，因为雪球要搓成圆形，而且不能散。这就必须用雪不停地搓，直到一个圆圆的雪球固定下来，然后瞄准对方扔过去。一旦打中，同组的孩子都会爆发出一阵欢呼，仿佛是真正的战争已经取得胜利似的。而被打中的一方也会不失时机地还击。一时间雪球飞来飞去，那情景十分有趣。

雪球一般是不会打伤人的，但有时雪凝固成冰，打在人的脸上还是有些疼。年龄稍小的孩子，不免会被打得哭起来，可是，疼过之后依然会劲头十足地投入战斗。这兴许就是人们所说的童年的乐趣吧。我想，这种乐趣应当是最纯净的，不掺杂一点功利的色彩，完全是身心放松、无忧无虑的打闹。

稍微安静一些的游戏就是堆雪人，这可就需要一点儿耐心了。几个人用锹堆成一个大圆堆，这就是雪人的身子。接着在上面堆一个小圆堆，这是雪人的脑袋。然后用一根胡萝卜插上去作为鼻子，眼睛可以用两个小煤球来做。倘若再细一些的话，还可以做嘴和耳朵。最后不知是谁，找来一顶破草帽往雪人的头上一戴，一个胖乎乎的家伙就这样呈现在眼前了。

在南方，是不容易见到雪橇的，雪橇其实是北方民族在雪地上行走的交通工具。南方因为气候的原因自然是没有的。但聪明的孩子也能想出办法来体验坐雪橇的情趣。他们用板凳倒扣在地上，用一根绳子系在上面，就成了最简易的雪橇。一个在前面拉，一个坐在上面，那样子倒也十分快活呢。

更复杂一些的是在雪地中捕鸟，老实说这个我没有见过，但是小时候学鲁迅的文章，却也知道有这么一回事。那是在《故乡》一文中，鲁迅写道：

第二日，我便要他捕鸟。他说：

"这不能。须大雪下了才好。我们沙地上，下了雪，我扫出一块空地来，用短棒支起一个大竹匾，撒下秕谷，看鸟雀来吃时，我远远地将缚在棒上的绳子只一拉，那鸟雀就罩在竹匾下了。什么都有：稻鸡，角鸡，鹁鸪，蓝背……"

我于是又很盼望下雪。

鲁迅先生的描述不可谓不生动，我们在读到这一段时，脑海中大约都能出现一幅少年闰土在雪地中聚精会神捕鸟的画面。雪地中捕鸟具有一番与众不同的情趣，我想这怕是只有身临其境才能体会到的吧。

生活在江南的人，最大的遗憾莫过于很难见到雪原一片白茫茫的景象。不过，幸运的是作家的笔下，往往能为我们稍作弥补。在此有必要一提的是英国作家威勒德·普赖斯的小说《哈尔罗杰历险记·极地探险》。这部小说中所描写的北极风光和雪原独特的风景，相信是很多生活在热带或亚热带的人们不曾想象到的：

> 巨冰冠之巅接近了。这冰冠完全不是罗杰想象中的样子。他原以为冰冠会是圆圆的，光溜溜的，就像一个秃顶老头的光脑袋一样。
>
> 然而，眼前的冰冠上却布满山丘和洞穴。洞穴是巨大的冰隙，有些冰隙宽10多米，深达100多米。山丘是风吹积雪形成的雪堆，在疾风中，它们越积越高，以至冰冠上处处耸立着6米至二三十米高的雪丘。雪又变成了冰，看上去他们完全像浮冰，只不过它们不是漂浮在海上，而是矗立在8公里多高的格陵兰冰冠之巅。

这可以算作是真正的冰雪世界了。我们从作家的笔下分明地感受到了大自然营造的美妙情趣以及它的鬼斧神工。格陵兰以及北欧地区在大多数人的印象中，就是童话的故乡。在大雪中，我们仿佛能看见卖火柴的小女孩儿，手中拿束火柴所发出的微弱光芒，还能听见坐在雪橇上的圣诞老人那愉快的歌声。

我依稀记得很小的时候曾看过一篇苏联小说《丘克与盖克》，讲的好像是两个小孩儿和他们的父母被大雪困在森林里一间小木屋之中，大家一起寻找快乐迎接新年的故事。故事的结尾，当他们打开收音机，听到里面传来莫斯科的新年钟声时，所有人都欢呼起来。外面就是一片白茫茫的雪的丛林。这篇小说让我一直都很憧憬在大雪中迎来新年的情形。可是，随着气候的变化，现在南京一年之中已经难得下一次雪，更不要说那种没膝的大雪了。印象之中，在我上中学的时候，有过一次除夕夜大雪纷飞的经历，那种愉快和欣喜的确是语言很难表达的。

许多年之后，"暖冬"正在剥夺人们感受寒冷的权利，而那种鹅毛大雪似乎也渐渐远离我们。当我在南京一所中学教书的时候，曾经有一次，时令已到春天，偏就下起了大雪，那是一个寒气袭人的夜晚，正在上晚自习的学生纷纷跑出教室，在积了一层薄薄雪花的草地上打起雪仗来。看着这番情景，我忽然从记忆深处找到了失落已久的雪趣，那就是儿时在大雪之中酣畅淋漓的快乐呀！我想，眼前这些嬉戏打闹、无忧无虑的身影不正是多年前的自己么？

当我看见有的学生把一团雪塞进同学衣领中的时候，他们的脸上绽放出了无比灿烂的笑容。作为老师的我，没有加以斥责。因为在我看来，这才是真正、纯粹的童年。那些笑脸，也许永远不会和岁月一起老去吧。在此，我想起印度诗人泰戈尔《吉檀迦利》中的一段诗句：

当我送你彩色玩具的时候，我的孩子，我了解为什么云中水上会幻弄出这许多颜色，为什么花朵都用颜色染起——当我送你彩色玩具的时候，我的孩子。

然而，无论我在这里如何回忆雪中的乐趣，都只能是笔尖的畅想罢了。北风之神还会给这座城市带来漫天的雪花么？我不知道。

中国民间有句著名的谚语："瑞雪兆丰年。"这句话说的是下一场大雪意味着来年会风调雨顺，当春暖花开的时候，那春光一定会显得分外的明媚。可见人们对雪寄托了深厚的情感，这不仅因为冰雪是冬季的标志，没有雪便不是完整的冬天，在其中更有着丰富的意味。不错的，雪中蕴含着人们对未来的美好希望，而且这也是一个农业文明所真诚期待的。

突然想到一个有趣的例子：南京电视台的台标曾是一个辟邪的图案，每次看到它都会有一种莫名的亲切感，因为这是我所生活的城市最具历史文化内涵的元素，当然如今也成了这家城市电视台的统一标识。

以辟邪为原型的南京电视台旧台标

说起南京电视台，其实是伴随这座城市的市民渡过这几十年的老相识了，每天的生活之中几乎都少不了它的身影，对于它的成长岁月我一直觉得是应当写一写的。南京电视台的发展经历了几个阶段：首先，八十年代至九十年代初，这一时期正值改革开放初期，中国电视虽已走进普通人家，但是可看的频道和内容远远谈不上丰富。更为重要的一个问题是，电视机才刚刚开始普及，它是普通居民消费中的"大件"，因此老百姓对电视节目的要求不算高，基本上是电视台放啥都乐呵呵地围着看。正因为此，八十年代才经常出现"万人空巷"争看一个节目的场景。在此时，刚刚起步的南京电视台扮演了城市文化发展中一个重要的角色，它是普通人家晚上的一道不可或缺的小菜。

早期南京地区的电视频道极少，只有中央台一套、江苏台一套和南京台（12频道），后来增加了江苏台二套并转播了中央台二套，一共才5个频道（早期的黑白电视机也只能收看12个频道），但也就在这时，中央台的新闻联播和春晚开始深入人心，而作为地方台，年轻的南京台却飞速发展，以不多的节目迅速引发了一些文化现象：市民争看影视剧（《射雕英雄传》、《上海滩》、《新白娘子传奇》、《成长的烦恼》等），动画片的热播（《变形金刚》、《希瑞》等），由于一些节目不在中央和省台播出，而城市台相对宽松和更为丰富的节目使12频道在当时颇具影响，虽然自办栏目很少，但晚饭后的"南京新闻"，8点的动画片和随后的电视剧却是老百姓生活的重要组成部分，现在基本不会再出现此类现象了（8点播进口动画片根本已无可能，卫星电视频道和"专业"频道更是令人眼花缭乱）。可以说，在80年代南京的城市商业文化的升级中，南京电视台起到了关键的推动作用。它是市民了解域外文明和港台潮流的窗口，它推动南京这座古城变得更加时尚。其实南京的市民趣味既不保守也不太前卫，属于不急不缓、不温不火的一类，看电视也是如此。

九十年代初，南京传媒出现了戏剧性变化——广播崛起，以直播和听众参与为标志，以南京经济广播电台为开端，改变了南京广电传媒的格局。南京人喜欢读书看报，也喜欢听广播，南京广播曾经引领全国风气之先，创造了城市广播一段金色的岁月，不仅拥有一大批名主持、名专栏，而且在整个广电领域独领风骚，它的板块化、直播和热线、24小时播音都奇迹般地令广播一下子深入人心。加之南京的市井风气本就是兼容并蓄、从容散淡，这种形式的传媒可以说最具亲和力，因此南京人的日常生活习惯中又多了一种休闲和交流的方式。

新世纪以来，南京广电格局再度发生变化，老百姓看到的外地频道越来越多，网络传媒崛起，南京台的辟邪台标也终于推出了历史舞台。当老吴和孟非调侃着世态炎凉的时候，人们的嘴边也还是挂着那句"多大事啊"，似乎南京的传媒还是一如既往的悠然。南京的报业大战曾经轰动全国，但硝烟散尽，人们依旧喜欢品一壶茶，看看报纸上的家长里短、世间百态。

南京的书店格外值得一说，其实若论数量，北京和上海的书店也不见得少，但是南京的书店非常有趣，和这座城市的慢节奏生活十分合拍。老板常常是懂书的，不但能把很多罕见的库存书和二手书找来，而且能和爱书人侃上半天。南京的先锋书店、学人书店、乐匋书店、两家万象书店（彼此

大地上的异乡者——南京先锋书店（陈涵摄）

凤凰台》）；"朱雀桥边野草花，乌衣巷口夕阳斜。"（刘禹锡《乌衣巷》）；"无情最是台城柳，依旧烟笼十里堤。"（韦庄《台城》）；今人常津津乐道的还有螺蛳转弯、肚带营、破布营、箍桶巷、狗耳巷、阴阳营、泥马巷、神马路、大纱帽巷、大铜银巷等，而且重名的还特别多，像二条巷、三条巷、板桥、晏公庙、岔路口、杨庄等都不止一个，"丰富"得简直让人晕头转向。但是这些老地名为什么不换掉呢？因为习惯和亲切，也因为它们和凤凰台、乌衣巷一样承载着城市的记忆，曾留过王献之和爱人的脚步，李香君的血泪，李后主的叹息……

江南很多城市亦如是，充满了市井气息，宁静而又淳朴。说了很多江南的好处，并不是说北方或其他地方不好，中国的每一处城市与乡村，都有着独特的、不可替代的美。

现在想想，南京乃至江南的其他城市没必要去争什么首都，政治的责任本就不是江南城市所愿意承担的，有青山绿水，四季繁华，东有大海，西有江湾，北有山村，南有湖沼，加上千百年传承的诗意生活方式，一壶茶，一卷书，人生如此，夫复何求？

没有关联）、复兴书店等莫不如此，它们如星星般分布于城市各处，就像是精致的书签。先锋书店的标签是"大地上的异乡者"，这可能也是很多南京的读书人的感觉，在商业化的城市中，有时人们很难找到一块纯净的精神家园，这些小书店恰能提供一处场所，淘淘书、喝喝茶或咖啡、听听音乐、和朋友聊聊天，安安静静地阅读，只和知己交流，仅此而已，但这却是很多大商场、商业中心和写字楼所无法提供的。南京、扬州、苏州、无锡、上海和杭州都有这样的书店，作家匪我思存在微博中前不久用"温润"来形容南京，其实，我觉得这个词如果用来形容江南的城市更准确，因为这是江南的特征。

南京的地名也很有意思，古人在诗句中就经常提到："凤凰台上凤凰游，凤去台空江自流。"（李白《登金陵

一出火车站，眼前便是一顷碧波：南京的玄武湖（作者摄）

下面摘录三篇小文，是三位来自不同地域的年轻作者所描述的江南城市，读来颇为有趣，第一篇是以北方人的视角看江南城市，久居齐鲁大地，到几百公里之外的江南城市生活，必是别有一番感受：

青砖黛瓦，氤氲朦胧，发出吱呀声响的木制楼梯，还有戴望舒的那首《雨巷》，这些碎片式的画面，组成了我脑海中最初的江南，一个诗意构筑成的江南，在我还未到过江南的时候。

虽只是一江之隔，江南的气候与北方大不相同。因此比起北方单调的松柏绿，江南的绿更显丰富些。栾树，榆树，桂花树……对于我这个道地的北方人来讲，印象最深的还是香樟了。香樟不耐严寒，在北方我是不曾见过的。记得第一次从香樟树下过时是来南京的第一个夏天，宿舍后的一条小路，两侧的香樟毫无忌惮，遮天蔽日地生长着，夏日里的一条路竟无一丝暑意，甚至听不到蝉鸣，后来才知道香樟木是可以驱蚊虫的。让人难以忘怀的还是香樟的"香"了。从前只知道招蜂引蝶的花儿香，涂脂抹粉的女儿香，却不曾知晓木香这一说。香樟的"香"素净，自然，不需娇艳的花朵，只清风一拂，便能令树下的人精神为之一振，那是木的味道，如此神奇的属于江南的木。

从我的家乡到南京有七百多公里的距离，一路上观赏山山水水的时间很充裕。江南水多，的确如此。江苏的"苏"便蕴含了水草丰美，鱼米之乡的美好寓意。江南的村落与北方的农村很不相同，北方人爱热闹，村民们的房屋往往是一排排一串串的，"串门子"方便，用水多是一村一两个的水库，大家聚在一起洗衣钓鱼；江南便果真是"小桥流水人家"了，一路上看到的民居大多是三三两两的，前有良田后倚水塘，好不惬意。半亩方塘，清丽的，小家碧玉一般的，不似北方的水壮阔，却在形态上少了些斧凿的生硬，淡淡地，不经意地嵌在青嫩的稻田边。

江南的水不仅多，且往往具有一种文化的意味。"淡妆浓抹总相宜"的杭州西子湖，"江南一片真山水"的嘉兴南湖，还有明城墙九华山掩映下的"金陵明珠"南京玄武湖，桨声灯影里的秦淮河……

江南，让人联想到的大抵是"似雨如烟"一类水汽朦胧的景致，事实也的确如此。初到南京时，这江南的气候着实让我难以适应。江南的潮气重，夏与冬皆是如此。

江南的夏是湿热的，亲身感受过的人才懂得这两个字是如何叠加到一起的。梅雨，是江南的"特产"，也是这湿热的典型。黄梅时节的雨，可以是诗意的，多了却也是极恼人的。雨，一丝一丝的，淅淅沥沥的，不急不缓，没有北方夏雨的滂沱，却可以连绵上几日，烟雨蒙蒙中的风物自然是妍丽的，你若有情致撑把伞在雨中走一遭也是种享受，但几天下来，被褥霉了，衣物霉了，便又是恼人的"霉雨"了。好不容易盼得个雨停了，却也仍难得见到日头，空气里潮得很，似乎密密的

民国烟水旧时裳——南京1912街区（作者摄）

全是看不清的水珠子，人喘息不得，汗也流不下来，不是本地人的话是极难耐的。

谈及江南的冬，其实比北国还要冷一些。北方的冬是凛冽的，像北方人的性子，冷便让你冷个爽快；拿江南的冬打比方，我首先想到的却是美女蛇，初见是温婉的，厉害之处是一点一点地侵入你，直至骨髓，等你意识到时，四肢已然僵住了。江南的冬很少有雪，雨水却很多，这在一个北方人眼里是有些反常的。冬日里的气温本就很低了，这冬雨又把寒气一点点晕开，直到你裤脚也湿了，人也不住地呵气搓手，因为江南是没有北方的火炕暖气的。

当然，江南的夏与冬也并不是一无是处的，夏你赏得到"绿盖丛中花灿灿，研莜径下叶田田"，冬日里你仍可泛舟于未冻结的湖面之上，想来又是一番滋味。

——杨明《江南拓片》

第二篇的作者来自南北交界地带的徐州，徐州是吴越文化和中原文化交汇之处，她眼中的江南又是怎样一

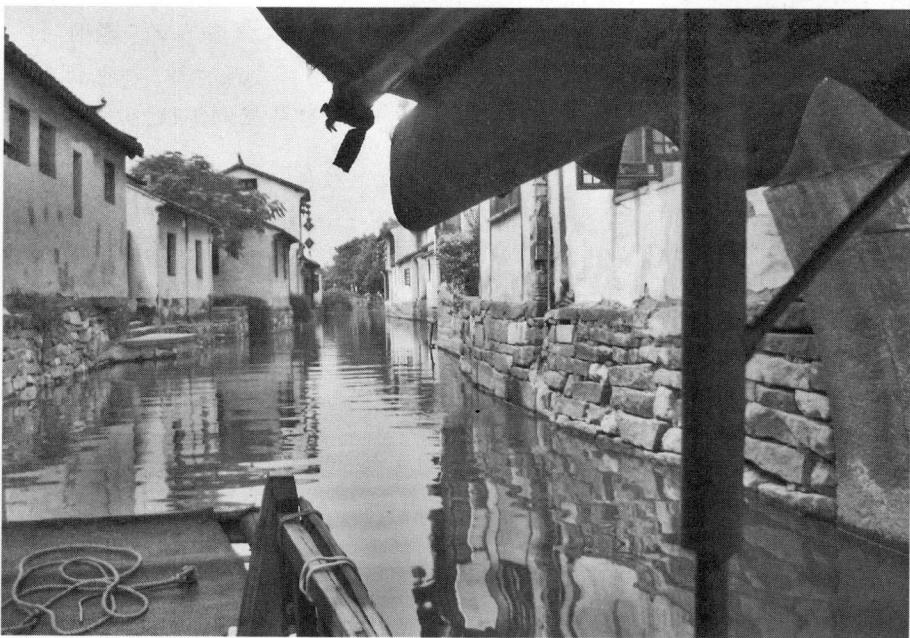

唐风子遗　宋水依依　烟雨江南　碧玉周庄（作者摄）

种景象呢：

"日出江花红胜火，春来江水绿如蓝"、"江南可采莲，莲叶何田田"、"夜船吹笛雨萧萧。人语驿边桥"……江南给我的最初印象便由这些古诗词而来。对生于北方的我来说，"江南"给了我无限期盼。

或许每个人心中都有一个江南。在我的印象中，江南给我的印象还是小桥流水人家，青砖绿瓦白墙。有如陆文夫《小巷深处》中，一位梳着麻花辫的姑娘，黄昏之时独自走在青石板上，终只给我们留下一个轻柔感伤的倩影；有如《似水年华》中，站于乌镇桥头的静谧安宁，是一个湿漉漉而又温暖的存在；有如戴望舒的《雨巷》中，一位似丁香一样的姑娘，撑着一把油布伞，将其惆怅释放于这寂寥的雨巷中；有如《江南水乡》中，咸宴笔下的江南捣衣女在银铃般的欢笑声中，讲述着属于吴侬软语的故事……提到江南，雨巷、女子、水乡、渔船、青石板桥等一切都是与柔情相连的，"清"和"秀"两字或许可以概括出我心中的江南了。

印象中的江南女子是小家碧玉、水灵聪慧、清婉安静的，讲话时的声音也是轻柔的，有着水乡特有的灵动和温婉。缓慢的语速轻柔的语调总能让人想起那句"宁和南方人吵架，不听北方人讲话"。所以之前还以为江南女子都是"弱不禁风"的，其实，和江南的人相处久了，就会发现，他们并非想象中的柔弱娇羞，他们的性格里有着江南特有的坚定与豪爽，只是不如北方人来的豪放和直接。舍友里有一位常州的姑娘，看着娇小柔弱，言语里却总透露着柔韧的坚定，我想这是江南女子特有的执拗吧。

江南的吴侬软语常常被北方人笑称为"鸟语"，开始的时候听着舍友们讲话很是不习惯，因为完全听不懂，总觉得别扭不好听，若再加上一副大嗓门，就会有种聒噪的感觉了。就像舍友里有位苏州姑娘，典型的江南女子，有着一副大嗓门，说话很具震慑力，我们常开玩笑：跟她说话就如跟人吵架似的。所以每每和她说话的时候总感觉她少了点江南女子应有的柔情。

如果要用画来描绘江南，"水墨江南"算是我心中的描绘江南最准确的形式了：踏过青石板，走上石拱桥，看桥下的木船划过……这或许是大家心中的经典江南印象了吧。然而那只是很久很久以前的风貌了，现在几乎找不到了，或许只有一些还未拆迁的小巷中还能觅到一二痕迹，多为同质化了的高楼建筑，少了理想中的江南味道。

江南的连绵阴雨，对于北方人来

说，应该是充满诗情画意的，可是真正生活在这时，发现并非想象中一般，特别是江南的梅雨时节，到处都显得湿漉漉的，不太习惯。而且，很多城市常常笼罩着一种雾气，少了许多想象中的清透。这，难免会让对江南绵绵雨景向往的北方人大失所望。

当然这些也不尽是我印象中的江南。昨天在和一上海姑娘聊天的过程中，提到了江南，听着她讲述着她以及父辈小时候的趣事，还是很具吸引力的：精美别致的饮食、青瓦白墙的静美、小桥流水的柔婉、高跷花船的热闹……加之那次在经过无锡，到浙江的途中，看到那些零落的秀气房屋，以及独具特色的梯田……这些又都是真切存在的我心中的"清""秀"的江南。所以，以后有机会我一定会去寻觅江南古老的雨巷、小桥、青石板路，去感受真正属于江南的清透的水、灵动的人、温婉的风……江南，只有真正深入其中去感受它，才有可能真正理解它吧。

——韩维《印象江南》

第三位作者来自江南城市扬州，面对自己生于斯、长于斯的土地，她的许多感受也正是我想说的：

记得第一年寒假回扬州，向家人

诉苦南京重工业区的空气质量多么令人警惕以致不戴口罩不敢出门，学校大杂烩式的饮食口味是多么难以下咽，处处可见的梧桐飞絮飘舞是多么令人脸痒难耐，岔路口车辆对开的交通是多么惊悚不可思议……这一切，都让人无比怀念扬州宜居的生活环境、惬意的烟花三月、精细清淡的淮扬美味、松软精致的面食点心、婀娜青翠的岸边杨柳、古色古香的老巷、车少人多秩序井然的城区主干道、夜幕下运河如画般妩媚亮丽的霓虹……对南京的挑剔不满使得扬州曾被忽视的一切生活特点都以完美的优势凸显，简直喜恶分明。不过，我的控诉遭到了姐姐的白眼，后者已于南京求学十年，并将长期定居，婚姻美满家庭幸福，直言我对南京的所有偏见源于对它的肤浅了解和内心抗拒，并教我用心发现城市之美。

如同扬州孩子在外不愿意听别人对本城的负面评价，在南京生活久了的居民对这座城市有所依赖，也不乐意眼见如此批判。三年后再看南京，这里的高校教育如此出众，青年的智慧和交流令众多同龄人受益匪浅，他们将成为城市建设和社会发展的主力军，这样的蓬勃活力令人心生豪气；众多的历史遗存体现的政治古都那份历史厚重感和文化底蕴令文人墨客心悦诚服，烟笼柳堤的台城、香烟袅袅的鸡鸣寺、玄武湖秀色可餐人流如织，秦淮河桨声灯影粉黛失色；板鸭野菜八绝，每一道食材都有名人故事的说头，吃不在声色倒在韵味，夸张了些，但是对极了胃口，有滋有味的小市井生活添了些风雅格调，唯怕配不上这座城市。

——沈阳《扬州与南京》

细看三位来自不同地域的作者，对江南的心得可以说从三个侧面揭开了这块水土的面纱：江南的气候不太容易捉摸，江南的语言和山水独具诗意，江南城市的美需要细心品味才能知晓。我想，还可以有第四种、第五种甚至更多的解读方式。不同的人看江南，确实能看出不同的色彩，但有一点是不变的：这是一个千古绵延的人文渊薮。

锦帆应是到江南

曾经，有一座台城，活活困死了诗性风雅的梁武帝；有一座古都，见证了诗人皇帝李煜的悲剧出降；还有南明的覆亡、郑成功的战败、太平天国的血泪动乱、民国数十年间的战争和日军的屠杀暴行……于是，人们给予她"最伤感的城市"称谓。可是，就是同一座城市，有着"多大事啊"的口头禅；有杂声相和的口音、不南不北的饮食习惯；有着悠闲自在、不紧不慢的生活节奏……于是，人们管这里的人叫"大萝卜"。这是南京，一座江南故都。

长江北岸是扬州古城，较小而静谧。远离了"扬一益二"的繁华喧嚣，没有了"扬州十日"的恐怖战火，却传承了八怪的艺术和诗意。在老街上，扬州人安安静静地享受生活，江南城市中，如此景致而优雅的城市实在令人喜爱，我想，这是一座适宜人们生活和养老的城市。

杭州很美，不愧"人间天堂"的赞誉，难怪宋高宗一到这里就不想离开。早在北宋时，柳永就在《望海潮》中描述杭州的景象："东南形胜，三吴都会，钱塘自古繁华。烟柳画桥，风帘翠幕，参差十万人家。云树绕堤沙。怒涛卷霜雪，天堑无涯。市列珠玑，户盈罗绮，竞豪奢。重湖叠𪩘清嘉。有三秋桂子，十里荷花。羌管弄晴，菱歌泛夜，嬉嬉钓叟莲娃。千骑拥高牙。乘醉听箫鼓，吟赏烟霞。异日图将好景，归去凤池夸。"几乎每个去过杭州的人都会留恋城市中充满江南风情的各处景致，这良辰美景是杭州的天然优势，也使杭州永远成为一幅画卷，把西湖留在了中国册页的深处。

江南最特别的城市是上海，这座年轻的大都会已经成为江南地区的首位城市，长三角的"领头羊"。上海向来以生活节奏快、国际化程度高而闻名。这座城市在现代化的方面远远超过其他的江南城市，可以说，这是典范的"青春版"江南。"海派"文化既有江南的共性特征，又有自身的与众不同之处，这可以说是江南文化内部的独特一支。

江南是一个人们争论不休的地区，也是一个让人魂牵梦萦的地方。这几年，游历了一些江南的城市，给我印象最深的是扬州、南京、上海和杭州。这是四座在现代化过程中经历巨变的江南故地。他们仿佛是江南的四种姿态，六朝时衣袂飘飘、隋唐时的繁花似锦、宋元时的三秋桂子、明清时的商贾云集。诗意江南的发现可以把江南文化中的精神气质发掘出来，其更重要的意义则是使自六朝以来一直处于边缘地带的中国审美精神得以在当代重现。如果说现代都市文明的生存法则令劳碌的人们越来越感到身心俱疲，那么回头去看看我们的先辈、历史与传统，则很可能会找寻到一条可以用来消解现实痛苦与异化的返乡路。

我想，对于一个民族而言，告别过去是在所难免的，但一种文明真正的解体还是源于把这条联系着远古文化的纽带彻底斩断。只有中华民族独特的伦理环境，才有可能实现对这种古老诗意的最大包容。因为江南保持了政治伦理话语和审美话语的共存，这就为中国传统在当代的复兴提供了机会。

千百年前，西楚霸王项羽在灭秦之后总想着回家乡，政治家会觉得他的想法太幼稚；隋唐的统治者压制江南，觉得江南风气绮靡；南宋的仁人志士主张北伐，觉得江南终非皇朝旧都；明清的义士们慨叹郑成功进军南京功亏一篑，在江南复国无望。似乎人们觉得这里是偏安之所，绮靡之乡。江南果真如此吗？事实上，中国的政治格局风云诡谲，城头变幻大王旗，人们都希望由乱而治，在追逐权力和欲望的道路上改变着自己和他人，只有江南仍旧是江南，经历了那么多的战火硝烟、朝代更替，它没有被任何一种文化替换或覆盖。所以，在此不妨称它为中华文明的藏书楼，永不熄灭的灯盏。或许若干年后，城市与乡村都会发生天翻地覆的变化，但我相信，江南的精神和文化会一直流淌在人们的血脉中。

现在如果有人问我江南是什么，我会告诉他，江南就是一个同时拥有山水和诗人、城市和村落、文学和艺术、夏雨和冬雪、绿树和繁花、丝绸和美食、吴语和越歌、宽厚与洒脱、唯美和淡泊的地方。

最后，就用羊士谔的《忆江南旧游二首》作为结尾吧，我想对于江南文化，以这首诗作结应该是相对合适的：

山阴道上桂花初，
王谢风流满晋书。

曾作江南步从事，
秋来还复忆鲈鱼。

曲水三春弄彩毫，
樟亭八月又观涛。
金罍几醉乌程酒，
鹤舫闲吟把蟹螯。

窗外，一场江南的雪刚刚停。

江南雪景　摄于南京琵琶湖（陈凌波摄）

后记

梦入江南烟水路

写完这本书，我忽然觉得，感受到了江南城市的呼吸。江南是一个从古至今绵延不绝的梦，而且是每个人都可以踏入的、似有还无的梦境。几年前，国内有家媒体曾发起过"何处是江南"的讨论，得出的结论基本上是取交集。我觉得，这不是一个能得出固定答案的问题，江南本就是个概念，它存在于我们每个人的心中。寻找一个文化的江南要比确定一个地理上的江南范围要更有意义。

和江南在学术上相逢，大约是读硕士的时候，当时导师刘士林先生提出"江南诗性文化"的研究课题，仿佛为我打开了一扇大门。从此，我的学术研究、教学工作便和江南结缘。做江南文化的学术研究并不是一件轻松的事，因为感触很多却只能按照某些固定的格式写就，而今有个机会把过去研究的散论和笔记整理出来，实在是一件幸事。很喜欢江南，一直想自在地为它写点什么，现在终于付诸实施，完成了这个心愿。在江南写江南，无论怎么写都不是客观的，就像面对一件自己钟爱的收藏品，眼中全是它的优点一样，因此这本小书只能说是随感和笔记吧。全书以笔者所居住的南京为中心，介绍江南文化历史的一些段落。不求全面展示江南城市，只能说是用点滴的抒写串联起江南城市的往昔记忆。

这本小书的完成，首先应该归功于刘士林先生对《江南话语》丛书的策划，他的思路是这本书的缘起，也让这次江南城市的时光旅行成为可能。其次，应当感谢为本书提供图片的陈涵、王晨冰、陈凌波、刘小慧等朋友们，他们的帮助使得这次撰写变成了一次江南文化的发现之旅。

谨以这本书作为一份小礼物送给我的父母和亲友，他们的关心和鼓励，以及对南京的深切感怀，无时无刻不在启发着我思考江南城市的过去和将来。这些我都铭记于心。

曾读过薛冰老师的一本书，特别欣赏书名《家住六朝烟水间》，这是一个多么诗意的形容！让人不禁想到海德格尔说过的"人在大地上诗意地安居"。倘若未来的江南城市在现代化的路上，不将这份古老的诗意失落，那就是一件幸事。我相信，这是我们可以做到的。

正如法国作家大仲马所言："等待和希望。"

癸巳年初春于南京

修订后记

我们的江南文化研究和出版，始于2002年。当时我还在南京师范大学教书，洛秦也刚主持上海音乐学院出版社。大家在古都南京一见如故，遂决定携手阐释和传播江南文化，到今年正好是10周年的纪念。

10年来，工作一直没有停顿，大体分为三个阶段，略记如下：

在决定出版"江南话语"丛书后，我们首先于2003年8月推出了《江南的两张面孔》，当年的12月，又推出了《人文江南关键词》和《江南文化的诗性阐释》。这3种图文并茂、配有音乐碟片的小书，颇受读者青睐，先后几次重印。

2008年，在上海世博会来临之前，我们对全三册的《江南话语》丛书做了第一次大的修订，除了校订文字、重新设计版式、补充英文摘要，还增加了洪亮的《杭州的一泓碧影》和冯保善的《青峰遮不住的寂寞与徘徊》，使丛书规模从3种扩展到5种。

2012年开始，我们又酝酿做第二次大的修订，在原有5种的基础上，增加了《吴山越水海风里》《世间何物是江南》《诗性江南的道与怀》《春花秋月何时了》和《桃花三月望江南》，内容更加丰富，也记录了我们的新思考和新关切。在此，我们希望她能一如既往地得到读者朋友的喜爱。

最令人高兴的是，历经10年时光的考验，我们两个团队没有任何抵牾，而是情好日密、信任如初。在当今时代，这是很不容易做到的。仔细分析，原因大致有二：一是我们最初的想法不是用它赚钱，而是做一点自己喜欢的书；二是更重要的，10年来我们一起努力坚持了这个在常人看来颇有些浪漫和不切实际的约定。

记得在少年时代，第一次读到古人"倾盖如故，白发如新"一语时，我就为这句话久久不能平静。现在看来，"倾盖如故"，我们在共同的书生事业里已经做到，放眼未来，"白发如新"也应该不是问题，因为我们在一起发现了江南的美，也都愿意做这种古典美的传播者和守护者。当然，我们也希望有更多的朋友参与这个过程，为中国文化的复兴和江南文化的现代转换贡献各自的力量和智慧。

刘士林

二〇一三年五月十七日于春江景庐薄阴细雨中

图书在版编目(CIP)数据

桃花三月望江南 / 朱逸宁著. —上海：上海音乐
学院出版社，2013.6
（中国风：江南文化丛书）
ISBN 978-7-80692-873-8

Ⅰ.① 桃… Ⅱ.① 朱… Ⅲ.① 杂文集 -中国-当代
Ⅳ.① I267.1

中国版本图书馆CIP数据核字（2013）第112480号

书　　名：桃花三月望江南
编　　者：朱逸宁
责任编辑：夏　楠　鲍　晟
封面设计：陈雪琴
出版发行：上海音乐学院出版社
地　　址：上海市汾阳路20号
印　　刷：上海天华印刷厂
开　　本：787×1092　1/16
字　　数：150千字
印　　张：13.25
版　　次：2013年6月第1版　2013年6月第1次印刷
书　　号：ISBN 978-7-80692-873-8 / J.837
定　　价：38.00元

本社图书可通过中国音乐学网站 http:// musicology. cn 购买